내 안의 자유

내 안의 자유

초판 1쇄 인쇄일 2017년 4월 20일
초판 1쇄 발행일 2017년 4월 27일

지은이 허기준
펴낸이 양옥매
디자인 이수지
교 정 조준경

펴낸곳 도서출판 책과나무
출판등록 제2012-000376
주소 서울특별시 마포구 방울내로 79 이노빌딩 302호
대표전화 02.372.1537 **팩스** 02.372.1538
이메일 booknamu2007@naver.com
홈페이지 www.booknamu.com
ISBN 979-11-5776-423-5 (03810)

이 도서의 국립중앙도서관 출판시도서목록(CIP)은 서지정보유통지원 시스템
홈페이지(http://seoji.nl.go.kr)와 국가자료공동목록시스템
(http://www.nl.go.kr/kolisnet)에서 이용하실 수 있습니다.
(CIP제어번호 : CIP2017009639)

허기준

산문집
시집

내 안의 자유

freedom

책과나무

다니던 직장을 그만둘 무렵이었다. 이제는 사회에서 주어지는 역할에서는 벗어나고 싶다는 생각이 머리를 엄습했다. 앞으로 무엇을 해 보겠다는 생각이 아니라, 일에서 벗어나야겠다는 생각이 먼저 들었다.

어린 시절, 시골에서 신작로 울력을 필두로 성년이 되자마자 국가의 부름에 비굴하게 변명하지 않고 떳떳하게 군 복무를 했고 그 후에는 가정과 사회의 일원으로서 맡은 역할에 충실했다. 그런데 모든 것을 내려놓고 돌아보니, 남은 것은 나에게 아무것도 없는 것 같았다.

물론 결혼하고 아이를 갖고 집이 생겼으니, 외적으로 보면 가진 것이 많아졌는지도 모른다. 그러나 가슴은 비어 허전하고 쓸쓸함을 감출 수가 없었다. 외부에서 가져온 눈에 보이는 어떤 물질로도 내 자신 어느 곳도 채울 수 없었다. 항상 부족함이 느껴지고 굶주림의 욕망에서 벗어날 수가 없다는 것을 깨달은 순간이기도 했다.

순간 나는 '멈춤'이 필요하다고 생각했다. 그동안 살아온 삶 속에서 정말 내 자신이 살고 싶었던 삶의 참모습은 없었던 것 같다. 그때였다. 어려서 책을 읽어 보고 싶어도 읽을 수 없었던 기억이 생생하게 떠오른 것은…….

교과서도 새 책을 한 번도 갖지 못했다. 헌책으로 공부했던 어려운 시절이었다. 읽고 싶은 책을 사서 보기란 하늘에 떠 있는 별을 따오는 것만큼 힘들었던 것 같다. 감히 엄두를 내지 못하고 아쉬움을 달래야 했던 기억이 가슴을 전율케 했다.

독서를 통한 삶이라면 육체 속에 깃든 굶주림의 욕망에서도 벗어나 조금은 충만하고 풍요로운 삶을 영위할 수 있을 것 같은 막연한 생각이 스쳐 갔다. 옛 성인, 선각자, 선지식들의 삶을 통해서 내 삶을 반추할 수만 있다면 하는 생각이 머릿속에 하염없이 맴돌며 떠날 줄을 몰랐다.

그 일성은 가족에게 사회와 가정 그리고 모든 일에서 벗어나겠다고 선언한 것이다. 스스로를 향해 연극 무대 위의 배우 역할이 내 삶이 되는 것은 끝이라고 외쳤다. 나를 돌아보면서 나 자신으로 살고 싶다고 당당히 선전포고했다.

그러면서 10년이라는 독서 계획을 말했다. 그것도 모두 돈을 주고 구입한 새 책으로만 독서를 하겠다고 말이다. 모두가 난감한 표정들이었지만 나는 용감하게 실천했다. 그 순간부터 한없이 수많은 책을 읽고 또 읽었다.

그로부터 10년이 지났다. 지금 내 마음은 그러한 세월을 10년 더 연장하고 싶을 정도로 삶은 충만하고 여유롭고 자유롭고 또 자랑스럽다. 내 생명이 다하는 날까지 계속할 생각이다. 내 생애를 통하여 제일 잘한 선택이었다는 생각이 든다.

나는 무엇을 이루겠다는 목적도 없고 그런 희망도 가지고 있지 않다. 다만 일상에서 책을 읽고 느낌을 써 보는 것으로 끝이다. 어떠한 바람도 없다. 내 삶이 자연스럽게 흘러가도록 하는 게 욕심이라면 욕심이고 희망이라면 희망일 것이다.

이제는 삶에 목표와 목적이 있을 수 없고, 다만 흐르는 강물과 같은 흐름이고 변화라는 사실을 조금은 알 것 같다. 그 변화를 받아들이고 순응하려 한다. 마음은 더할 나위 없이 편안해짐을 스스로 느낀다. 이제는 무엇보다도 홀가분한 마음이다.

그동안 일상의 느낌을 산문으로 그리고 시로 써 보았던 것을 책이라는 이름으로 엮어 보았다. 이 시점에서 분명하게 말하고 싶은 것이 있다. 다른 사람에게 보이기 위해서가 아니다. 가르침을 주기 위해서도 아니다. 다만 이러한 삶도 있었구나 하는 것을 알리고 싶은 정도다.

인간에게 삶의 목적이야 같을지 모르겠지만, 제각기 살아가는 삶의 방식은 수천수만이다. 그중에서 단 한 가지 삶을 이야기한 것뿐이라는 사실을 말하고 싶다. 각자의 삶 속에 충만한 사랑이 있고 여유로움을 즐길 수 있다면, 그게 바로 행복일 성싶다.

　이 책을 읽는 독자가 있다면 작은 부탁이 있다. 한 인간이 살아가는 삶의 이야기를 통해 자신의 마음과 육체를 밝은 빛으로 가득 채우는 계기가 되었으면 한다. 그게 삶의 전부이고 자유자재한 무한의 자유를 느끼는 순간이 될 수도 있다. 다른 삶에 매달리지 않고 철저하게 자신의 삶을 살 수 있는 길이기도 하다.

　경제적으로 무능한 남편이었고 두 딸에게 지극히 엄하기만 했던 내 자신을 삶의 무대에서 내려온 뒤 조금은 반성할 수 있었다는 사실이 무엇보다도 기쁘다. 아직도 떳떳하게 사랑하고 있다는 말 한마디 못한 것을 간접적으로나마 이야기하고 싶은 마음 전하고 싶다. 능력 없고 부족했던 가장을 여기까지 이끌어 준 가족 모두에게 고마울 따름이다.

　끝으로, 글이랄 것까지도 없는 원고를 끝까지 읽어 주고 교정과 교열을 통하여 한 권의 책이 나오도록 해 주신 출판사 책과나무 편집부 조준경, 디자이너 이수지 님께 진심으로 감사하다는 말을 전합니다.

2017년 4월 서재에서

책머리에 … 4

I

자연이 들려주는
이야기

2

세상에 틔우는
희망의 씨앗

3
살며 배우며
사랑하며

4
소중한 사람들
그리운 추억들

I

자연이 들려주는
이야기

그때는 그들의 아름다운 목소리와

함께할 수 있을 것이라는

또 다른 꿈과 희망을 가져 본다.

자연의 아름다움은 영원한 선이다.

숲에서 본 삶

계절의 여왕 오월이 저물어 가는 한가한 오후, 응접실 창가 의자에 나른한 몸을 기대고 따뜻한 햇살을 받고 있었다. 창문을 통해 들어오는 아카시아 꽃의 짙은 향기와 조그마한 공원에서 들려오는 새들의 노랫소리는 무기력한 몸과 마음에 청량제 역할을 하고 있었다. 몸은 나른했지만 눈과 귀는 즐거웠다.

문득 옹기종기 서 있는 나무들에 시선이 멈추었다. 나무만은 아닌 것 같다. 푸름이 더해 가는 나뭇가지 사이를 바쁘게 오가는 까치와 작은 새들의 노랫소리에 마음과 눈이 동시에 멈추었다고 보는 게 어쩌면 적절한지도 모른다. 오월의 푸르른 나뭇잎은 그 사이를 오가는 새들의 노랫소리와 함께 어우러져 아름다운 풍경으로 다가왔다.

푸름과 싱그러움이 눈부시다. 나뭇잎의 생기발랄한 모습에 삶의 풍요와 충만감이 느껴져 좋았다. 따스한 햇볕을 받아 반짝이는 푸른 나뭇가지 사이를 오가는 작은 새들 그리고 노래하는 까치의 무게를 견디지 못하고 처져 있는 어린 가지의 애처로운 몸부림은 눈을 두리번거리게 만들었다.

바쁜 눈 못지않게 귀는 더욱 쫑긋해졌다. 큰소리로 울어대는 까치 소리는 뒷전이었다. 작은 새들의 속삭임 같은 작은 노랫소리에 귀 기울이며 무척이나 긴장하고 있었기 때문이다. 바람에 흔들리는 잎들의 반짝임 그리고 그 속에서 울려 퍼지는 새들의 합창은 눈과 귀를 바짝 긴장하게 했다.

한참을 그 풍경에 넋을 잃고 말았다. 산들 바람에 흔들리는 나뭇잎의 아름다운 춤사위 그리고 새들의 정겨운 노랫가락에 무아지경으로 빠져들고 있었다.

마침 열린 창문으로 들어오는 온화한 순풍이 얼굴과 몸을 어루만지는 바람에 깜빡 잃었던 정신을 되찾을 수 있었다. 한들거리는 푸른 나뭇잎 그리고 까치 소리와 작은 새소리는 지나가는 시간을 잠시 멈춰 세웠다. 멈춘 시간 속에 살아 움직이는 생명들의 변하는 모습 속에서 진실을 보았다.

짧은 순간에 보는 삶의 향연이었다. 환경에 얽매이지 않고 절대 자유를 즐기며 푸른 숲에서 마음껏 노래하는 새들의 아름다운 삶에 푹 빠졌다. 잠시나마 모든 것에서 벗어난 자유로움을 맛보았다.

그들의 삶의 모습은 전혀 인위적이지 않았다. 주어진 환경에서 벗어나려고 하지도 않은 모습이다. 구속되고 얽매여 있지도 않은 것 같다. 조금도 어색하지 않은 자연스러움 속에서 마치 아름다운 삶의 진수를 보는 것 같았다. 문득 고요한 평화 속의 작은 움직임들의 변화가 그들의 삶 전부일지도 모른다는 생각이 들었다. 자연의 세계는 조금도 어색함이 없는 자연스러움 그 자체였다.

오월의 푸름을 만끽하는 나뭇가지 사이를 오가며 아무런 거리낌 없이 노래하는 새들처럼 우리는 자유롭고 여유로운 삶을 살지 못하고 있는 것 같다는 생각이 들었다. 우리 마음은 과거와 미래 속을 방황하고 있기 때문인지도 모른다. 삶은 현재 살아가는 과정이고 변화라는 진실을 외면하고 있는 것 같다. 나뭇가지 사이에서 사소하게 움직이고 있는 것처럼 보이지만, 그들의 작은 변화와 움직임들이 곧 삶의 전부라는 것을 오늘 숲에서 보았다.

하나의 점들이 모여 큰 그림이 탄생하듯 대장장이도 원하는 모양을 만들기 위해 수백 번의 망치질이 필요하다. 하나의 점, 한 번의 망치질이 한 폭의 그림과 원하는 모양의 그릇을 완성하듯이 우리의 삶도 순간순간 사소한 일들의 과정과 변화의 축적물에 지나지 않은지도 모른다.

요즘 우리에게 '웰빙'과 '힐링'이라는 말이 대유행인 것 같다. 아마 어려운 삶에 찌든 육체와 정신을 깨끗이 치유하여 건강하고 오래 살기를 바라는 마음에 그와 같은 또 다른 인위적인 삶에 빠져들려고 하는지도 모른다. 그러나 이 또한 결국은 또 다른 환경에 우리의 몸과 마음을 구속시키고 얽매이게 만들어 더욱 힘들게 하는 게 아닐까? 주어진 환경에서 벗어나려고 하는 것은 또 다른 굴레를 만들 뿐이라는 생각이 들기 때문이다.

자연 속에서 생활하는 모든 생물들의 삶은 그렇게 인위적이지 않은 것 같다. 그저 환경을 거스르지 않고 얽매임이 없는 자연의 변화에 순응하는 작은 움직임이 있을 뿐이다. 철저한 내맡김 속의 삶이라는 느낌이 든다.

삶에 의미를 부여하는 것은 그 의미에 자신의 삶을 제한할 뿐이라는 생각이 든다. 자연 속의 삶은 의미를 부여하지 않은 것처럼 보인다. 철저하게 내맡김 속에 현존하고 있는 것 같다. 봄이면 돋아나는 새싹들 그리고 그들 품에서 노래하고 있는 새들 역시 과거의 삶과 비교하지도 않고 미래의 어떤 삶을 설계하지도 않은 오로지 현재의 삶에 만족하고 있는 것처럼 보인다. 삶에 의미를 부여하는 순간 제한이 따른다는 것을 알고 있기 때문인지도 모른다.

삶의 진실은 그 과정에서 구속되고 얽매이는 마음을 버리는 데 있는 것 같다. 과거의 삶과 비교하고 내일 일어날지도 모르는 삶에 의미를 부여한다면, 웰빙과 힐링을 아무리 외친다 한들 우리의 삶에서 풍요와 행복을 바랄 수 없을 성싶다. 그 속에는 오직 또 다른 고통과 얽매임이 자리 잡을 뿐이다.

조용한 숲 속을 오가며 노래하는 작은 새들처럼 지금 이 순간에 충실한 삶이 아름답고 풍요롭게 살아가는 삶일지도 모른다. 인간의 법칙을 따르는 게 아니라 자연이 보여 준 자연의 존재 법칙을 따르는 삶이 될 때, 진정한 웰빙이고 힐링이 될 수 있지 않을까.

자연 속에서 숲과 새들이 보여 준 모습에서 찾은 삶의 의미는 바로 자연의 일부로 존재하는 자연의 법칙을 따르는 길이 될 것 같다. 인간도 그러한 변화에 몸과 마음을 맡길 때 풍요로움과 자유를 느낄 수 있는 삶이 될 성싶다.

오월 끝자락 한가한 오후 창 너머로 보이는 작은 숲 그리고 노래하는 새들의 모습에서 삶의 최고의 선을 본 것 같다.

지금 여기의 삶이
선으로 가는 지름길이다.

굼벵이의 변신

굼벵이는 우리가 흔히 볼 수 없는 벌레임에도 속담 등에서 오르내려 친근한 이름으로 다가오는 것 같다. 스스로 땅 위로 기어 나오는 일이 드물어 우리가 쉽게 볼 수 있는 벌레는 아니다. 알에서 나온 굼벵이는 수년 동안 땅속이나 나무의 뿌리 깊숙이 들어가 숨어 살기 때문에 그들의 이름처럼 일생을 쉽게 알 수 없었던 것 같다.

시골에서 살면서 굼벵이를 볼 수 있는 기회가 많았다. 쟁기로 밭을 갈 때면 뒤집어지는 흙더미에서 굼벵이가 허리를 온통 구부린 채 동그랗게 감겨서 나오는 것을 볼 수 있었다. 늦가을 초가지붕을 덮고 있는 볏짚을 걷어낼 때도 굼벵이들이 많이 나왔다. 좀처럼 움직이지 않아 죽은 것으로 착각하기 쉽지만, 시간이 조금 지나 꿈틀거리는 것을 보고 살아 있다는 것을 알 수 있었다.

굼벵이가 나중에 매미와 풍뎅이 같은 전혀 다른 형태의 성충이 된다는 것은 정말 신기하다는 생각이 든다. 그중에서도 매미의 일생은 우리의 삶을 되돌아보게 하는 신기한 힘이 있는 것 같다. 봄도 아닌 여름 늦게 이 세상에 나오는 매미. 세상에 나와서도 겨울이 되기 전에 모두가 죽어 가는 것을 보면, 그 짧은 생이 안타깝다는 생각이 든다. 어쩌면 자신의 짧은 생을 통해 인간들에게 삶의 무상함을 교육시키고 가는 것은 아닌가 싶다.

굼벵이 시절에는 어두운 땅속에서 오랜 세월 동안 하늘이 보고 싶고 햇빛이 그리워 화려한 부활을 꿈꾸며 인고의 삶을 견디고 살아온 것인지도 모른다. 그렇지만 우리 눈에 비치는 매미의 삶은 그 대가를 받기에는 터무니없이 짧은 삶인 것 같다.

땅속을 기어 다니던 미생물에 불과한 벌레가 화려한 날개를 달고 하늘을 날며 마음껏 소리쳐 자신을 알리는 것은 그 일생에 관심을 가져 달라는 부탁처럼 들린다. 화려한 변신에도 불구하고 바깥세상에 나오는 순간 큰 소리로 우는 것을 보면, 매미로서의 생은 그다지 길지 않다는 것을 이미 알고 있는 듯하다. 어쩌면 매미로 비상할 것을 꿈꾸며 땅속에 살던 때가 그리워서 그렇게 우는 것인지도 모르겠다.

매미는 일주일 남짓 삶을 살다가 죽는다고 한다. 세상에 나온 것을 알리기에도 바쁜 시간에 대를 이어 갈 준비까지 마쳐야 하는 매미의 일생을 생각하면, 화려한 변신치고는 너무 가혹하지 않나 싶다.

매미의 화려하고 아름다운 삶의 참모습 속에서 우리는 배워야 할 것이 많을 것 같다는 생각이 든다. 세상을 나오는 과정도 그러하지만 그 짧은 순간에 엄청난 일을 하고 생을 마치는 것을 볼 수 있기 때문이다. 화려한 변신을 우쭐대며 자랑하기보다는 삶 본연의 의무만을 마치고 홀연히 우리 곁을 떠나는 매미의 진정한 삶의 의미 앞에 저절로 고개 숙여진다.

그 짧은 시간에 다음 세대를 이어 갈 후손을 잉태하여 숲 속에 고이 간직하고 삶을 마친다. 짧은 삶을 탓하기보다는 아름다운 모습으로 생을 마감하는 것을 보고 있노라면 삶의 참모습은 이런 것이라는 것을 알려 주려는 것 같다. 인간들이 매미가 소리치는 것을 보고 운다고 말하지만, 사실은 삶의 아름다움을 알리는 축제의 노래인지도 모른다. 인간들이 자신들의 편리한 생각으로 말한 것일 뿐 진실은 그렇지 않을 것 같다는 생각이 들기 때문이다.

할 일을 마치면 홀연히 떠나는 아름다운 삶 앞에서 놓아야 할 끈을 놓지 못하고 매달리며 발버둥치는 인간들을 보면 민망스럽고 처절함을 느낀다. 불쌍하고 슬프다는 생각까지 든다. 놓을 줄 아는 삶이 진정 아름다운 삶임을 모르고 있는 것 같기 때문이다.

새삼 매미와 같은 화려한 삶이 돋보인 것은 혼자만의 생각일지 모르지만 존경스럽다는 생각이 든다. 매미처럼 홀가분하고 자연스럽게 화려한 변신을 할 수 없을까 하는 생각이 가슴을 스친다.

온갖 것에서 벗어나 매미처럼 삶을 즐기며 마음껏 큰 소리로 노래 부르고 싶다. 짧은 시간을 영원처럼 살다가 아무런 흔적도 남기지 않고 홀연히 떠나고 싶다. 수정처럼 맑고 순수한 매미의 삶을 닮고 싶다.

삶의 무상함과 영원함을 일깨워 준 매미!
정말 고맙다.

겨울의 우면산

나는 여름보다는 겨울을 더 즐기는 편이다. 우선 몸에 땀이 나지 않고 더위로 인한 짜증이 나지 않기 때문이다. 그래서 산에 오르는 것도 겨울 산이 더 좋다는 느낌이 든다. 그러나 등산이야 계절을 탓할 일은 아닌 것 같다. 항상 우리 곁에 있으면서 산은 자연 현상을 늘 있는 그대로 가식 없이 자연스럽게 보여 주기 때문이다. 그래서인지 산은 계절을 막론하고 언제나 좋은 모습으로 다가오는 것 같다.

일요일 텔레비전을 보며 게으름을 피우다가 함박눈이 쏟아지고 있는 바깥 풍경에 눈을 돌렸다. 바람기 없는 겨울 산에 포근히 쏟아지는 함박눈은 환상적인 겨울 풍경을 자아내며, 집 안에 틀어박혀 있는 사람을 밖으로 유혹하고 있었다.

녹차를 끓여 작은 가방에 넣어 짊어지고 우면산을 찾았다. 이전에 내린 눈 위로 쉴 사이 없이 쏟아지는 눈은 발목까지 쌓였다. 조금 더 올라가니 자동차 소리도 멀어지고 제법 산에 온 느낌이 들 정도로 주변은 조용했다. 눈이 떨어지는 사락사락하는 소리만이 귓가에 맴돌 뿐이다.

보이는 눈 그리고 눈이 떨어지면서 읊는 작은 속삭임에 어느 깊은 산 속을 걷고 있는 착각이 들 정도였다. 눈 때문에 자동차 소리가 시끄럽게 들리지 않는 것도 한몫한 것 같다. 눈 춤사위에 들뜬 마음은 내딛는 발걸음을 춤을 추듯 가볍게 했다.

어느덧 소망을 들어준다는 탑이 있는 산 정상에 올랐다. 산 정상에서 본 서울의 빌딩 숲은 이전 풍경과는 완전히 다른 모습으로 다가왔다. 바쁘기만 했던 모든 도심 생활이 이렇게 차분히 보일 줄은 예전에 미처 몰랐던 아름다운 풍경이었다. 함박눈 속에 쉬고 있는 거대한 도시는 은빛 비단 이불 속에 잠자는 천사처럼 아름답고 고요한 모습으로 다가 왔다.

그 아름다움을 말과 글로 표현할 수 없다는 게 안타까울 뿐이다. 함박 눈 속으로 차분하게 자리 잡고 휴식을 취하는 듯 잠들어 있는 거대한 도 시의 아름다움을 감히 말과 글로 표현한다는 것은 자연의 위대함을 훼 손하는 것 같달까. 사실 그건 핑계이고, 그럴 만한 능력이 없다고 해야 옳을 것 같다. 오묘한 꿀맛을 즐기듯 숨죽이며 잠들어 있는 도시의 아 름다움을 감상하며 즐기고 싶은 마음에 온통 정신이 팔려 있었다.

한참 동안 아름다움에 취해 있다가 산을 내려갔다. 산에 오른 사람은 아무도 없었다. 함박눈으로 포장된 흔적 없는 산길을 내려가면서 순백 색의 아름다운 길에 발자국을 남긴다는 게 마음이 아팠다. 있는 그대로 두고 싶은 아름답고 훌륭한 눈길 위에 발자국을 남긴다는 것이 죄스럽 게 느껴질 정도였다. 오직 두 발이 만든 발자국만을 눈 위에 남긴 채 혼 자 걸어서 팔각정 건물이 있는 쉼터에 도착했다.

평소에 자주 쉬어 갔던 곳이다. 조그마한 팔각정 안 의자에 앉아 주위를 살피며 조용히 눈을 감았다. 바람이 없어 차분하게 내리는 눈 떨어지는 소리 외에 그 어떤 소리도 들리지 않았다. 내리는 눈의 작은 속삭임은 어머니의 자장가처럼 내 귀를 홀리고 있었다. 눈을 감고 아름다운 속삭임을 들을 수밖에 없었다. 감미로운 음악이었다.

봄과 여름에 오면 이름 모를 새들이 재잘거리는 곳이었다. 그러나 오늘은 새들도 보이지 않았다. 자신들의 노랫소리보다 눈의 속삭임이 좋았나 보다. 어디선가 숨어서 아름다운 눈의 속삭임을 듣고 있을지도 모른다. 조금의 움직임도 없었다. 눈이 만들어 주는 조용한 춤사위 그리고 자연과 함께 어느덧 삼위일체가 되어 있었다.

사람이 북적이는 관광지보다 사람의 인적이 없는 호젓한 산길이 좋은 것도 이 때문인 것 같다. 우리가 아무렇게나 살고 있다고 느낀 새들까지도 눈 내리는 자연에 취하고 그 소리를 숨죽이고 듣고 있음을 보고, 어쩜 자연의 세계가 이렇게도 서로를 존중하며 살아가고 있을까 하는 생각이 들었다.

한순간 온몸에 짜릿한 전율이 느껴지고 아름다운 희열이 밀려오는 것 같았다. 눈 내리는 산골짜기에 혼자 있다고 생각했지만 혼자가 아니구나 하는 생각에 머리에서 발끝까지 온몸에 그 희열이 전해졌다. 모두가 공존하며 서로를 위해 양보하고 있음을 보았기 때문이다.

자연에 저항하지 않고 몸을 맡긴 채 내리는 눈을 보면서 자연에 순응하는 흐름이 이렇듯 아름다울 뿐 아니라 자유로움을 만끽할 수 있어 무엇보다 즐거웠다. 눈의 춤사위에 취해 자연과 한 몸이 되어 함께 흐르고 있음을 느낄 수 있었다.

얼굴에 찬 기운을 느끼는 순간, 가방 속에 들어 있는 녹차 생각이 났다. 가방을 열고 병을 꺼내어 차를 따랐다. 녹차 물에서 나오는 하얀 김이 눈 사이를 춤추며 올라갔다. 콧속으로 스며드는 녹차 향이 오감을 건드렸다. 눈 속의 녹차 향이라……. 정말 환상적인 만남이라는 생각이 들었다.

언젠가 절에 갔다가 선방 스님께서 손수 따라 주는 녹차 향에 취한 적이 있었다. 지금 혼자 마시려는 차 향기는 그때보다 훨씬 좋은 것 같다. 스님이 알면 서운하시겠지만, 그냥 지금은 사실대로 말하고 싶다.

절반 가까이 채운 녹차를 입 가까이 대고 심호흡하며 향기를 맡아 보았다. 조금씩 들이마시는 차 맛은 어느 때보다 혀끝에 쌉싸래하고 달콤하게 와 닿았다. 가슴을 적시기에 충분했다. 정신이 맑아지고, 향긋함은 긴 여운으로 남았다.

눈은 계속하여 몸을 흔들어 대고 온갖 자태를 뽐내면서 내리고 있었다. 전혀 질서가 없어 보이는 가운데서도 동료들보다 먼저 가려고 앞을 다투지 않고 자연스런 모습으로 땅에 내려앉고 있었다. 오직 자신을 자연의 흐름에 맡긴 채 순간을 즐기고 있을 뿐이라는 생각이 들었다.

그리고 조용히 대지 위에 자리를 잡았다. 조금 전에 있었던 자유분방한 과거를 잊은 듯 다소곳하게 눕는 모습들이었다. 높고 낮음이 없이 어깨를 나란히 하고 아름답게 잠을 자는 것처럼 보였다.

눈 위에 같이 누워 잠을 자며 그들과 함께 예쁜 꿈을 꾸고 싶다는 생각에 쉽게 자리를 뜰 수가 없었다.

봄이 오면 이곳을 다시 찾고 싶다. 내리는 눈을 숨죽이고 지켜보며 아름다운 풍경과 속삭임을 몰래 즐겼던 새들을 만나고 싶기 때문이다. 그때는 눈의 속삭임 대신 그들의 아름다운 목소리와 함께할 수 있을 것이라는 또 다른 꿈과 희망을 가져 본다.

자연의 아름다움은 영원한 선이다.

동행의 아름다움

유월 초순인데도 한낮의 온도는 한여름의 더위를 넘나드는 30도 이상의 무더운 날씨다. 오전 중에 서재에서 책을 읽다가 한낮의 더위를 피해 오후 4시가 넘어서야 집 근처 산을 찾아 나섰다.

언제나 그렇듯이 산을 오르는 일은 기분이 좋다. 어떻게 좋으냐고 묻는다면, 그냥 좋다고 대답할 수밖에 없을 것 같다. 기분이 상쾌하고 좋으면 되었지, 왜 좋은지 그 이유까지 굳이 알 필요가 없어 마음에 담아두지 않았기 때문이다. 이곳 산은 입구부터 호젓한 오솔길이 시작되어 좋다. 더구나 돌이 깔려 있는 길이 아니라 흙으로 다져진 길이라서 더욱 맘에 든다.

이십여 분만 올라가면 산새들의 노랫소리가 제법 그럴싸하게 들려온다. 도시의 소음과 자동차 소리가 멀어져 감에 따라 산새들의 노랫소리는 마이크를 통해 나온 소리처럼 크게 들려 귀를 즐겁게 자극한다. 그리고 이맘때쯤의 나뭇잎들은 색이 선명하고 깨끗해서 좋다. 나뭇잎들도 아직은 벌레가 끼지 않고 연초록 잎은 반질반질 빛나고 싱싱함을 잃지 않고 있다.

이렇듯 산에 오면 오감이 만족스럽다. 귀를 즐겁게 해 주는 산새 소리가 있고, 허리 숙여 인사하며 맞이해 주는 풀과 나뭇잎들의 아름다운 자태를 볼 수도 있다. 그리고 코를 즐겁게 해 주는 꽃과 잎들의 향기 또한 빼놓을 수 없는 기쁨이다. 산바람은 내 몸을 어루만져 주고 이마에 흐른 땀을 식혀 주기에 충분하다. 이 모두가 산에 오를 때 맛보는 기쁨들인 것 같다.

산꼭대기에 올라 나무의자에 걸터앉아 이마에 흐르는 땀을 씻어 내며 더위를 식혔다. 이곳에 오르면 언제나 사람이 많지가 않아 호젓한 분위기에 젖은 채 조용하게 쉴 수 있어 좋다. 많아야 두세 명이고 그렇지 않으면 늘 혼자다. 오늘도 혼자 의자에 앉아 쉬면서 먼 산과 푸른 하늘을 번갈아 보며 자연의 아름다움에 흠뻑 취해 있었다.

가까이서 뻐꾸기가 우는 소리를 듣고서야 정신을 차릴 수 있었다. '뻐꾹, 뻐꾹, 뻐뻐꾹' 하고 제법 장단을 맞추며 아름다운 소리로 노래를 했다. 왜 새가 노래를 하면 운다고 했는지 이해가 되지 않는다. 이토록 아름다운 노랫소리를 왜 우는 소리로 들었던 걸까?

뻐꾸기의 노랫소리를 듣기 전까지는 혼자 산에 있는 줄 알았다. 그러나 곁에 다른 사람이 없어서 혼자일 뿐이지, 결코 혼자가 아님을 깨달았다. 산에 오르기 시작할 때부터 노래로 반겨 주는 새들이 있었다. 싱그러움을 뽐내던 풀과 나무들은 고개 숙여 인사로 반겨 주었다. 푸른 하늘에 두둥실 떠가는 흰 구름은 조각배를 만들어 놓고 태워 주겠다며 오라고 손짓하고 있었다. 이 모두가 함께 있었던 것을 알지 못했던 것이다.

이제 나는 언제나 말없는 자연이 동행하고 있음을 알게 되었다. 항상 혼자 산속의 오솔길을 걸어도 외로움을 느끼지 않았던 것은 그와 같은 아름다운 동행이 있었기 때문이 아닐까 하는 생각이 들었다.

의자에 앉아 더위를 식히며 '동행'이라는 말의 의미를 생각해 보았다. 인간은 혼자서 살 수 없는 나약한 존재라는 말을 들어 왔다. 그래서 동행할 수 있는 누군가가 꼭 필요한지도 모른다. 그러나 다른 사람과 동행한다는 것은 쉽지 않음을 주위에서 너무나 많이 보아 왔다. 동행에는 산새들이 보여 준 것처럼 그리고 풀과 나무들이 보여 준 것처럼 배려하는 아름다움이 있어야 할 것 같다.

인간끼리 영원히 동행한다는 것이 쉽지 않은지도 모른다. 인간은 욕망과 집착에 사로잡힐 수 있기 때문이다. 마음이 욕망과 집착으로 가득하여 닫혀 있으면 상대의 아름다움을 보지 못할 뿐만 아니라 오히려 방해가 되어 동행이 쉽지 않으리라.

동행은 여유와 풍요로움이 깃들어 있는 아름다움이라는 생각이 든다. 혼자가 아닌 누군가와 뜻을 같이하며 여유를 가지고 거친 세상길을 간다는 것은 닫힌 마음이 아닌 열린 마음이 필요할 성싶다. 마음이 열려 있어야 모든 것을 있는 그대로 볼 수 있기 때문이다. 있는 그대로를 인정하고 이해할 때, 비로소 동행이 이루어지지 않을까.

동행은 조화 속에서 피어날 수 마지막 꽃이 아닌가 하는 생각이 든다. 서로가 열려 있고 욕망과 집착에서 벗어난 여유와 풍요로운 마음이 있어야 조화를 이룰 수 있지 않을까. 그러한 조화로운 삶 속에서만 동행이 가능할 것 같다는 생각이 든다.

산에 올라 보면 수많은 풀과 나무들 그리고 그 안에서 살고 있는 새들까지 모두 자신들을 굳건히 지키며 살고 있다. 그리고 자신들을 지키기 위해서 부단히 노력한다. 그러나 자신을 지키면서 살아가는 그들을 보면, 인간과는 다른 특별한 그 무엇이 숨어 있는 것 같다.

그 첫 번째가 '닫혀 있지 않음'인 것 같다. 그들은 자신이 살기 위해 옆에 있는 다른 모든 것들을 방해하지 않는다. 오히려 함께 살아가는 모두에게 도움과 배려가 앞서는 것 같다. 나무와 숲이 없이는 새들이 살 수 없다. 새들의 노랫소리는 나무와 풀이 커 가는 데 있어서 큰 기쁨이 되어 외롭지 않게 해 주는 것 같다.

자연 속에서 일어난 삶은 인위적이지 않고 흐름에 따른 내맡김 속에서 살아가고 있다는 생각이 든다. 산속에 살고 있는 수많은 나무와 풀들의 세계를 보면 정말 조화롭다는 것을 알 수 있다. 풀은 저마다 다른 모양을 하고 초록으로 몸치장을 했지만 모두가 같은 초록은 아니다. 나무도 마찬가지다. 작은 나무에서부터 큰 나무까지 저마다 특색을 이루고, 그 잎들도 천차만별의 모양 속에 자기만의 색깔을 뽐낸다.

스스로 자신을 지켜 내면서도 이웃에 있는 다른 모든 것들이 그 자리에 설 수 있도록 배려하고 절대로 방해하지 않는 조화. 이와 같은 숲 속의 아름다운 조화가 우리들에게 보여 주는 동행의 아름다움의 극치가 아닌가 싶다. 산속의 모든 풀과 나무 그리고 새들은 자신과 자신의 색깔을 지키면서도 자연의 흐름에 역행하지 않고 그 순리에 따르는 것 같다.

같은 시대를 살아가는 사람들끼리 영원히 동행하며 끝까지 행복한 삶을 이어 가려면, 아름다운 교훈을 숲 속에서 찾아야 할 것 같다. 자연의 아름답고 조화로운 동행의 모습에서 세상을 살아가는 삶의 지혜를 깨쳤으면 한다.

가을에 오는 비

우리의 삶과 생활에 크나큰 영향을 미치는 것 중에 하나가 자연 속에서 일어난 변화들인 것 같다. 우리가 어디에 사는가에 따라 그 문화가 엄청난 차이를 보이는 것만 봐도 그렇다. 자연 속에서 우리가 얻는 삶의 지혜 또한 헤아릴 수 없이 많다. 이처럼 자연은 우리 곁에서 알게 모르게 우리의 삶에 어떤 것보다도 많은 영향을 주고 있는 것 같다.

일 년 내내 더운 나라가 있는가 하면 추운 겨울이 계속되는 나라도 있다. 그리고 우리가 사는 곳처럼 사계절이 뚜렷하여 계절마다 다른 감성을 가질 수 있는 곳도 있다. 이렇게 자연에서 얻은 감성은 우리가 살아가는 데 필요한 감정의 원천이 되고 삶의 지혜를 발견할 수 있는 힘이 된다.

그중에서도 모든 가을걷이가 끝날 무렵에 내리는 가을비는 많은 것을 생각하게 만든다. 조용히 내리는 비라면 가을비가 더욱 좋게 느껴지는 것도 이 때문인 것 같다. 결실의 끝에서 모두를 포근하게 감싸 주며 적셔 주는 듯한 느낌. 촉촉이 젖은 가을 들녘은 넉넉하고 성취감이 감도는 독특한 향기가 있어 무엇보다 좋은 느낌이 스민다. 먹지 않아도 배부른 가슴 뿌듯한 희열 속에서 그동안 살아온 삶을 뒤돌아보게 하는 매력으로 다가온다.

가을은 우리가 흔히 결실의 계절이라고 말한다. 이 결실 속에는 또 다른 삶의 이별이라는 명제가 숨어 있는 듯하다. 가을비는 이 같은 이별의 아쉬움을 달래 주기 위해 대지에 내려온 것 같다. 그러면서도 가을비는 잉태하려는 새 생명들의 아름다움에 대해 우리에게 무언의 암시를 주고 있는 게 아닌가 하는 생각마저 든다.

아름다운 옷으로 갈아입은 나뭇잎 그리고 나무에 매달린 열매도 제 무게를 견디지 못하면서도 이별의 아픔을 달래며 끝까지 매달려 있는 모습이다. 이때 가을비는 그들에게 조용하게 다가선다. 아쉬움의 끈을 놓지 못하고 나무에 매달려 있는 잎과 열매에 가을비는 조용히 속삭이는 것처럼 보인다. 머뭇거리는 열매와 잎의 얼굴을 쓰다듬으며, 삶의 무게에 짓눌리지 말고 가벼운 마음으로 떨어지라고…… . 놓지 못하고 있는 그 끈은 삶의 끝이 아니고 새 생명이 시작할 곳이라고 넌지시 말하는 모습처럼 보인다.

이러한 가을비의 모습에서 삶의 진솔함을 발견할 수 있을 것 같다. 잎과 열매를 도와주기 위해 하늘에서 대지로 내려온 반가운 손님, 가을비는 자연이 길러 준 땅으로 내려앉기에 편안하도록 잎과 열매에게 무게를 보태 준다. 그러나 그 무게는 싫지만은 않은 아름다운 무게로 다가온다. 삶을 짓눌리는 무게가 아니라, 짓눌리는 삶을 품에 안고 감싸 주려는 것 같기 때문이다.

봄비가 새 생명을 주는 것이었다면, 여름비는 삶을 키워 주는 것이었다. 그리고 가을비는 삶의 마감을 도와주고 새로운 생명이 잉태하는 길을 도와주는 것이라는 생각이 든다. 가을비가 생명의 외로움을 달래 주고 품어 주지 않았다면 영원한 생명을 이어 갈 수 없었을 것이기 때문이다. 새 생명을 이어 가는 이별이라지만 이별은 역시 소멸의 아픔이 있을 성싶다. 이별의 아픔을 승화시켜 준 가을비 속에서 아름다운 삶의 지혜를 발견할 수 있을 것 같다.

사색하는 계절, 가을에 오는 비는 나에게 결실의 풍요로움을 만끽할 수 있는 시간을 갖게 한다. 그래서 가을비의 가르침은 자연의 조화 속에 나타나는 값진 지혜라는 생각이 든다. 자연이 보여 준 조화는 늘 아름답고 신이 몸소 실천하는 행동이 나타나는 것 같아 두 손 모아 합장하게 만들고 가슴을 여미게 한다.

하늘을 향해 두 손 모아 빌면서 허리를 굽실거렸던 어머니의 마음을 조금은 알 것 같다. 무한한 자연의 지혜 앞에 두 손 모아 합장한다.

이별과 새로운 생명을 이어 준 가을비,
정말 고맙다.

강물 같은 삶

　어느 여름날, 남쪽 지방을 여행하다가 유유히 흐르는 큰 강에 매료되어 차를 세웠다. 무더위를 피해 나지막하게 드리운 버드나무 밑에 자리잡았다. 오후의 끝자락, 강에서 불어오는 산들 바람이 무더움을 조금은 식혀 주고 있었다. 햇빛에 반짝이는 강을 유심히 바라보았다.

　고요함 속에서도 늠름하고 믿음직스러운, 그러면서도 당당하게 흐르고 있는 아름다운 강의 모습에 어느새 마음을 완전히 빼앗겼다. 눈과 마음도 강을 따라 흘러가고 있었다. 강 저 너머로 바다가 보였다. 간간이 도로를 달리는 자동차 소리를 빼면 정말 조용했다. 강으로서는 종착지인 바다를 향해 전혀 비굴하지 않고 당당하게 흘러가고 있는 강의 모습에 어느새 마음은 침잠하고 있었다. 인생 후반기에 접어든 인간들의 삶도 저렇게 당당하고 거침이 없는 떳떳한 모습이었으면 하는 생각을 했다.

　늠름하고 당당한 그러면서도 아름다운 강!

　강으로 당당하게 나타난 모습을 보면서 그동안 여기까지 오게 된 물의 변화무쌍한 모습을 떠올려 보았다. 물은 고정된 어떤 모습이 아니다. 모두가 주어진 그릇에 놓이고 환경에 스며들 뿐, 자신이 가지고 있는 고정된 모습은 하나도 없다. 항상 변화 속에서 거스르지 않는 수용과 포용 그리고 순전히 내맡김을 통해 여기까지 달려온 물이 지금 내 앞에 흐르는 강물로 아름답게 변신한 것이다.

한때는 어린아이처럼 촐랑대기도 했고, 가로막는 바위에 부딪히며 떨어지는 폭포수의 물보라 속 무지갯빛은 아름다운 꿈을 주기에 충분했다. 그 아름다움에 취한 인간들이 환희 속에서 보내는 박수를 받기도 했다. 산골짜기를 지나고 폭포를 지나면서 떨어지고 부서지는 아름다운 모습에 우리의 눈과 귀는 한없이 큰 즐거움을 맛보았다.

오감으로 얻은 감각적인 즐거움보다 더 큰 은혜는 생명들이 살아가는 삶의 원천이라는 사실일 것 같다. 자연 속의 수많은 생명들은 한시도 물 없이 존재할 수 없기 때문이다.

무한한 포용 속에서 지극한 자비와 사랑을 실천하고 남음이 있어 모이고 모여 낮은 곳을 찾아 흘러온 물! 이것이 지금 눈을 떼지 못하고 보고 있는 강이다. 지금도 사랑을 다 베풀지 못했다는 듯 많은 생명을 감싸며 포용하고 어루만지며 흘러가고 있다. 강물의 큰 사랑에 몸과 마음은 이곳을 쉽게 떠날 수 없었다. 물이 준 큰 사랑과 삶의 지혜를 설명할 수 없다는 게 정말 아쉬울 뿐이다. 눈과 귀에 익숙한 물의 아름다운 향연과 더불어 자연에 내미는 소중한 생명을 자연의 섭리라고 해야 할지, 아니면 신의 뜻이라고 해야 할지 모르겠다.

물이 감추고 있는 본성에는 과학과 이성만으로는 다 설명할 수 없는 어떤 힘이 틀림없이 작용하고 있다는 생각이 든다. 앞에서 도도하게 흐르는 강물을 보면서 다시 한 번 자연의 진실하고 아름다운 힘 앞에 온몸에 소름이 돋는다.

이곳에서 조금만 더 흐르면 이 강물은 바다를 만나게 되리라. 바다를 만나면 강물이라는 개별적인 자아를 상실하고 바다와 하나가 되는 조화로운 질서 속에서 새로운 삶을 시작할 것 같다. 그러면서도 새로운 의무를 기다리는 영원한 침묵이 살아 숨 쉴지도 모른다. 승천과 흐름을 반복하는 불멸과 불변의 표상일 성싶다.

강물의 모습을 보면서 그동안 이타심으로 감싸고 어루만지는 큰 사랑 대신 다른 사람에게 상처를 주지는 않았는지 삶을 뒤돌아보았다. 유유히 흐르는 강물 앞에서 어느덧 내 눈가에는 이슬이 맺히고 있었다. 우리가 하찮게 생각한 한 방울의 물도 자신의 의무를 다하고 깊은 침잠 속에서 또다시 신의 명령을 기다리며 영원한 삶을 살고 있음을 느꼈기 때문이다.

비스듬히 비추는 석양빛에 강물은 눈이 부실 정도로 반짝이고 있었다. 온통 황금색으로 도배된 강은 찬란하게 빛나며 내 눈을 가렸다.

문득 바다를 앞에 두고 도도하게 흐르는 강물을 보면서 삶과 죽음을 걱정하고 두려워한다는 것은 천박한 생각일 것 같다는 생각이 들었다. 바다를 앞에 두고 도도히 흐르는 강처럼 조금도 주저함이 없는 당당한 삶을 마음속에 그려 보며 자리에서 일어났다.

내장산 풍경 소리

늦가을 오후, 창문으로 맑게 갠 하늘이 아름답게 보인다. 짙은 파랑색을 띠고 있는 하늘에서 전형적인 늦가을의 정취가 물씬 느껴졌다. 하늘도 멀찌감치 떨어져 있는 것 같다. 가을이 주는 허전함과 쓸쓸함이 몸과 마음을 감싸고 있는 듯했다. 어디론지 훌쩍 떠나고 싶은 생각이 들었던 나는 내 마음에 들어온 늦가을처럼 그렇게 무작정 집을 나섰다.

이럴 때마다 내장산 깊숙한 곳에 자리 잡고 있는 내장사 절 외에 다른 곳은 생각나지 않는다. 직장 때문에 혼자 객지 생활을 한 지도 일 년 가까이 되었다. 그동안 기회 있을 때마다 찾아서 몸과 마음을 쉬었던 곳이다. 관사에서 손쉽게 갈 수 있는 곳이기도 하지만, 언제나 마음을 포근하게 감싸 주는 절과 주변의 풍경이 마음에 들어 자주 찾았다.

정읍 시내는 조금만 벗어나면 꼬불꼬불한 산길 도로가 나타난다. 몇 번을 다녀도 주변은 늘 아름다운 풍경에 둘러싸여 있어, 차창을 통해 본 경치는 항상 새로운 맛을 느낄 수가 있다. 사계절 내내 아름다운 경치는 풍요롭고 행복한 감정을 느끼기에 충분한 풍경을 선사한다. 시골 마을이 있고 정겹게 시냇물이 흐르고 널따란 저수지까지 어우러지는 풍경은 아름답고 포근하여 시름을 잊게 한다. 아름다운 경치에 빠져 시간 가는 줄 모르고 운전하다 보니 어느새 절이 보인다.

주차장에 차를 세우자마자 향긋한 녹차 맛이 생각났다. 가을 날씨에 제격이라는 생각에, 자주 찾았던 찻집으로 들어갔다. 물론 찻집 주변 경치도 좋지만 불교 신자인 주인아주머니의 공손하고 다정다감한 말씨가 좋아서 절에 오면 으레 들렀던 곳이다. 한 박자 쉬어 가려는 삶과 인생에 대한 이야기에 솔깃했는지도 모른다.

따뜻한 녹차 한 잔을 양손으로 감싸 들고 아주머니와 이야기를 주고받으며 한가로이 시간을 보냈다. 조금 열린 문 사이로 들어오는 쌀쌀한 가을바람은 찻집 안을 냉기로 가득 채웠다. 다행히 양손에 들려 있는 따뜻한 찻잔의 온기 때문인지 춥다는 생각은 들지 않았다. 찻잔에서 피어나는 향긋한 녹차 향이 코를 자극한다. 혀를 감싸며 넘어가는 녹차 향은 긴 여운을 남기고 있었다.

창에 비치는 내장산 늦가을의 단풍. 어쩐지 조금은 허전하고 쓸쓸하다는 기분이 들었다. 하지만 허전한 마음을 달래 줄 내장산 단풍이 아직도 군데군데 남아 있어 다행이라는 생각도 들었다.

더 늦기 전에 늦가을 단풍을 구경삼아 산책하기로 마음먹고 찻집을 나섰다. 그동안 자주 걸었던 등산길은 한 시간 남짓 소요되는 거리다. 여유를 갖고 걸으면 조금 더 걸리는 산책길이다. 절을 가운데 두고 한 바퀴를 도는 호젓한 오솔길로, 산책 코스로는 안성맞춤이다. 좁지 않은 길은 혼자 걸어도, 여럿이 나란히 손을 잡고 걸어도 더없이 좋다. 여유가 있고 주변의 경치는 더욱 장관이다.

내장산 단풍은 아름답기로 이미 정평이 나 있지만, 사실은 천 년을 간직하고 있는 비자나무 숲이 사계절을 더 아름답게 꾸며 주고 있는지도 모른다. 내리는 눈 속에서도 변하지 않는 비자나무 푸른 잎은 내장산의 절개를 지키는 상징처럼 보인다. 가을 한철을 아름다움으로 물들이는 단풍에 비하면, 한결같은 푸르른 자태는 더 일품이라는 생각이 들기 때문이다.

역시 이런 길은 함께보다는 혼자 걸어야 제맛이다. 간섭받지 않고 마음 내키는 대로 걸을 수 있어 홀가분하고 자유로움을 한껏 만끽할 수 있기 때문이다.

휴일의 오후라 그런지 내려오는 등산객이 적지 않았다. 그룹지어 내려오는 등산객들의 웃고 떠드는 모습은 근심 걱정이 전혀 없는 것처럼 보였다. 모두가 편안하고 행복한 모습이었다. 상기된 얼굴에서 여유와 풍요로움이 느껴졌다. 나이 지긋한 사람들이지만 풋풋한 십대들의 얼굴처럼 아름다웠다. 표정들이 밝아 아름답고 여유가 있어 보였다.

오랜 세월을 견딘 흔적이 그대로 남아 있는 깊은 산속의 바위들 그리고 가을의 마지막이 아쉬운 듯 아름다움을 뽐내며 아직도 남아 있는 단풍잎들 하나하나를 놓치고 싶지 않아 천천히 걸었다.

어느새 원적암 입구에 버티고 있는 돌기둥이 나를 반겼다. 돌기둥에 붙은 이끼들을 보면 오랜 세월을 견디어 온 기둥임을 어렵지 않게 짐작할 수 있다. 인고의 세월을 견디고 우뚝 선 돌기둥 앞에 서면 마음이 숙연해진다.

골짜기를 벗어나자, 가시거리가 트인 밝은 산비탈 능선이 나타났다.

쌀쌀한 날씨지만 목을 축이고 싶다는 생각이 들어 먼저 약수터에 들렀다. 약수터 앞에 놓인 조그마한 바가지로 약수를 받아 텁텁한 입안을 헹군 뒤 한 모금 마셨다. 시원한 약수터 물은 몸 구석구석을 말끔하게 씻어 준 것 같다. 마음까지 한결 상쾌했다.

원적암을 벗어날 때쯤 가던 걸음을 멈추었다. 산 아래 골짜기 숲 속에 아름다운 단풍나무 한 그루가 눈길을 잡아끌었기 때문이다. 아직도 오색으로 물들여진 아름다운 단풍잎은 하나도 떨어지지 않은 것처럼 보였다. 옆에 있는 친구들의 보호를 받아 그런지, 늦가을인데도 잎이 그대로 붙어 있었다. 화려하고 자연스런 색상에 나는 그만 넋을 잃고 말았다. 마음껏 몸단장을 마친 아름다운 잎들이 잡념을 털어 내듯 설레설레 몸을 흔들며 뽐내는 모습에 한참을 쳐다보았다. 하루를 만족스럽게 보낸 석양의 태양처럼 강렬한 단풍 빛깔은 황홀하고 아름다웠다.

단풍의 아름다움에 취해 달그락거리는 소리를 듣고서야 사랑의 거리를 걷고 있었다는 것을 알아챘다. 사랑의 거리는 산비탈에서 내려온 돌들로 자연스럽게 만들어진 길이다. '사랑의 거리'라는 이름은 길을 걸을 때 소리가 나지 않으면 사랑하는 사람이 생긴다는 뜻으로 붙여졌다고 했다. 그러나 아무리 조심스럽게 걸어도 서로 맞물려 있지 않는 돌들이라 소리가 난다. 매사에 조심하면 좋은 일이 있을 것이라는 희망을 준 덕담이라는 생각이 든다.

벽련암을 지나 어느덧 내장산 입구 일주문에 이르렀다. 절에 올 때마다 본 건물이지만 오늘 새삼 건축 솜씨에 감탄할 수밖에 없다는 생각이 들었다. 그 무거운 몸체가 단 두 개의 기둥으로 버티고 서 있는 것을 보면 감탄사가 절로 나올 수밖에 없기 때문이다.

일주문을 지나 대웅전으로 들어서는 입구 양쪽 벽에 우뚝 서 있는 사천왕상을 보았다. 눈을 크게 부릅뜨고 무엇을 그리 감시하려 하는지 무섭다는 생각이 들었다. 그러나 사람을 겁주고 감시하기 위해 서 있는 것은 아닐 것 같다. 지나는 사람들이 항상 깨어 있기를 바라는 마음에 짐짓 놀라게 하려는 것 같기 때문이다.

대웅전에 이르자, 여행객들도 빠져나가 마당은 텅 비어 있었다. 한두 사람이 보일 뿐 한적한 공간으로 변해 있었다. 늦은 오후 넓은 공간에서 자유를 만끽할 수 있어서 좋았다.

주위가 조용해서 그런지 처마 끝에 매달린 풍경의 소리가 내 귓전을 울린다. 풍경에 매달린 물고기 모양의 추가 부딪치며 내는 소리다. 전에도 들어 본 소리지만 오늘따라 더욱 또렷하게 들리는 것 같았다. 청아하고 은은하여 내 마음을 사로잡기에 충분했다. 한편에서는 은은한 향내 속에 울려 퍼지는 스님의 낭랑한 독경 소리도 한몫했다.

풍경 소리! 말과 글로 표현할 수 없는 감미로운 소리인 것 같다. 어느 절에 가든 처마 끝에 매달린 풍경을 볼 수 있다. 쇠줄에 조그맣게 매달려 있는 풍경이다. 그러나 오늘처럼 기다란 쇠줄 끝에 외롭게 매달려 있는 풍경을 유심히 바라본 적은 없었다. 외줄에 매달린 풍경이지만 고고한 자태를 뽐내고 있어 전혀 외로워 보이지 않고 당당함과 의젓함이 엿보였다. 무언가를 말해 주기 위해 있는 것처럼 보였다.

풍경 소리는 불어오는 바람을 거스르지 않고 몸을 맡겨 빚어낸 소리다. 철저히 자연에 순응함을 몸소 보여 주고 있는 듯했다. 바람을 타고 들려오는 풍경 소리는 너무나 은은하고 맑아서 솔바람 소리로 착각할 만큼 아름다운 소리로 변해 있었다. 세상의 그 어떤 악기가 이처럼 곱고 속세에 물들지 않는 고고하고 청아한 소리를 낼 수 있을까 하는 생각이 들었다.

절 안에 울려 퍼지는 풍경 소리와 독경 소리는 집에서 출발할 때 몸과 마음을 뒤흔들었던 온갖 잡념을 훌훌 털어 내기에 충분했다. 마음을 흔들었던 모든 생각이 여기서는 사치에 불과한 욕망처럼 느껴져 부끄럽다는 생각마저 들었다. 처마 끝에서 들려오는 풍경 소리와 목탁 소리에는 속세의 욕망을 부끄럽게 만드는 묘한 힘이 담긴 것 같다. 숲 속의 향기와 향불 냄새도 한몫했다. 숲 속에서 피어나는 그윽한 향기는 피곤한 몸과 마음을 정화시키는 데 부족함이 없을 것 같았다.

청아하고 맑은 풍경 소리, 낭랑한 독경 소리 그리고 이곳 내장산 자락에서 풍겨 오는 풀 냄새 모두를 가져갈 수 없다는 게 아쉬울 뿐이다. 내 마음 깊은 곳에 담아 두고 오래도록 간직하고 싶기 때문이다. 마음이 혼란스러울 때면 언제든지 다시 꺼내 청량제로 쓸 수 있으면 좋을 것 같다는 생각이 든다. 아마 이것도 욕심이겠지만 말이다.

어스름이 몰려오는 늦가을 오후 혼자 들었던 청아한 풍경 소리는 앞으로도 영원히 잊지 못할 것 같다. 세속에 물들지 않는 나지막한 풍경 소리는 욕망과 집착에서 헤어나지 못하고 있는 인간의 영혼을 맑게 해 주는 것 같기 때문이다.

처마 끝에서 울려 퍼지는 풍경 소리!

오늘은 조금 알 것 같다.

조그마한 그 소리에 깨어 있으라는…….

고맙다는 인사를 받고

삼월 첫 번째 토요일, 아내는 외손자를 보러 간다고 아침부터 부산을 떨더니 오전 일찍 집을 나갔다. 집에 혼자 남아 서재에서 책을 읽다가 바깥에 가득히 내리쬐는 이른 봄 햇빛에 반해 그냥 앉아 있을 수가 없었다. 날씨도 쾌청했다. 낮 온도가 십 도가 넘는다는 말은 밖으로 나오라는 충동질 같았다. 춥지 않게 옷을 챙겨 입고 밖으로 나갔다. 집을 나와 가는 곳은 언제나 그렇듯 법화산 길목에 자리 잡은 죽전봉을 오르는 산책길이다.

그동안 얼어 있던 산길은 어느새 촉촉이 젖어 있었다. 이른 봄에 꽃을 피우려는 산수화와 개나리는 벌써 봄 준비에 한창이었다. 벌써 녹두알만큼이나 큰 꽃망울이 가지마다 다닥다닥 붙어 있는 것을 보면 곧 터질 것 같은 기세다. 봄비라도 한 번 내릴라치면 꽃망울을 터트려 봄을 알리는 전령사 노릇을 제대로 할 수 있는 모습이었다. 추운 겨울을 이겨낸 생명들의 힘찬 기지개 짓은 봄을 기다린 우리들에게 삶의 희망을 갖게 하는 봄이 주는 축복인 것 같다.

삼십여 분을 걸어 죽전봉에 도착해 그곳에 놓인 운동기구에 의지한 채 움츠린 몸을 조금 풀어 주고 나니 마음도 한결 가벼워졌다. 봄 햇살 가득한 산 공기는 부드러웠고 하늘은 쾌청하고 산뜻하여 산책 분위기를 한껏 돋워 주었다. 한낮 햇살에 아른거리는 좁은 황톳길은 봄을 재촉하는 듯했다.

지금쯤이면 어릴 적에 살았던 남쪽 하늘은 종달새 차지가 되기에 충분할 것 같다. 성급한 아이들은 실개천으로 나가 버들가지를 꺾어 힘들게 비틀어 만든 피리로 봄노래를 부르고 있을지도 모른다. 마음껏 뛰어놀던 그때가 아름다운 추억으로 다가왔다.

자리를 털고 일어나 산속 오솔길을 계속 걸었다. 추운 겨울을 벗어나고 싶은 마음이 앞선 것 같다. 산길에서 봄의 날갯짓을 찾아보려는 마음에 길을 유심히 살피며 걸었다. 마음을 달래 줄 만한 봄의 전령을 찾는 것은 힘들었지만, 내 눈에 들어오는 것이 있었다.

겨울의 세찬 바람을 견디지 못하고 부러진 가지들이 살아 있는 어린 나무를 누르고 있는 모습을 그냥 지나칠 수 없어 나뭇가지를 치워 주었다. 길을 걸으면서 치워 주기를 몇 번이나 반복했다. 혼자 하기 힘들 만큼 큰 나무토막을 어렵사리 땅바닥으로 내려놓았다. 크나큰 나무토막을 치우자마자 짓눌렸던 나무는 시위대에서 튕겨나간 화살처럼 하늘로 솟구쳤다. 치솟는 나뭇가지에 그만 얼굴을 맞을 뻔했다. 쓰러진 나무토막 무게에 땅바닥에 눌려 먼지투성이가 된 나무는 물에 젖은 개가 온몸을 털 듯 흙먼지를 훌훌 털며 벌떡 일어섰다.

힘찬 기지개를 펴고 제자리를 잡아 가는 것을 보자 마음도 즐거워졌다. 하늘을 향해 두 팔을 쳐든 나무는 얼굴에 웃음을 가득히 머금고 고개를 끄떡이며 인사하는 것처럼 보였다. 웃음으로 대신한 말없는 인사에 마음은 더할 나위 없는 기쁨이 되어 산책길을 걷는 발걸음은 가벼워졌다.

쓰러진 나무토막에 깔린 어린 나무를 세워 주는 동안 세상을 살아가면서 스스로 할 수 없는 것들이 너무나 많음을 느꼈다. 모두가 제 스스로 살아가고 있다고 생각하겠지만 그렇지도 않다는 것을 알게 되었다. 쓰러진 나무에 깔린 나무만 해도 스스로 빠져나올 수는 없을 것 같다. 세찬 바람에 나무토막이 떨어져 나가든지 아니면 썩어 없어질 때까지 짓눌린 나무는 기다리는 수밖에 다른 도리가 없을 것이다. 그때까지 어린 나무는 고통스러운 삶에서 벗어날 수 없겠지.

무거운 나무토막에 짓눌린 어린 나무를 세워 주면서 스스로 할 수 없는 것을 대신해 주었다는 생각에 마음은 기뻤다. 더구나 온몸으로 표현하는 아름다운 인사에 들뜬 마음을 쉽게 가라앉힐 수 없었다. 머리를 들어 해맑은 푸른 하늘을 쳐다보았다. 하늘에 밝게 떠 있는 해도 윙크하며 칭찬해 주는 것 같았다. 발걸음은 한결 가벼웠고 어느 때보다 산길은 더욱 아름다운 모습으로 다가왔다.

세상을 살아가면서 좀 더 주위를 살펴볼 필요가 있다는 것을 느꼈다. 비록 좁은 산길에서 일어난 일이지만, 우리가 살아가는 세상에도 스스로 해결할 수 없는 일이 너무나 많을 것 같다는 생각이 들었기 때문이다. 곁에서 조금만 도와준다면 두 손 들어 만세 하듯 땅을 딛고 일어서는 나무처럼 인간 세상에도 그런 일이 많이 있으리라.

살기 힘든 세상살이라고 말하지만, 조그마한 배려와 도움이 있고 그 일에 고마워하는 훈훈한 정들이 통할 수만 있다면 밝은 사회로 가는 지름길이 아닐까?

꺾인 나뭇가지

들과 산기슭에 새 풀이 나는가 싶더니, 어느덧 앙상했던 나뭇가지에 돋아난 새잎들은 그림자를 드리우기에 충분했다. 이른 봄 들녘에 날고 있는 나비처럼 바람에 흔들리는 나뭇잎의 모습은 산뜻하고 예뻤다.

그동안 산책 삼아 일주일에 두세 번씩 오르던 산길인데도 오늘은 새삼 다른 느낌으로 다가왔다. 길 양쪽에 버티고 선 나뭇가지에 돋아난 잎들 때문인지 길이 비좁게 느껴졌다. 새로 돋아난 잎의 무게에 눌린 나뭇가지들이 늘어져 산책길을 서서히 좁혀 오고 있었다.

그 사이를 요리조리 피해 걸어가는 묘미는 겨울에 맛보지 못한 또 다른 재미가 있어 기분 좋은 색다름으로 느껴졌다. 새로 피어난 잎들의 모양새를 가까이서 볼 수도 있고, 저마다 다른 색깔인 초록의 향기로 유혹하는 자연의 풍경에 젖는 즐거움도 있었다.

어제 내린 봄비 탓인지 산길을 둘러싸고 있는 숲 속의 공기는 한층 더 상쾌했다. 말끔히 세수를 마친 나뭇잎들이 너무 반짝거려 그들의 모습을 제대로 바라다볼 수 없을 만큼 눈이 부셨다. 익숙한 산등성이 길을 오르며 콧속을 타고 들어오는 향긋한 봄 향기에 취해 나도 모르게 흥얼거리며 발걸음을 내딛었다.

그러나 기쁨도 잠시, 며칠 전에는 볼 수 없었던 광경에 놀라 가던 길을 멈추고 말았다. 나뭇가지들이 여기저기 꺾여 있는 것을 보며 적지 않게 놀라 흥얼거리던 노래 또한 멈출 수밖에 없었다. 꺾인 가지를 쓰다듬고 어루만지며 자세히 살펴보았다. 가지가 찢어진 것이 아니라 튼튼한 나뭇가지가 중간쯤에서 가지런하게 꺾여 있었다. 이는 세찬 비바람에 꺾인 게 아니라, 산책길을 나섰던 사람이 지나가는데 걸리적거린다는 이유로 도구를 사용해 꺾어 놓은 것이 분명했다.

산책길에 방해물이라고 생각했는지, 나뭇가지를 많이도 꺾어 놓았다. 벌써 꺾인 나뭇가지의 잎들은 살아 있는 잎들의 모습과는 딴판이었다. 산길을 따라 산등성이를 오르면서도 즐거움보다는 꺾어진 나무에 관심이 온통 쏠려 평소 마음으로는 산책할 수 없는 기분이 되었다. 길을 가다가 보면 계속하여 꺾인 나뭇가지가 눈에 들어와 산책하는 기분은 점점 더 엉망이 되어 가고 있었다.

조금만 옆으로 비켜 가면서 몸에 스치는 나뭇가지에서 생명의 신선한 촉감을 받았다면 얼마나 아름다운 느낌이었을까. 순간 가슴이 찡했다. 꺾인 가지 옆에 살아 있는 나뭇가지나 잎들은 한없이 유연하고 생기가 있었다. 바람에 흔들리는 모습은 지나가는 사람에게 어서 오라는 손짓처럼 아름답게 보였다. 그러나 죽은 가지나 잎은 모두가 경직되고 유연하지 않았다. 뻣뻣하고 생기가 없이 그저 걸쳐 있다는 표현이 맞을 것 같다.

산에 오르다 보면 가시덤불에 걸리기도 하고 옆으로 뻗어 있는 나뭇가지에 얼굴을 얻어맞기도 하지만, 그러한 산의 모습과 정취를 즐기기 위해 산에 오르는 것이 아닐까 싶다. 산에 오르면서 깊은 숨을 몰아쉴 수 있는 가파른 등성이 없다면, 살아 있는 나무에서 뿜어져 나오는 그들의 향기가 없다면, 나무 사이를 오가는 새가 없어 그 아름다운 새소리를 들을 수 없다면, 산책길 양쪽을 가득 채운 나뭇가지들이 시원한 그늘을 만들어 주지 않는다면 그것은 산이라 할 수 없을 것 같다. 우리가 산을 찾는 명분도 없어질 것 같다. 나무와 숲이 없는 산은 감히 생각할 수가 없기 때문이다.

산이 좋아 산을 찾는 사람이라면 산을 이루고 있는 나무도 사랑했으면 한다. 길을 조금 막는다고 비켜 가지 못하고 꺾어 버리는 행동은 아무래도 산이 좋아 산을 찾는 사람의 마음과 자세는 아닐 것 같다.

숲 속의 나무와 무언의 대화를 하며 어루만져 주지는 못할망정 꺾어 버리는 마음은 얼마나 야속한가. 오르는 산이 좋다면 산을 이루고 있는 나무와 풀, 숲 그리고 그곳에 있는 모든 야생 동물까지도 사랑해야 하지 않을까? 그 모두가 함께 있어야 진정한 산이기 때문이다.

옛 조상들은 자연의 모든 사물에 대한 아주 사소한 것까지도 존중하고 배려하면서 살아온 흔적을 지금도 곳곳에서 찾아볼 수 있다. 이익에 집착하기보다는 더불어 살아가는 자연스러운 삶에 최우선을 둔 그들의 태도는, 아무리 각박한 현대인의 생활이라지만 곱씹어 볼 만한 삶의 지혜인 것 같다는 생각이 든다.

마을 앞 당산나무 한 그루와 산에 우뚝 선 바위까지도 마음 깊이 우러나오는 존경과 기도의 대상이 되었다는 이야기와 전설은 지금까지 전해 내려오고 있다. 옛 조상들은 인간을 둘러싸고 있는 자연에 대한 무한한 사랑과 존경을 보냈던 것 같다. 자연에 대한 아름다운 배려가 아닐 수 없다.

요즘은 자연에 대한 생각이 많이 변한 것 같다. 모든 자연은 우리가 살아가는 데 있어 꼭 필요한 동반자가 아니라, 정복해야 할 대상쯤으로 생각하고 있는 것 같은 느낌이 드는 때가 많다. 자신도 모르게 걸리적거리면 꺾고 치워 버리면 된다는 단순한 사고방식도 무의식중에 그러한 발상에서 나오지 않았나 하는 생각이 든다.

산을 오를 때마다 느낀 것이 있었다. 살아 있는 모든 것들의 흘러넘치는 생명력이 우리가 살아 있음을 얼마나 실감나게 해 주는지 모른다는 생각이다. 산에 자리 잡은 나무와 풀숲은 그 자체로 조화를 이루고 있어 언제나 평화스러움을 보여 주고 있기 때문이다.

산에 오를 때 혹시라도 죽어 있는 풀이나 나무가 살아 있는 다른 풀이나 나무에 방해가 된다고 생각하면 치워 주기까지 했다. 살아 있는 것에 대한 밑거름 이상이 되어서는 안 된다는 마음에서 한 행동이었는지도 모른다.

동물이나 식물 어느 것 하나라도 살아 있는 것은 진정 아름답지 않은 것이 없는 것 같다. 살아 있는 생명에서 나오는 무한한 에너지가 넘쳐 나는 것을 느낄 수 있기 때문이다. 그 생명력의 아름다움은 그 자체로 다른 생명을 살찌우고 힘을 북돋아 주는 것 같다.

인간과 함께하는 자연의 생명체는 살아 있다는 점에서 같다는 생각이 든다. 동식물을 막론하고 살아 있는 생명체의 생명은 모두가 존귀할 수밖에 없는 이유인지도 모른다.

우리가 하찮게 여기는 나뭇가지 역시 우리들의 생명의 원천이 아닐까. 그러한 점에서 이 세상의 모든 삼라만상은 인간과 불가분의 관계임을 알아차려야 할 것 같다. 그들이 없는 최후는 우리도 살아갈 수 없을 성싶다. 인간 중심의 사소한 사고들이 자연생태계 위기의 근본임을 하루빨리 깨달아야 할 것 같다.

길가에 뻗은 나뭇가지에서 진한 생명의 향기를 느껴 본다. 그들이 함께 있어 언제나 외롭지 않음에, 둘러싸고 있는 삼라만상에 감사하고 고마울 뿐이다.

가을 산

일주일에 두세 번씩 오르는 산이다. 여름에는 번들거리고 광채 나는 푸른 잎들이 풍성하게 나뭇가지에 찰싹 달라붙어 있었던 것 같다. 지금은 살아온 세월의 흔적들이 아쉽다는 듯 화려한 빛으로 몸단장을 마친 채 나뭇가지 끝에 어쩔 수 없이 매달려 있는 것처럼 보인다. 떨어져 나간 친구들을 아쉬워하며 매달려 있는 모습은 외롭고 안쓰럽다는 생각마저 들게 한다.

산길에는 갈잎들이 제법 두껍게 쌓여 있다. 밟고 지나가면서도 미안한 마음이 든다. 쫙 펴지지 않고 웅크린 모습이지만 아름다움을 간직한 채 누워 있는 잎들을 보면 어린이의 천진난만한 얼굴처럼 예뻐 보인다. 그러다가도 자식을 바라보며 웃는 얼굴로 다가오는 아버지와 어머니를 닮은 주름진 모습처럼 보일 때도 있다. 바람이 불면 떠밀려 어디론가 떠나야 할 처지지만 모두가 편안하고 아름다운 얼굴들이다.

가을은 많은 생각을 하게 하는 것 같다. 오늘따라 더욱 마음이 심란하다. 햇빛이 들지 않는 꾸물꾸물한 날씨 탓인지도 모른다. 감각이 예민

해서인지 갈잎들에서 풍겨 오는 향기가 내 코끝을 유난히 자극한다. 콩을 들볶은 듯한 타는 냄새와 매운맛이, 촉촉한 흙과 어우러지는 낙엽의 고유한 냄새와 함께 유혹한다. 코끝으로 느끼는 향기가 아니라 어쩌면 깊은 가슴속으로 파고들어 삶을 깨우쳐 주는 향기라는 생각이 든다.

샤넬 향기가 이보다 좋을 수는 없을 것 같다. 가을에서 느껴지는 막연한 슬픔과 적막에 사로잡힌 마음을 차분하게 달래 주기에 더할 나위 없는 향기라는 생각이 든다. 가을 향기에 취하고 갈잎 밟는 소리에 취해 좁은 산길을 걷고 있다는 사실도 잊은 채 걷고 있었다. 어느새 심란한 마음은 온데간데없고 산들거리는 바람을 따라 콧노래를 부르고 있었다.

산 정상에 올랐다. 정상이라고 이름 붙일 것까지야 없지만 아무튼 제일 높은 곳이다. 그곳에 마련된 긴 나무 의자에 앉았다. 큰 산이 아니지만 그래도 이곳까지 올라오면 눈앞이 탁 트였다. 모두가 나지막한 산들이라 앉아서도 주변 산들이 거의 다 보인다. 올망졸망하게 자리 잡은 산들이라 그런 모양이다.

가을은 모두가 떨어져 있는 것처럼 저만치 멀어져 보인다. 모두가 다가와 붙어 있지 않고 서로 물러나 있는 것 같다. 나무도 산들도 그렇다. 또 하늘도 그렇다. 모두가 떨어져 멀리에서 서로를 보고 있는 것 같다. 가을 산길도 마찬가지라는 생각이 든다. 길이 넓어 보인다. 전에 가깝게 서 있던 나무들도 물러나 황량하게 발가벗은 모습으로 수줍은 듯 멀리 서 있는 것 같다.

어쩌면 가을이 우리에게 주는 독특한 감정인지도 모른다. 서로 먼발치에 떨어져 적막한 고독을 느끼며 가슴에 슬픔이 잠기는, 그러면서도 막연하게 누군가를 그리워하게 만드는 것 같다. 허전함과 외로움 속에서 누군가를 그리워하게 하는 감정은 가을에만 느낄 수 있는 계절의 정취가 아닌가 싶다. 그러면서도 누군가 가까이 다가와 말을 걸어 주고 다정하게 팔을 감싸 주기를 바라는 마음이 들게 하는 계절인 듯싶다.

가을은 자신 속으로 스며들게 하는 묘약이 있는 것 같다. 그래서 조금은 외로움을 느끼면서도 자신의 영혼 속으로 파고들어 스스로를 돌아보기에는 가을이 제격이 아닌가 하는 생각이 든다. 가을 문턱에 들어선 삶이라 그런지 가을이 주는 계절의 정취가 마음에 와 닿는 것 같다.

자신을 되돌아보게 하는 가을.

떨어지는 낙엽 속에서 잉태의 기쁨을 느끼는 가을.

욕심과 탐욕에서 벗어나 삶에서 맑은 향기가 묻어나기를.

새 모이

연일 영하의 날씨가 계속되고 있는 한가한 정월의 오후다. 창가 의자에 앉아 창문 밖으로 맑게 빛나는 겨울의 소중한 햇살을 받으며 여유를 만끽하고 있었다.

그러다 문득 창문 가까이 조그마한 어린이 공원에 서 있는 나무들에 눈길이 멈춘다. 한여름에 그리도 무성했던 잎들이 사라진 지금의 모습은 쓸쓸한 느낌이 든다. 하지만 꿋꿋하게 겨울을 버티고 있는 것처럼 보인다. 하늘 향해 두 손 들고 만세 부르는 벌거벗은 나무들을 보면서 대견하다는 생각도 든다. 더구나 오갈 데 없는 새들에게 보금자리를 제공해 주는 것을 보면 베푸는 삶을 몸소 실천하고 있는 것 같다. 사랑을 실천하는 천사들처럼 아름다워 보인다.

그래도 겨울나무는 옆에서 즐겁게 노래를 불러 주는 친구가 있어 추운 겨울도 외롭지만은 않을 것 같다. 한몫 끼어들고 싶은 마음에 창문을 열고 얼굴을 내밀어 어울려 노는 모습에 시간 가는 줄 모르고 보고 있었다. 제법 큰 소리로 재잘거리며 나무 사이를 바쁘게 오가며 노니는 새들의 모습에 반하여 어느덧 그들과 함께 동무가 되어 있었다. 더구나 창문을 열고 있었지만 그들과 동무가 되었다는 훈훈한 마음에 한겨울의 추위도 잊은 듯했다.

그런데 작은 새들의 노랫소리는 따스한 봄날의 노랫소리와는 어쩐지 조금은 다르게 느껴졌다. 추위에 아랑곳하지 않고 자연스럽게 노래하고 있었지만, 작은 새들의 노랫소리는 어딘지 외롭고 힘이 빠져 있다는 느낌을 받았다. 혹시나 추위에 떨고 있지는 않은지, 제대로 먹고 노래하는 것인지 온갖 생각이 머리를 스쳐 갔다.

한여름에 풍성했던 먹을거리가, 지금 얼어붙은 대지와 앙상한 나뭇가지에서는 어떤 먹이들도 보이지 않은 것 같아 마음이 편치 않았다. 생각이 거기까지 미치자, 배불리 먹고 햇볕이 드는 남쪽 창가에 앉아 그들의 노랫소리를 듣고 있다는 게 불현듯 미안한 생각이 들었다.

추운 날씨 속에서도 텅 빈 나뭇가지 사이를 자유롭게 오가며 새들이 즐겁게 노래할 수 있도록 배고픔을 덜어 주어야겠다는 생각으로 자리에서 일어났다. 쌀과 약간의 잡곡을 섞어 밖으로 나갔다. 새들이 잘 보이는 나무 밑 여러 곳에 뿌려 주며 조금이라도 허기를 덜었으면 하는 마음을 간직한 채 집으로 돌아왔다.

집 안으로 들어온 나는 창가 의자에 앉아 그 작은 새들이 먹이를 먹기 위해 돌아오기를 기다렸다. 배불리 먹고 다시 노래하기를 바라는 마음으로 한두 시간을 기다렸는데도 도망간 그 작은 새들은 나타나지 않았다. 조바심 속에서 한참 동안을 더 기다렸다. 앞으로 계속 먹이를 주겠다고 마음속으로 굳게 다짐도 했다.

기다린 끝에 그 작은 새들이 모두 돌아왔다. 그리고 까치들도 몇 마리 날아와 작은 새들이 재잘거리는 합창에 깍깍거리며 장단을 맞추었다. 까치 한 마리가 조금 전에 뿌렸던 먹이를 보더니 이내 내려앉았다. 한참 동안 모이를 먹지 않고 주위를 살피다가 다시 나뭇가지를 오르내리기를 몇 번이나 반복했다. 다른 까치들도 같은 행동을 반복했다. 낯선 먹이라서 그런지는 몰라도 한참을 머뭇거렸다. 그중 용감한 녀석이 모이를 먹기 시작했다. 다른 녀석들도 이에 뒤질세라 나뭇가지로 오르내리며 모이를 허겁지겁 먹었다.

그러나 정작 먹이려 했던 작은 새들은 전혀 끼어들지 못했다. 처음부터 까치들에게 모이를 주려는 생각은 조금도 없었다. 덩치 작은 새들이 추운 겨울을 지내며 노래를 부르고 있는 것이 애처롭게 보여 먹이를 주었던 것이다. 그런데 덩치 큰 까치들이 내가 준 모이를 온통 먹어 치우고 있었다. 한편으로 괘씸한 생각이 들었지만, 작은 새들도 그 틈에 끼어 모이를 먹어 주기만을 기다리고 있었다.

덩치 큰 까치나 까마귀를 미워해 본 적은 없다. 다만 그들은 겨울에도 작은 새들만큼이나 먹이를 찾는 데 절박하지 않다는 생각이 들었기 때문에 작은 새들도 그들 틈에 끼어 모이를 먹었으면 하는 바람이었는지 모른다. 그러나 바라던 작은 소망은 덩치 큰 새들의 차지가 되고 말았다. 작은 노력이 허사였다는 생각이 들자, 마음 한구석에 조금은 씁쓸한 생각이 자리 잡는 것은 어찌할 수가 없었다.

그 좁은 자연의 한 공간 속에서 일어난 그들의 삶에서 또 다른 자연을 목격했다. 크나큰 까치들이 내가 준 모이를 모두 독차지하며 허겁지겁 먹는 것을 보고 자연 속에서 일어나는 삶의 다른 모습을 본 것이다.

영원을 이어 가는 자연의 섭리 속에서 약육강식의 적자생존은 필요한지도 모른다는 생각이 들었다. 그것을 인위적으로 막는다면 자연 속의 삶의 흐름이 방해될지도 모르기 때문이다.

인간이 취사선택하여 작은 새를 위하는 마음이 그들의 자연스러운 삶을 방해하고 있다는 생각이 들었다. 자연 속에서는 인위적인 인간의 돌출 행동이 자연의 흐름을 방해하는 것을 보아 왔기 때문이다. 모이를 부리로 쪼아 먹는 새들의 모습에서 어딘가 불안해하는 모습도 엿보였다. 그리고 생각한 대로 작은 새들의 먹이가 되지 않는 다른 모습도 보았다. 단순한 생각과 행동에서 자연 속의 다른 생명을 배려하는 것도, 자연의 세계에서는 자연스럽지 못하다는 것을 느낀 순간이었다.

새들에게 모이를 주고 나서 느꼈던 감정은 적극적 배려가 아닌 소극적 배려가 필요하다는 것이었다. 어느 한 생물을 위해서 하는 행동과 생각은 다른 생명에게는 통하지 않는다는 것을 알았기 때문인지도 모른다.

오늘 모이를 주었던 새들의 먹이놀음에서 다시 한 번 인간의 생각과 행동을 돌아보았던 것 같다. 인간이 자연에서 사는 동물들에게 먹이를 주는 것은 어느 한 동물에게는 혜택이 돌아갈지 몰라도 다른 동물들에게는 피해를 주는 일이 될지도 모른다는 생각이 들었기 때문이다. 자연에서 살아가는 모든 것들을 위해서는 한 가지 노력에 힘쓸 것이 아니라, 그들의 삶의 토양을 해치지 않는 소극적인 배려가 이 세상에 살아가는 모든 생명을 위하는 길이 아닌가 하는 생각이 앞섰다.

모든 생명들의 삶은 신의 섭리, 즉 자연에 맡겨 두고 우리 인간이 자연을 파괴하지 않는 소극적인 배려만이 이 세상에 살아 있는 생명들을 도와주는 길임을 깨닫는 순간이었다.

봄이 되면 오늘 보았던
작은 새들의 우렁찬 합창 소리가
계속되기를 바라는 소망을 가져 본다.

잡초와 들국화

    늦가을 산을 찾아 좁은 오솔길을 걷다 보면 산비탈 한구석을 차지하고 오롯이 피어 있는 들국화의 아름다운 면모를 관찰할 수 있다. 군락을 이뤄 피어 있기도 하지만 잡초들 틈바구니에서 한두 송이 들국화가 꽃대를 우뚝 세우고 피어 있는 것도 있다.

    군락을 이루고 피어 있는 것보다 한두 송이가 피어 있는 모습이 청초한 아름다움을 보는 데 안성맞춤인 것 같다. 더구나 아침 이슬을 듬뿍 머금어 햇빛에 반짝이는 모습이란 어디에도 비할 수 없는 아름다움이라는 생각이 든다. 서늘한 가을바람에 몸을 맡기고 흔들거리며 거만을 떨어도 아름다워 보인다.

    들국화의 청정한 향기는 외로움 타는 가을 나그네의 마음을 가슴속 깊은 곳으로 침잠하게 하는 것 같다. 잡초와 들국화가 한데 어우러진 것을 보면 한 폭의 그림처럼 아름답게 느껴진다. 조화로 이루어진 자연 세계에서만 볼 수 있는 아름다움이랄까.

    아무리 아름답고 향기로운 꽃이라 할지라도 주변 도움 없이 저 혼자서 뽐낼 수는 없을 것 같다. 아름다움을 자랑하는 꽃이라면 빠질 수 없는 장미나 백합이라 할지라도 온 세상을 항상 가득 채우고 있다면 우리의 마음은 어떨까 하는 생각이 든다. 그 누구도 꽃을 보고 아름답다고 말하거나 싱그러운 향기를 알아줄 것 같지 않기 때문이다.

아름다운 여배우도 관객과 함께 있을 때 빛나는 것처럼 조화 속에 어우러진 도움이 필요할 것 같다. 주변 동료와 어긋남이 없는 조화 속에 전체성을 이루어 하나가 될 때, 그 아름다움이 더욱 빛이 날 것 같기 때문이다. 들에 홀로 핀 들국화는 잡초와 함께 어우러져 있기에 더욱 돋보이는 것인지도 모른다. 아무리 아름다움과 향기를 두루 갖추었다고 해도 저 혼자만 있다면 초라하지 않을까.

잡초라고 모두 이름이 없는 것은 아닌 것 같다. 우리 주변에 너무 많이 볼 수 있어 흔하기 때문에 하찮은 것으로 여기고 이름을 부르지 않고 한 묶음으로 붙여진 이름이라는 생각이 든다. 그래서 잡초라면 순수하지 못하고 어울리지 못한 부류로 생각하고 없어져야 하고 제거해야 할 대상이라고 생각할지도 모른다. 그만큼 잡초는 인간 세계나 자연 세계에서 제대로 대접받지 못하는 신세들이다.

잡초의 일생은 대부분 저절로 태어나 전혀 도움을 받지 않는 자연 상태에서 스스로 자라는 것으로 이뤄진다. 어떻게 보면 자신 이외의 어떤 것에도 의지하지 않고 저절로 태어나 크다가 생명을 다하는 순간, 자신을 키워 준 대지에 밑거름이 되는 신세들이라는 생각이 든다. 이것이 잡초의 일생일지도 모른다. 이러한 잡초의 일생에서 자연을 향한 조용한 희생을 엿볼 수 있다.

잡초들의 생이 끝나면 삶의 터전인 토양의 밑거름만 되는 것은 아닌 것 같다. 자연에서 잡초들이 차지하는 역할 또한 중요함을 느낀다. 자연은 언제나 혼자가 아니기 때문이다. 삼라만상이 함께 어우러져 하나로 뭉쳐진 세상이 바로 자연 세계의 전체성이다. 그렇게 보았을 때, 길가 숲 속에 홀로 피어 있는 들국화의 모습이 아름다운 것은 주변에서 아름다움을 돋보이도록 만들어 준 잡초들의 도움 때문인지도 모른다.

조용한 산길 옆에 봄부터 길손의 발걸음 소리를 들으며 자라난 들국화! 스스로 꾸미거나 치장하지 않아도 아름답지만, 역시 잡초의 도움이 있어야 제대로 폼이 날 것 같다. 그냥 맨 땅바닥에 혼자 피어 있다면 돋보이는 아름다움은 없을 것 같다는 생각이 들기 때문이다. 주변에서 잡초들이 쌍수를 들고 환호하기에 꼿꼿이 서 있는 들국화가 더욱 아름답게 보이는지도 모른다. 자연의 아름다움은 이렇듯 조화에서 비롯되는 게 아닐까.

아름다움이란 진실이고 선이라는 생각이 든다. 가꾸지 않고 치장하지 않아 순수하고 깨끗하여 진실한 모습으로 다가오기 때문이다. 그래서 우리의 마음을 들뜨게 하지 않는지도 모른다. 잡초와 함께 어우러진 들국화는 진실되고 착한 마음을 갖게 만든다. 옆을 지나가면서 나도 모르게 옷깃을 여미게 만드는 힘이 있는 것 같다. 아름답지만 순수하기에 우리의 마음을 그렇게 다그치고 있는지도 모른다.

잡초와 들국화가 보여 준 아름다움은 일부러 보여 주려고 한 것은 아닐 성싶다. 모두가 제 역할에 충실하고 있을 뿐, 간섭하거나 간섭받지도 않는 것 같다. 그냥 있는 모습 그대로 보여 줄 뿐이라는 생각이 든다. 그러면서도 자신의 본래 모습은 절대로 잃지 않은 채 꼿꼿이 지키고 있는 것 같다.

　그러고 보면, 진정한 아름다움이란 자신만을 내세우는 것이 아니라 자신을 에워싸고 있는 모든 것들과 함께 조화를 이루는 데서 나오는 것 같다. 조화를 이룬다는 것은 어긋나지 않고 모두와 함께하는 동행이 아닐까 한다. 그렇지만 자신의 본성은 잃지 않아야 할 것 같다. 본성을 잃고 서로 조화를 이룬다는 것은 거짓이고 위선이기 때문이다. 순수하지 못하면 아름다움에 방해가 될 성싶다.

　자연이 보여 준 것처럼 가꾸지 않고 인위적이지 않기에 그 아름다움이 순수하고 선하여 아름다움 중의 아름다움이 아닐까? 언제나 간직하고 싶은 지극한 아름다움이다.

　누군가는 길가에서 이름 없는 잡초에 둘러싸인 들국화를 보는 아름다움이 자연의 세계에서 보는 아름다움의 일부일 뿐이라고 치부할지 모르지만, 자연 속에서 이루어지는 모든 아름다움은 그 연장선에 있을 것 같다는 생각이 든다.

　자연 속의 아름다움은
　더불어 살아가는 동행이 있기에
　돋보이는 것 같다.
　인간 세상에 그대로 옮겨 놓고 싶다.

2
세상에 틔우는
희망의 씨앗

잔잔하고 소박한 작은 이야기에

공감하고 들어 주는 마음들이

삶 속에 여유와 풍요로움을

가져다주지 않을까.

기부보다 꿈을

1960년대만 해도 농촌 사람들의 생활은 대부분 어려웠다. 마을에서도 몇 집을 제외하면 많은 사람들이 생활에 어려움을 겪었다. 그래서 춘궁기라도 맞이하면 끼니를 거르거나 굶는 가정이 많았다. 그러나 국가나 어떤 사회단체에서도 지금처럼은 도와주지 않았던 것 같다. 그때는 국가나 다른 단체들도 사정이 어려워 도와줄 여유가 없었는지도 모른다.

그런 와중에 조금이라도 도움을 준 사람은 바로 이웃집 사람들이었다. 같은 동네에서 살고 있는 사람들이 굶고 있는 모습을 차마 볼 수 없었기 때문인지도 모른다. 안타까움에 곡식 몇 됫박을 나누어 주고받았던 것 같다. 이웃에 대한 정과 안타깝고 아련한 마음에서 나오는 나눔이지 않았을까.

이것은 요즘 말하는 기부라기보다는 이웃에 대한 정과 배려가 듬뿍 담긴 나눔이었던 것 같다. 바쁜 농사철이 되면 농사일을 거들며 그동안의 고마움을 대신하기도 했다. 지금처럼 일방적으로 주고받는 기부가 아니라 서로 상부상조하는 이웃 간의 정이 듬뿍 들어 있는 나눔이었다는 생각이 든다.

 농경시대까지만 해도 이런 작은 나눔으로도 함께 살아갈 수 있는 사회 구조였는지도 모른다. 그렇지만 현대 산업 경쟁 구도로 변화하면서, 혼자는 물론이고 몇몇 사람이 뭉친다고 해도 도저히 살아갈 수 없는 사회가 되었다.

 경쟁할 수밖에 없는 현대 산업사회에서 뒤처지는 사람은 단순히 힘든 삶을 살게 된 것만이 아니라, 경쟁 일선에 참여할 수 있는 기회가 박탈되어 영원한 약자로 전락할 수밖에 없는 현실이 더 큰 문제로 대두되고 있다. 경쟁에서 밀려나고 삶에서 밀려나 다시 일어설 수 있는 기회마저 상실하고 있는 것처럼 보이기 때문이다.

 스스로 헤어나지 못하는 약자 그리고 조금의 도움만 있어도 그 힘으로 자신의 특기를 살려 다시 일어날 수 있는 사람들에게 삶에 대한 희망과 꿈을 주어 이 세상을 윤택하고 풍요롭게 할 수 있는 제도가 기부의 역할인지도 모른다.

 학생들에게 장학금을 주고 명절이나 연말이 되면 노인회나 지체 부자유자를 돌봐 주는 단체를 찾아가 기부금품을 전달하는 기회가 있었다. 그때 느꼈던 감정이 지금까지 고스란히 남아 있다. 주고받음 사이에 깊은 신뢰가 형성되지 못하고 있음을 느꼈기 때문이다. 서로 간에 단절된 소외감 비슷한 어떤 허탈감이 느껴졌다. 어딘가 모르게 달갑지 않은 감정의 기류가 흐르고 있는 것 같았다. 전달하면서도 어색하기는 마찬가지였다.

혹시 명절이나 어떤 때를 맞이하여 '다른 단체도 하니까 우리도 해야한다'는 식의 겉치레 속에서 이루어지기 때문은 아닐까. 감동과 감흥, 신뢰가 없는 주고받음이 계속된다면, 수많은 단체로부터 기부를 받고있지만 오히려 허탈감과 함께 상대적 빈곤을 더 가질 수밖에 없을 거라는 생각이 들었다. 당당하게 주고받을 수 있는 어떤 관계 형성이 필요했다.

그러기 위해서는 기부를 나눔이라는 연장선에서 생각해 보아야 할 성싶다. 기부 행위가 있는 곳은 왠지 상하관계가 형성되는 것 같은 인상이 느껴지는 것을 부인할 수는 없다. 주는 이와 받는 이의 신뢰와 소통도 문제지만, 더욱 심각한 문제가 또 있는 것 같다.

사기와 부정을 일삼는 사람이 남아도는 돈 몇 푼을 던져 주듯 기부하고 세상에서 좋은 일은 혼자 다하고 있는 것처럼 떠들어 대거나, 악행을 일삼고 비열한 짓을 마다하지 않는 추한 사람이 언론을 앞세워 기부하고 세상의 선행을 혼자 다하는 것처럼 꾸며 대고 그 뒤로 숨는 모습을 볼 때면, 아예 기부라는 단어를 없앴으면 하는 생각이 들 때도 있었다. 이런 기부는 아예 하지 않는 것이 사회 정의를 위해 더 나을지도 모른다. 보고 듣는 사람이나 받는 사람에게도 마음의 상처를 줄 것 같기 때문이다.

성인의 말씀처럼 오른손이 하는 일을 왼손이 모르게 하라는 뜻의 의미를 새겼으면 한다. 기부도 선행으로 이루어진 어떤 행위가 나눔으로이어질 때, 비로소 진정한 기부문화가 정착되지 않을까. 이제는 기부행위도 피상적인 물질의 도움에서 벗어나 그와 같은 행위와 함께 꿈과 희망을 주어 스스로 일어설 수 있는 신뢰와 용기를 주는 데 더 역점을 두어야 할 때라는 생각이 든다.

체면치레로 일시적인 기부 또 다른 욕망을 채우기 위한 생색내기 기부, 악행과 추함을 감추기 위한 비열함이 묻어 있는 기부가 아니라, 미담이 미담으로 이어지면서도 주는 이와 받는 이가 상하관계가 아닌 상처를 보듬고 치유할 수 있는 관계에의 기부였으면 한다. 정성과 혼이 담긴 나눔의 공간이 되었을 때, 너와 나의 구별이 없고 서로의 꿈과 희망 그리고 상호 신뢰 속에서 용기를 주고받을 수 있는 자리가 마련될 것 같다.

같은 시대를 살아가는 우리 모두의 꿈과 희망을 이룰 수 있는 소박한 정성이 담긴 나눔이 계속되었으면 한다. 인간은 혼자 살 수 없고 더불어 살 수밖에 없는 숙명이다. 진정한 나눔 속에 배려와 사랑이 자리 잡는다면, 우리 각자의 마음속에도 천국이 들어앉지 않을까.

기부는 나눔에서 시작되고,
나눔은 사랑과 신뢰에서 시작되었으면 한다.

양동이와 두레박

이 이야기는 초등학교 6학년 졸업 무렵 선생님으로부터 들은 이야기다. 지금도 그 선생님의 이름을 생생하게 기억하고 있지만, 편의상 '최선생'으로 밝혀 두고 싶다. 혹시라도 선생님의 뜻에 반해 누를 끼칠까 두려워서다.

요즘은 아주 산골에서도 아낙네들이 샘물을 가져다가 그 물로 밥을 짓거나 빨래를 하지 않는 것 같다. 경제 성장과 과학의 발달에 힘입어 집 안까지 호수로 끌어들인 물을 언제든 수도꼭지만 틀면 사용할 수 있기 때문이다.

그러나 내가 초등학교 시절만 해도 시골 마을에서는 공동으로 파 놓은 우물에서 두레박으로 퍼 올린 물을 양동이에 채워 그 무거운 물동이를 머리에 이고 집 안 부뚜막까지 가져와 물을 사용했다. 그때 사용되었던 물건들이 양동이와 두레박이다.

사실 양동이라고 하면 양철로 만든 물동이쯤으로 생각하기 싶지만, 그때는 양철로 만든 게 전부가 아니었다. 지금도 장독대에서 흔히 볼 수 있는 질그릇 재질로 된 물동이었다. 가벼운 양철보다는 무겁고 투박

했다. 머리에 이고 다니던 아낙들의 목과 어깨가 짓눌릴 수 있을 정도의 무게였다.

졸업을 앞둔 학생 모두가 한 교실에 모였다. 최 선생은 교실에 들어오자 큼직한 하얀 분필을 들고서 검정 칠판 위에 겉은 찌그러지고 밑에는 구멍이 난 양동이와 전혀 손상되지 않은 새것 모양의 두레박을 나란히 그렸다. 그리고 그 옆에는 새것 모양의 양동이와 다 찌그러지고 구멍이 뚫린 두레박을 나란히 그렸다. 처음 보는 그림 풍경이라 우리 모두는 어리둥절한 표정으로 조용히 앉아 칠판을 바라볼 뿐이었다.

최 선생은 한참 뜸을 들이더니 우리를 바라보며 이렇게 말했다.

"두레박으로 우물에서 물을 퍼 올려 양동이에 부으면 어느 양동이에 물이 가득 찰까?"

수수께끼 질문 같아 아무도 대답을 못하고 있었다.

그는 두레박을 남자로, 양동이를 여자로 비유하며 이야기를 시작했던 것으로 기억된다. 남자가 아무리 밖에서 많은 돈을 벌어 집에 가져다준들 밑 빠진 양동이에 물 붓기라면 물이 가득 채워지지 않는다. 사회와 가정의 경제도 이와 같은 이치라고 했다. 많은 것을 갖는 것도, 재물에 대한 욕망도 중요하지만 소비가 심하고 생활이 건전하지 못하면 사회와 가정이 바로 설 수 없다는 말로 이야기를 끝마쳤던 것 같다.

어린이 동화 속에서나 나올 법한 소박한 이야기였다. 상급학교에 진학하지 못하고 사회로 곧바로 나가는 많은 제자들을 위하여 평소 느끼고 생각했던 삶의 이야기를 알기 쉬운 말로 슬기롭게 전해 주었다는 생각이 든다.

어린아이들에게 한 말이지만, 많은 것을 가지려고 허우적대기보다는 아껴 쓰고 자족할 줄 아는 삶에 대해 이야기하려고 했던 것 같다. 요즘 애들에게 이런 이야기를 한다면 들어 줄 애들은 아마 없을 성싶다. 그러한 이야기를 꺼낼 사람도 없겠지만, 들어 주면서 공감할 사회적 분위기는 더더욱 아닌 것 같다는 생각이 든다.

그 시절은 희미한 호롱불을 가운데 두고 가족이 모여 앉아 밤을 지새우며 옛날이야기를 귀담아 들었고 공감하는 분위기였다. 학교생활이건 가족생활이건 삶에 대한 이야기가 많았다. 삶의 이야기 속에 정이 있었고, 잔잔하고 소박한 삶의 이야기들이 사람들 사이를 흐르고 있었다. 그 이야기들은 힘들었던 삶을 녹여 주는 청량제 역할을 했고, 사람 사이를 이어 주는 든든한 끈이 되었다. 서로를 감싸 줄 수 있는 사회적 울타리가 되기에 충분했다.

요즘 아이들에게 이런 이야기를 한다면 듣지도 않을 것 같다. 이슬을 함초롬히 머금은 풀잎들이 이른 아침 동쪽에서 떠오르는 태양의 햇살을 받아 반짝거리는 모습에 조용히 무릎을 꿇을 수 있을 만큼 감정이 순수하고 풍부한 아이들이 삭막한 세상 속에서 하나둘씩 사라지는 듯한 기분이다.

바람에 흔들리는 꽃잎과 꽃 속에 들어 있는 꿀을 찾아 달려드는 벌과 나비를 보면서도 가슴이 뛰지 않을 만큼 메마른 감정을 가진 아이들의 마음에는 삶의 잔잔한 이야기보다 돈 많은 왕자 이야기, 사람을 잔인하게 넘어뜨리는 이야기가 맞을지도 모른다.

어린이들이 즐겨 보는 텔레비전 프로그램도 더 이상 아름다운 꿈을 가진 소녀 이야기가 아니라 우주전쟁 아니면 서로 치고 때리는 싸움놀이가 일색인 것을 보면, 애들의 감정에 맞춘 것인지 상술에 찌든 어른들의 장난에 애들이 놀아난 것인지는 알 수 없지만 세상에서 순수하고 소박한 감정들이 메말라 가고 있는 것만은 부인할 수 없을 것 같다.

이야기 속에 낭만이 있고 꿈이 있는 것이 아니라 눈앞에 감각적인 현실만이 존재하는 지금, 사람 사이를 이어 주는 잔잔하고 소박한 삶의 이야기는 설 자리를 잃고 말았다. 항상 전체로 아우르지 못하고 선과 악의 편으로 갈라지는 이야기 속에서 사람 사이를 이어 주고 공감할 수 있는 정서가 멀어지고 있음을 느낀다.

가족 간에도 눈 맞춤의 이야기를 잃어버렸고, 시간을 잃어버렸다. 그리고 자신의 삶을 잃어버렸고, 무엇보다도 여유가 없고 각박하여 삶의 풍요와 윤택함을 잃어버리지 않았나 하는 생각이 자꾸 드는 것은 기우일까. 물질이 아닌 순수했던 마음의 상실에, 아픔이 너무 많이 남아 있음을 느낀다.

겉은 풍성하고 풍족한 삶의 모습이지만 마음은 항상 허전함에 고독과 외로움 속에서 허우적거리고 헤어나지 못하고 있는 현대인을 보면서 학창 시절에 들었던 양동이와 두레박의 이야기가 불현듯 생각났다. 사람 사이에 서로 공감할 수 있는 이야기 단절되어 버린 현대인의 삶을 돌아보게 된 것 같다. 사람들이 서로의 이야기에 공감하지 않는 것은 물질 만능이 순수하고 신비한 영적인 마음을 짓눌러 가슴으로 받아들이지 못하고 머리로 생각하기 때문이 아닐까.

그럼에도 불구하고 사람 사이에 삶의 이야기는 계속되어야 한다. 이야기가 없어지고 이야기에 공감할 수 없다면 서로의 관계는 소원해질 수밖에 없기 때문이다. 소원해진 관계 속에서는 삶의 여유와 풍요로움은 없을 성싶다.

삶에서 잔잔하고 순수한 정이 담긴 이야기가 서로를 끌어들이지 못한다면 가슴 속은 텅 비어 허전할 수밖에 없을 것이다. 넘쳐나는 물질만능이 비어 있는 가슴을 채워 줄 것 같지는 않다. 순수하고 소박한 이야기 속에 정과 공감이 오고 갈 때, 비로소 충만하고 풍요로운 삶이 살아 숨 쉴 것이다.

넘쳐나는 물질만능 속에서 쓰레기더미에 허우적댈 정도로 많은 것을 가졌음에도 만족하지 못하고 상실감을 드러내는 것을 보면서 양동이와 두레박 이야기가 소박한 모습으로 다가왔다. 인간들이 함께하는 관계 속에 말과 공감할 수 있는 이야기가 없어진다면 삶은 허공에 떠 있을 것 같다는 생각이 든다. 잔잔하고 소박한 작은 이야기에 공감하고 들어 주는 마음들이 삶 속에 여유와 풍요로움을 가져다주지 않을까.

가진 것에 만족하지 못하는 현대인들을 보면, 어떤 전지전능한 신도 그 만족을 채워 줄 수 없을 성싶다. 넘치고 부족함이 없는 삶이란 만족할 줄 아는 데 있다. 삶의 이야기, 정이 넘치는 작은 이야기에 함께 공감하면서 길지 않은 짧은 삶을 즐길 수 있었으면 한다. 삶을 윤택하고 풍요롭게 해 주었던 것은 풍족한 재물이 아니라 어릴 때 들었던 최 선생의 양동이와 두레박 이야기처럼 소박한 삶의 이야기들 속에 있었던 것 같다.

이런 말이 생각난다.

죽기 살기로 불을 찾던 불나방이

결국 불에 타 죽으면서 하는 말.

'결국 이럴 줄 알았다.'

맛있는 반찬

우리나라 사람들의 반찬 솜씨는 세계에서 제일이라는 생각이 든다. 무 하나만으로도 생채와 깍두기 등 수많은 종류의 반찬을 만드는 것을 보면, 가히 대단한 솜씨라는 것을 인정하지 않을 수 없다. 재료는 한 가지지만 양념에 따라서 맛이 다르고, 반찬을 만든 후에 어떻게 저장하느냐에 따라서 저마다 맛도 달라진다.

한민족이 이 세상에서 입에 맞는 반찬을 제일 잘 만들어 먹는 민족이라는 사실에 의견을 달리할 사람이 있을까? 반찬 종류도 수백이지만 정말 맛있게 만들어 먹는 것 같다. 옛날 전통 방식에 따른 반찬을 지금도 만들고 있다지만, 요즘은 과학의 발달에 힘입어 더욱 반찬의 수가 늘어나고 맛 또한 좋아지고 있음은 부인할 수 없을 것 같다.

반찬에만 관심이 있는 것도 아닌 것 같다. 우리나라 사람들은 먹는 음식에도 대단한 관심을 갖고 있다. 아마 먹는 것에 그렇게 관심을 가진 민족도 그리 많지 않을 성싶다. 그래서인지 우리 몸에 좋다는 음식물 수도 아주 많다. 우리 주변에 있는 모든 식물과 동물 가운데 우리 몸에 좋지 않은 것이 없을 것 같다는 생각이 든다.

　그런데 가끔은 사람들이 먹는 것에 너무나 많은 관심을 가지고 있는 것을 보면, 꼭 그렇게까지 할 필요가 있는지 궁금할 때도 있다. 살면서 먹고 자고 입는 일이 크다지만 먹는 일에 생의 전부를 바치고 있다는 느낌이 들기 때문이다. 텔레비전 프로그램에서도 먹고 마시는 장면들을 수없이 소개하는 것을 보면, 아무래도 먹고사는 것이 중요하기는 한 것 같다.

　어릴 적에 시골에 살면서 산과 들에서 채취해서 먹었던 나물은 몇 종류 되지 않았던 것 같다. 그러나 지금 시장에 가 보면, 그 당시에 먹지도 않았던 풀이나 잎들이 모두 나물이나 채소의 재료로 나와 있는 것을 보고 신기하게 느낀 적이 한두 번이 아니다. 그동안 거들떠보지도 않았던 풀이나 나뭇잎들이 만병통치약처럼 소개되고 언론을 타는 것을 보면, 앞으로는 몸이 아플 사람도 죽을 사람도 없을 것 같다는 제법 엉뚱한 생각도 든다.

　요리해 먹고 달여서 먹고 설탕에 절여서 먹고 방법도 가지가지다. 이제 밥맛이 없어 밥을 먹을 수 없다는 말은 옛말이 될 성싶다. 반찬의 수도 많고 다양해졌다. 이제는 반찬의 맛만으로 얼마든지 밥을 먹을 수 있을 것 같다.

　그런데 한편에서는 과소비 때문에 지구가 몸살을 앓고 있다고 야단들이다. 우리가 의식주를 해결하는 데 필요 이상으로 소비하기 때문에 지구의 자정 능력이 상실되고 있단다. 이러다가는 인간이나 자연 모두 병이 날 것 같은 생각이 든다. 한쪽은 과식으로 병이 나고, 다른 한쪽은 너무 파헤쳐져 몸살로 병이 날 것 같다.

　'비만은 수만 가지 병을 주지만, 먹지 못해서 생기는 병은 영양실조 한 가지'라는 말이 생각난다. 늘 하고 있는 일들도 복잡하면 일에 싫증이 나고 스트레스를 받는 것처럼 우리의 삶도 먹는 음식도 단순하면 자유로워질 수 있을 것 같다. 어쩌면 최선의 삶이란 단순함에 있는 것인지도 모른다.

　아내에게 밥 한 그릇과 냉수를 달라고 할 때가 가끔 있다. 냉수에 밥을 말아 먹는다. 반찬으로는 풋고추와 된장이 전부다. 어떻게 보면 제일 좋아하는 반찬인지 모른다. 어느 누구를 귀찮게 하지 않고 얻어먹을 수 있는 손쉬운 반찬이기도 하지만, 정말 맛도 있다.

　풋고추로 된장을 찍어 입에 넣고 씹으면 사각거리는 소리와 함께 말로는 표현할 수 없는 싱그러운 향기가 약간의 매운 맛과 함께 입안에 알싸하게 가득 퍼진다. 먹고 난 뒤에도 입안이 개운해서 더욱 좋다는 느낌이 든다. 먹고 나면 배 속이 편해서 무엇보다 더 좋은지도 모른다.

　다른 사람들이 먹을 것을 찾고 몸에 좋다는 것을 말할 때면 시원한 냉수와 밥 그리고 풋고추와 된장이 생각난다. 역설적인 생각이라고 말할지 모르지만, 단순하고 맛있는 반찬인 것 같아 좋다. 넉넉지 못한 어려운 시절에 먹었던 풋고추와 된장이 지금도 최고의 맛있는 반찬이라는 생각에는 변함이 없다.

　그것이면 족하다.
　마음도 몸도 좋다.

빈둥거려야 한다

조상들의 여유로웠던 삶에 비해 현대를 살아가고 있는 우리는 너무나 쫓기며 살고 있어 삶에서 여유를 찾아볼 수 없다. 일이든 취미 생활이든 미친 사람처럼 달려들어 허우적거리는 것처럼 보인다. 삶이란 무엇이고 어떻게 흘러가고 있는 것인지 살펴볼 겨를도 없이 현실을 따라가는 데에만 급급한 모양이다.

조금이라도 여유의 시간이 생기면 과부하 걸린 머릿속의 뇌를 쉬어주기보다는 인터넷 등 게임에 빠져 헤어나지 못하는 현실을 마주할 때면, 사고할 줄 아는 사람들의 행동인지 의심스럽게 느껴지곤 한다. 새로운 아이디어 창출을 위함만이 아니라 여유로운 삶을 위해서도 조금은 빈둥거릴 필요가 있을 성싶다.

출퇴근 시간의 지하철 내부는 한마디로 북새통이다. 발 디딜 틈도 없이 사람과 사람의 몸뚱이가 서로 맞닿아 한 몸이 된 채로 흔들리는 지하철 내부에서는 숨 쉬는 것조차 힘들 때가 많다. 시장 바닥처럼 혼잡한 그 속에서도 핸드폰을 주머니나 가방 속이 아닌 손에 꼭 쥐고 있거나 스마트폰을 꺼내어 다른 사람의 등에 대고 게임놀이 등을 하는 모습을 보고 있노라면, 보고 있는 사람의 머릿속도 터질 것 같다. 혼잡한 그 속에서라도 숨소리를 죽이고 조용히 눈을 감고 쉬어 주었으면 하는 생각이 간절하다.

음식물이 채워지는 위를 생각해 보면 이해하기 쉬울 것 같다. 아무리 배가 고프다고 해도 한 번에 많은 것을 먹을 수 없다. 또 너무 많이 먹으면 배탈이 난다. 그래서 먹는 것도 적당하게 먹어야 한다는 것을 모르는 사람은 없을 성싶다. 그리고 배 속에 들어 있는 음식물이 소화될 만한 시간도 필요하다. 먹는 것도 과부하가 걸리면 몸에 탈이 나기 때문이다.

옛날 시골집에서 개를 키우고 있을 때였다. 개도 배탈이 나면 아무것도 먹지 않고 양지바른 땅바닥을 찾아 배를 깔고 눕는 것을 보았다. 아예 코를 땅에 처박고는 꿈적도 안 했다. 이때는 사람들이 아무리 좋은 먹이를 주어도 먹지 않는다. 사람보다 못한 하등 동물도 속을 비울 줄 아는 것 같았다. 이처럼 배 속의 위도 비워야 하듯 한순간도 쉬지 않고 혹사당한 머릿속도 잠시나마 비워 줄 필요가 있다는 생각이 든다.

여행을 하면서도 사람들은 당연히 몸만 쉬러 가는 것으로 착각할 때가 많은 것 같다. 사실은 몸보다는 마음과 머리를 쉬게 하는 것이 최우선일지 모른다. 너무나 많은 생각으로 터질 지경이 된 마음과 머리가 앞으로 제대로 작동해 주길 바란다면, 생각을 비우고 쉴 필요가 있기 때문이다. 머리가 쉴 수 있는 방법은 정말 간단할지도 모른다. 위를 쉬게 하려면 밥을 먹지 않으면 되는 것처럼 머리를 쉬게 하려면 빈둥거리며 아무것도 생각하지 않으면 되지 않을까?

　이러한 시간을 갖기 위해서는 다람쥐 쳇바퀴 돌 듯 생활한 자신의 일상생활에서 먼저 벗어나야 할 것 같다. 일상의 세상 속에서 허우적거리지 말고 세상 밖으로 나와 빈둥거릴 필요가 있지 않을까 싶다. 기존 질서 속에서는 옆 사람들을 따라가기에도 벅차, 다른 생각이 끼어들 겨를이 없다. 세상 밖으로 나와야 자신과 자신의 삶을 돌아볼 수 있을 것 같다.

　자신을 볼 수 있는 여력이 생길 때 비로소 또 다른 무엇을 찾을 수 있지 않을까. 이러한 욕구들이 새로운 힘을 만들고 창조적인 생각을 갖게 할지도 모른다.

　세상을 바꿀 만한 큰일을 해냈던 사람이나 새로운 삶을 창조했던 인물들에 대하여 곰곰이 생각해 보았으면 한다. 세상을 구하거나 위대한 사상을 가졌던 사상가나 종교 창시자 등은 기존 질서, 즉 세상 속에 들어가지 않았다. 이방인처럼 세상을 돌아다니면서 세상 밖에서 살던 그들이 다른 사람들 눈에는 빈둥거리는 집시쯤으로 보였을지도 모른다. 심지어는 정상적인 사람이 아닌 미치광이로 치부했을지도 모른다. 그러나 그들은 혁신적인 아이디어로 세상을 바꾸어 놓았다. 그들은 세상을 바꾸고 우리의 사고까지 완전히 바꿔 수천 년 역사의 틀마저도 바꾸어 놓았다.

　우리 조상들이 자연을 벗 삼으며 여유를 갖고 풍류를 즐기면서 일했던 곳이 자연 속의 직장이었다면, 현대인들의 직장은 유리 상자 속으로 옮겨져 숨이 막힐 지경이 되었다. 산과 들에서 야생동물을 뒤쫓으며 뛰어놀았던 놀이터는 시멘트로 발라진 벽 속에 갇혀 삭막한 공간으로 변했다. 의식주를 해결하는 집은 모두가 네모 상자로 변해 땅 기운과 멀어진 하늘로 올라간 것 말고, 우리의 삶에서 더 나아진 것은 별로 없는 것 같다.

앞으로 더 멀리 뛰기 위해 쉬어 가는 것도 물론 중요하다. 하지만 그저 있는 그대로의 삶을 위해 진정 빈둥거리며 쉬어 주는 것이 우리 모두에게 더 필요할지도 모른다. 삶의 여유와 풍요 그리고 삶의 질을 생각한다면 한 번쯤 세상 밖에서의 충분한 휴식이 필요할 것 같다.

머리 위 높은 곳에서 우리를 지켜보고 있는 파란 하늘도 보고 산들바람에 흔들리는 풀잎과 나뭇가지의 인사에 답례도 하면서 말이다. 혁신적인 아이디어를 위해서가 아니라, 진정한 삶의 여행을 위해 빈둥거릴 필요가 있을 것 같다.

마음의 여유, 삶의 여유는
누구도 가져다주지 않는다.
오로지 자신이 찾아야 할 몫이다.
시간을 잊고 영원을 지켜 가는 자연 속에서
그 답을 찾을 수 있지 않을까.

세상 속에 들어가지 마라

요즘 세상이 돌아가는 것을 보고 있노라면 '악화가 양화를 구축한다.' 라는 말이 맞는 것 같다는 생각이 든다. 온통 위선과 거짓이 판치는 세상 속에서 진실과 참은 그저 힘없이 내몰리며 설 자리를 잃어 가고 있는 것 같다. 그 속에 들어가지 않으려고 몸부림치며 허우적거리다 힘이 빠져나오지 못한 채 오히려 그들의 수렁 속으로 더 깊이 들어가는 것 같아 마음은 편하지 않다. 모두가 벌레잡이풀의 통 속에 빠져든 벌레처럼 위선과 거짓의 통 안에서 허우적거리고 있는 것 같기 때문이다.

그와 같은 구렁텅이에 빠져들지 않고 진실하고 참된 삶을 살 수 있는지 스스로 마음 깊이 생각해 봐야 할 성싶다. 세상을 바꿀 수 있는 힘을 가질 만한 능력이 없다면 우선 위선과 거짓이 춤추는 세상에 들어가지 않도록 노력하는 수밖에 없을 것 같다. 위선과 거짓이 난무하는 세상에서 그들과 함께 놀아날 수는 없기 때문이다.

마음속에 진실과 참이 자리 잡는 대신 위선과 거짓이 가득 차 있다면 순수하고 아름다운 삶을 살 수 없다. 다른 사람에게 보여 주는 삶이 아니라 자신의 가슴속에 담긴 진실한 삶을 말하는 것이다. 다른 사람에게 보이기 위한 삶은 거짓된 삶이라는 생각이 든다. 멋있고 진실된 삶이란 마음에 거리낌이 없기에 막힘이 없어 자연과 교감하고 호흡할 수 있는 자연스러운 삶이 아닐까?

마음 깊은 곳에 평화가 깃든 이런 삶을 살기 위해서는 먼저 벌레잡이풀의 통 속 같은 어지러운 세상에서 빠져나와야 할 것 같다. 그러기 위해서는 무엇보다도 유혹하는 먹이를 멀리하고 스스로 지킬 수 있는 힘을 키워야 할 때이다.

깊은 산속이나 숲 속에 들어가면, 나뭇가지 사이를 마음대로 날아다니며 살고 있는 새들을 만날 수 있다. 그곳에 사는 새들은 그 자리에서 노래하고 날아다니는 것이 지극히 당연한 것처럼 보인다. 나무와 산새들 각자가 자리를 지키며 조화를 이루어 전체가 하나가 된 산과 숲은 어색하지 않고 자연스러울 뿐만 아니라, 정말 멋있고 평화스럽다는 느낌까지도 안겨 준다.

인간이 끼어들지 않은 자연 세계는 이처럼 하나하나가 모여 전체를 이루고, 그 전체는 하나로서 조화를 이룬다. 흐트러짐이 없고 혼란도 없는 것 같다. 자기 몫이 따로 없고 또 그것을 요구하지도 않는 것처럼 보인다. 모두가 자기 갈 길을 가고 있는데도 전체가 하나가 되는 것에 전혀 무리가 없다는 것을 느끼기에 충분하다. 무엇보다 자연스럽다.

어느 누구에게도 의지하지 않은 자유분방한 삶이지만 보이지 않는 질서가 있는 것 같다. 자연 속의 삶은 관리하고 통제하는 자가 없기에 그런지도 모른다. 무엇보다 의지하려는 자가 보이지 않는다. 모두가 스스로 살아가기 때문인 것 같다.

그런데 인간 세상은 이와 대조적인 모습을 띤다. 계획되고 통제된 세상, 자연스럽지 못하고 너무나 인위적인 세상이다. 계획을 세우는 순간부터 너와 나의 구별이 시작된다. 누군가는 관리해야 하고 또 누군가는 따라야 하기 때문이다. 오직 주체와 객체가 있어 둘로 나누어질 뿐, 결코 하나가 될 수 없는 것 같다.

그러면서 자연스럽게 이기적인 생각이 끼어들게 되면서 위선과 거짓이 난무하는 양상을 보인다. 위선과 거짓이 난무하는 세상에서는 자연의 품 안처럼 전체성으로 살아가는 아름다운 삶은 생각할 수도 없을 것 같다. 진실과 참이 우리 생활에서 멀어지는 것은 각자가 마음속에 가지고 있는 욕망 때문일지도 모른다. 자연의 흐름에 따르지 않고 자기 생각을 넣어 그 흐름을 왜곡하기 때문에 진실과 참이 있어야 할 자리에 위선과 거짓이 자리 잡고 있는 건 아닐까.

이 같은 혼탁한 세상에 살면서도 나가려 하지 않는 것은 새장에 갇힌 새처럼 어느새 길들여진 때문은 아닐까 하는 생각이 든다. 다른 세상이 있다는 것을 잊은 것인지 아니면 모르는 것인지 알 수는 없다. 어쩌면 혼탁한 세상을 자기 것으로 만든 주인들이 주는 미끼가 달콤하기에 그것으로 만족하는지도 모른다.

새장에 갇힌 새들은 새장 밖으로 나가면 원래 자신이 살았던 무한한 자유가 주어진 멋있는 세상이 있는데도 그것을 모른 채 새장 안에서 관리되고 통제된 생활을 즐긴다. 주인이 조금씩 주는 모이에 만족하면서 말이다. 그러는 동안 주인은 더 큰 기쁨을 얻는다.

세상은 이 점을 노리고 있는 것 같다. 그런 세상 속에 들어가서 조그마한 미끼에 만족하며 재롱을 떨고 있는 사이에 무한하고 자유스러운 공간이 있다는 사실조차 잊고 산다. 산속의 새들처럼, 드넓은 초원에서 뛰어노는 사슴처럼 자연과 일체가 된 무한한 자유가 주어지는 공간에서 마음껏 살 수 있는 진실한 삶을, 자신도 모르는 사이에 놓쳐 버리고 있는 것이다.

진실하고 참된 삶을 살고 싶다면 계획되고 통제된 세상 속에 들어가서는 안 된다는 것을 알아야 할 것 같다. 계획되고 통제된 세상 속으로 들어서는 순간, 가짜와 위선이 춤을 추는 세상에서 살게 된다. 그들이 준 미끼를 무는 순간, 자유스럽지 못하고 얽매인 삶의 방식에 언제나 갈등이 남아 있어 고통과 불안에 자연스러운 삶을 꿈꿀 것만 같다.

진실과 참은 단순하고 복잡하지 않다. 계획된 것은 진실을 왜곡하여 거짓을 만들기 때문에 복잡해진다. 또 통제되는 자와 통제하는 자가 생기는 순간, 마음의 평화도 사라진다. 갈등과 외로움만 남을 것 같다는 생각이 든다.

혼자 떨어진다는 두려운 생각이 세상 밖으로 나가지 못하게 하는 것은 아닐까? 그러한 생각들이 유혹하는 미끼에 끌려 벌레 통 속으로 들어가게 하는지도 모른다. 의지하려는 생각이 혼탁한 세상 속으로 들어가게 한 것 같다.

그러나 홀로 존재할 곳은 세상 어디에도 없다. 혼자라고 생각하지만 이 세상은 혼자 존재하도록 가만두지 않기 때문이다. 삼라만상이 그대를 감싸 주고 있다는 것을 느끼지 못할 뿐이다. 숲 속이나 산속 어디를 보아도 어느 것 하나 혼자인 것은 찾아볼 수 없다. 어쩌면 혼자라는 생각은 인간만이 가지고 있는 마음의 병인지도 모른다.

초원을 뛰는 동물처럼 산속을 날아다니는 새들처럼 자신을 스스로 지키지 못하는 것은 다른 것에 의지하기 때문이며, 그러한 삶의 방식이 위선과 거짓이 만연한 혼탁한 세상 속으로 밀어 넣은 것은 아닐까. 무엇보다 스스로 해결하지 못하고 의지하는 데 있는 것 같다.

자연의 법칙이 지배하는 곳에서는 의지하는 자가 없기에 관리하거나 통제하는 자도 없다. 스스로 살아가는 각자들이 모여 전체성으로 살아가기에 언제나 외톨이가 없다. 그곳은 언제나 순수하고 보이지 않은 질서 속에 무한한 자유가 있을 뿐이다. 보이는 세계가 전부일 것 같다. 그 속에 감춰진 거짓이나 위선은 없을 성싶다.

혼자서는 세상 어디에 존재할 수 없다는 것을 이해한다면 외로움으로 인한 두려움 같은 것은 떨쳐낼 수 있지 않을까. 우리가 두려움과 외로움이라는 울타리에서 벗어날 수만 있다면, 무한한 자유공간에서 언제든지 전체성으로 살아가면서 마음에 평화와 풍요를 누릴 수 있을 것이다. 의지하는 곳에서는 관리되고 통제된다는 것을 잊어서는 안 될 것 같다.

거짓과 위선이 춤추는 곳을 벗어나는 유일한 길은 자신을 어느 누구에게도 의지하지 않는 것임을 알아야 한다. 인간의 법칙이 아닌 자연의 법칙이 존재하는 곳은 언제나 의지하는 자가 없기에 순수하고 자연스럽다. 언제나 순수하고 질서가 있기에 거짓과 위선이 끼어들 수 없는 것인지도 모른다.

자연 발생적으로 흐르지 못하고 인위적으로 조작되고 통제된 세상 안으로 들어가서는 안 될 것 같다. 세상 밖에서 자연과 하나가 되어 전체성으로 살아갈 수 있는 멋있는 삶을 살아야 하지 않을까. 세상이 주는 먹음직스러운 미끼 유혹에서 벗어나는 것이 진실된 삶을 찾아 나서는 길임을 명심해야 할 것 같다.

의지하는 곳에는 자유가 없다.
자신만의 삶을 위해 세상 밖으로 뛰어나오라.
맑은 영혼을 위하여!

종교적인 마음

　요즘 종교에 몸담고 있는 성직자와 신앙인들의 말과 행동이 사회의 평온을 해치고 갈등을 조장하고 있는 것처럼 느껴질 때가 있다. 종교 전체 문제는 아니지만, 그렇지 않아도 복잡한 사회문제를 안고 있는 현실을 감안한다면 평온을 지키고 사랑을 실천해야 하는 그들로서는 조금 더 조신할 필요성이 있을 것 같다는 생각이 든다. 사회 지도층 어느 한 사람이 불안과 갈등을 초래하는 것은 그 사회 구성원 전체에 영향을 미치기 때문이다.

　잔잔한 호수에 돌을 던지면, 그 파문이 호수 전체에 미치는 것을 볼 수 있다. 어떤 문제가 사회 구성원에 미치는 영향도 마찬가지라는 생각이 든다. 인간 세상이나 자연 세계 모두가 서로 연결되어 있는 유기체이기 때문이다.

　다른 동물과 달리 사람은 사고할 줄 아는 동물이라는 데 의심을 가질 사람은 없을 성싶다. 그런데 이 사고 속에 잠재된 생각이 문제를 일으키는 것 같다. 삶과 죽음에 대한 두려운 생각들이 무한한 힘을 가진 절대자에게 자신을 의지하고 싶은 마음을 갖게 했는지도 모른다.

이 세상을 행복하고 안전하게 살 수 있도록 도와 달라고 한 번쯤 신에게 빌어 보지 않은 사람은 없을 것이다. 살아서도 문제지만 죽고 난 후에도 극락과 천당에서 불멸의 삶을 구원하는 사람들을 보면, 인간은 결코 신앙을 떠나서는 살 수 없을 것 같다는 생각이 든다. 신앙생활을 통하여 자신의 나약함을 위안받고 내세 구원을 약속받고 현세를 풍요와 충만함 속에 행복을 찾을 수 있다면 더할 나위 없는 일이 될 성싶다.

종교를 갖는 일반적인 생각도 내세에서는 영원한 구원이나 천당과 극락에 가는 길이고, 이승에서는 신으로부터 축복과 은혜를 입어 행복한 삶을 살길 바라는 간절한 마음에서 시작된 것이 아닐까. 사실 이러한 간절한 바람은 우리 모두가 원하는 일인지도 모른다. 얼토당토않은 이기적인 생각이라며 탓할 일만은 아닌 것 같다.

다만 다른 사람과 종교인들의 삶을 방해하거나 갈등을 조장하여 사회를 어지럽히는 일이 없기를 바랄 뿐이다. 자신의 삶과 죽음이 중요한 문제인 것처럼 다른 사람의 삶과 죽음 또한 중요하기 때문이다.

현세의 행복과 내세의 구원을 위해 초인간적이고 초자연적인 어떤 절대 신에게 자신을 의지하는 것은 물론 자유라고 주장할지 모른다. 그러나 다른 사람의 행복한 삶을 뒤로한 채 오직 자신의 행복한 삶과 내세의 구원을 받아 줄 신이 있다고 생각한다면 그러한 생각이 진실과 진리에 부합되는 일인지 스스로 생각해 봐야 할 것 같다. 세상의 어떤 것도 서로 분리되어 있지 않고 연결되어 있음을, 그래서 자신을 둘러싸고 있는 모든 것들이 불행을 겪고 있을 때 혼자만의 안락이란 있을 수 없음을 깨닫길 바란다.

자비와 사랑 속에서 전체성으로 살아가는 삶을 이야기했던 붓다와 예수도 이런 마음이 아니었나 하는 생각이 든다. 자비와 사랑의 실천을 통해 인류의 평화와 풍요로운 삶을 꿈꾸었을지도 모른다. 그런데 그들의 이토록 순수하고 아름답고 거룩한 뜻이 인간들의 어리석고 이기적인 행동에 의해 변질되어 가고 있는 것 같다. 많은 세월이 흐르면서 조직화되어 감에 따라 인간의 이기심과 에고가 그들의 뜻에 반하는 방향으로 세속화되어 가고 있지는 않은지 되돌아볼 필요가 있다.

어린 시절, 시골에서 이른 새벽에 부엌이나 장독대에서 기도하는 어머니들을 본 적이 있다. 가장 먼저 일어나 정화수 그릇을 장독대에 올려놓고 두 손 모아 빌며 알아들을 수 없는 말을 하고 있는 모습을 말이다.

당시는 나무로 된 울타리를 하고 있어 옆집에서도 비슷한 일이 벌어지고 있는 것을 마음만 먹으면 어렵지 않게 볼 수 있었다. 손을 모아 비는 것만으로 부족한지 허리를 연신 구부리며 절을 하는 모습도 보았다. 가정과 자식을 위해 신령님께 비는 단순한 어머니들의 마음이라고 치부하면서 지금까지 별다른 뜻 없이 살아왔다.

그러던 것이, 요즘 종교인들 사이에 나타나는 불신과 갈등 그리고 서로 융화하지 못하고 서로 적대시하는 행태를 보면서 그 옛날 어머니의 순수한 신앙의 모습을 떠올려 보게 되었다. 정화수를 앞에 놓고 두 손 모아 빌며 정성을 다하는 순수한 마음을 신앙인들이 가슴에 새겼으면 한다. 자신의 능력으로는 해결할 수 없는 불안이나 고통 그리고 가족에 대한 행복과 오랜 삶을 무한하고 초자연적인 힘을 가진 어떤 신에게 비는 그 순수한 마음을 말이다.

어느 누구도 원망하지 않고 모든 일은 내 탓으로 돌리는 순수한 마음, 자식의 건강을 빌고 가정의 축복을 비는 이러한 순수한 마음이 진정한 종교적 마음이 아닐까. 정화수 앞에서 신에게 비는 마음을 누구에게도 자랑하지 않았던 것 같다. 자신이 하는 방법이 옳다고 내세우지도, 강요하지도 않았다. 다른 사람의 불행을 빌지도 않았다. 다른 사람의 간절한 소망을 방해하고 빼앗는 일도 하지 않았다.

어머니는 자신만의 축복을 빌었던 것이 아니라, 자신의 아이들이 다른 아이들 속에서 더불어 잘 자랄 수 있도록 빌고 다른 가정처럼 축복 속에 행복하게 살 수 있도록 빌었다. 이 세상의 평화를 빌었고 우리 모두의 축복을 빌었다. 전체가 하나로 되는 아름답고 거룩한 마음이었던 것 같다. 이런 마음이 곧 사랑이고 자비이고 관용을 실천하는 마음일 성싶다.

미신을 믿는 행위라고 치부할지 모르지만, 설사 신을 잘못 알고 기도했을지라도 자비와 사랑으로 충만한 신이 있다면 대신 들어줄지도 모르는 감동의 기도였던 것 같다. 신을 믿고 의지하면서 간절하게 비는 인간의 마음이 잘못된 것이라고 지적하는 신은 없을 성싶다. 세상에 거짓의 신은 없을 것 같기 때문이다.

신을 놓고 편을 가르는 것은 어쩌면 신을 모독하는 행위일지도 모른다. 자신이 믿는 신은 진짜 신이고 다른 사람이 믿는 신은 가짜라는 논리가 합리적인 사고에서 나오는 것이라고 받아들일 수 없기 때문이다. 편견 없이 만인을 사랑하는 순수한 마음이 곧 신을 사랑하는 마음 아닐까.

신을 진정으로 사랑한다면 그 마음속에 깃든 아름다운 영혼까지 함께 사랑했으면 하는 마음이다. 신을 사랑한다면 절대 다른 사람에게 상처를 주는 행위를 할 수 없을 것 같다. 그것이야말로 자신이 믿고 있는 신의 생각일지도 모르기 때문이다.

지구촌이 하나가 되어 불안과 갈등 그리고 전쟁이 사라지고 신의 사랑이 함께하는 평화와 풍요로움이 가득한 은혜로운 땅이 되는 날을 우리가 맞이할 수 있을 것인가는 전적으로 우리들 몫이라는 생각이 든다. 인간들이 어리석은 생각으로 조장하고 있는 불안과 갈등 그리고 편견은 결코 신의 뜻이 아닐 것 같기 때문이다.

자신의 이익을 위해 다른 사람을 짓밟고 편을 나누는 행위를 가르쳤던 신은 지금까지 본 적도, 들은 적도 없다. 그리고 앞으로도 그런 신은 존재하지 않을 것이다.

사회복지는 보상이다

요즘 사회복지 문제를 두고 사람들이 많은 이야기를 나누고 있는 것 같다. 얼마 전까지만 해도 서구 일부 선진국에서나 사회복지 제도가 있다는 말을 들었던 우리들로서는 격세지감을 갖기에 충분하지 않을까 싶다.

'사회복지'라는 말을 들을 당시는 먹고살기 위해 몸부림치던 때라 복지 문제를 생각할 겨를도 없었는지 모른다. 그러다가 언제부터인가 사회복지가 주요 문제가 되었다. 지금은 정치와 사회의 최대 이슈가 되고 있는 것 같다. 복지는 왜 필요한가, 한계는 어디까지인가 등 많은 부분들이 모두의 관심 대상이다.

산과 들에서 야생하는 동물을 잡거나 과일 등을 수집해서 먹고 살던 수렵시대에는 모두 자연에서 스스로 해결하며 살았다. 주거지도 굴속을 찾거나 나무와 풀 등으로 얽어맨 움막 생활이 대부분이었다.

전근대적인 농촌 생활의 삶도 별반 다르지 않았던 것 같다. 자연 속의 단순한 삶이었기 때문에 힘센 남자들 부녀자 그리고 노인들은 특별한 기술이 없어도 각자 자신에 맞는 일이 있었다. 노동의 질에는 차이가 있었겠지만, 모두가 참여해서 공동생활에서 제외된 사람은 없었다. 자신이 소유한 논이 많고 적음에 관계없이 누구나 산과 들로 나가 일을 해야 했기 때문이다. 농촌에서 하는 일들은 대부분 거의 비슷한 노동이다. 그래서 부족한 일손을 메꾸기 위해 가족 모두가 참여해야 했다. 남녀노소 가릴 것 없이 자신에게 맞는 일을 찾아 일에 동참할 수 있었다.

그러나 지금은 달라졌다. 산업의 발달로 인하여 사람들이 직접 참여했던 많은 일 중에서 단순하고 반복적인 일들은 대부분 기계가 대신하면서 단순노동의 일자리는 대부분 사라져 가고 있다. 기계를 조작하는 전문가 몇 명이면 사람이 할 수 있는 많은 일들을 기계로 대신할 수 있기 때문이다.

경영자들도 경제성과 생산성의 효용가치를 따질 수밖에 없을 것 같다. 노동의 생산성의 문제일 뿐, 인간의 노동이 더 중요한 것은 아니기 때문이다. 그래서 기계보다 생산성이 떨어진 인간의 노동력은 현대 산업사회에서는 뒤로 밀려날 수밖에 없는 현실이 되고 말았다.

이러한 현실 아래 노동 현장에서는 인간을 더 이상 인격의 주체가 아닌, 돈으로 계산된 생산성의 객체로 전락되고 있는 것 같다. 이렇게 단순한 노동은 기계가 대신하게 되면서 노동의 질도 높아졌다. 높은 기술을 가지지 않았거나 창조능력이 부족하다면 일의 현장에서 밀려날 수밖에 없는 현실이 도래한 것이다.

지금은 인구도 옛날보다 훨씬 늘어났다. 그러나 현대 산업은 인간이 더 필요하지 않는 산업구조로 바뀌면서 늘어난 사람들의 일자리는 오히려 줄고 있는 것 같다. 더구나 산업전선에서 밀려나면 더 이상 갈 곳이 없다는 것도 문제다. 이젠 농촌도 기계가 대신 일을 하고 있기 때문에 옛날처럼 시골에서 일할 수 있는 환경도 아니다. 사람이 할 수 있는 일이 그만큼 줄어들고 있다. 산업현장에서 밀려나고 자연에서 얻을 수 있는 일터도 줄어 삶의 현장에서 머무를 곳이 없어졌다.

이렇듯 과학의 발달로 인한 산업구조가 일하고 싶은 사람들은 오히려 더 밀어내고 있다. 밀려난 사람은 갈 곳 없는 떠돌이 신세가 되기 십상이다. 이와 같이 산업현장에서 밀려난 사람은 삶의 현장에서도 밀리는 모양새가 되어 가고 있다. 이 모두가 인간 세상에서만 볼 수 있는 사회 구조가 아닐까.

인간과 다른 동물의 세계는 자연의 섭리인지 신의 뜻인지는 몰라도, 처음 자연계에 태어난 이후 지금까지도 변함없는 삶의 양상을 띤다. 그들에게는 과학이나 산업의 발달이 필요하지도 않은 것처럼 보인다. 그저 태어난 본성대로 한세상을 살아가는 자연스러운 삶을 영위할 뿐이다. 동물들은 자신의 조직에서 밀려나지도 않는다. 몸에 이상이 없는 한 먹고 살아가는 데 아무런 불편이 없는 것 같다. 인류 역사상 변하지 않은 것이 있다면 동물들의 삶의 모습이 아닌가 한다.

그런데 사람이 사는 세상은 다른 것 같다. 생각하는 두뇌를 가진 인간은 삶의 환경을 개선하는 데 그동안 많은 노력을 기울인 덕분에 옛날의 생활방식은 거의 지구촌에서 찾아보기 힘든 것 같다. 삶의 방식이 향상되면 모두가 함께 잘 살아갈 것으로 기대했을지도 모른다. 그러나 결과는 오히려 그 반대로 나타나고 있는 것 같다. 일하지 않으면 먹고살 수 없는 환경으로 변했다. 또 일을 한다고 해도 돈이 되는 일을 하지 않으면 안 된다.

옛날에는 직접 일을 해서 식량을 얻고 옷을 얻고 집을 만들어 모든 의식주를 해결할 수 있었지만, 지금은 온 가족이 힘을 합친다고 해도 불가능하다. 돈이 되지 않는 혼자의 힘이나 가족의 노동력만으로는 의식주를 해결할 수 없게 되었다. 삶의 구조가 변했기 때문이다.

과학이 발달하면 모든 사람은 천국의 생활을 할 것으로 믿고 모두가 고통을 참고 노력했을 것이다. 그렇지만 오히려 그 과학의 힘은 인간의 일자리를 빼앗고 삶의 변화를 가져왔다. 그 변화들이 이제는 삶의 심각성을 초래하고 있다.

현대 산업사회는 각자의 능력대로 살아가는 사회라고 하지만, 현대는 모든 국가뿐만 아니라 사회와 인간 모두가 서로 맞물려 있는 하나의 유기체라는 생각이 든다. 생산과 소비도 마찬가지로, 한쪽만 있는 세상은 상상하기도 힘들 만큼 서로 떼려야 뗄 수 없는 관계다. 국가에는 국민이 있어야 하는 것처럼 생산자에게는 소비자가 있어야 한다. 현대 산업사회가 황폐화되는 것을 막기 위해서라도 삶의 현장에서 밀려난 그들의 도움이 절실히 필요하다. 그들이 없이는 사회도 없고 국가도 존재할 수 없기 때문이다.

우리가 걷는 길도 너비가 삼십 센티미터쯤이면 마음 놓고 걸을 수 있다. 그러나 길옆에 필요 없을 것으로 보이는 땅이 버티고 있을 때의 이야기다. 그보다 넓은 길이라고 해도 그 길만 있고 양쪽에 모두 천 길 낭떠러지가 버티고 있다면 더 이상 걸어갈 수 없을 것 같다. 일하는 현장에서 그리고 삶의 현장에서 밀려난 사람들을 옆에 두고 가야 하는 이유가 여기에 있다.

현대사회의 구조에서는 사회복지 문제가 대두될 수밖에 없다. 현대 산업사회의 복지는 국가나 단체에서 베푸는 은혜 정도의 소극적인 문제로는 해결될 성질의 문제가 아닐 성싶다. 법률적인 보상은 아니더라도 노동력을 상실한 사람들이 더불어 살아갈 수 있는 생활 기반은 반드시 만들어 주어야 할 것 같다. 능력 없는 사람은 존재하지 않아도 된다고 생각할지 모르지만, 사회와 국가가 존재하기 위해서는 전혀 그렇지 않다.

산업구조 때문에 일하고 싶어도 일자리가 없어서 비자발적으로 밀려난 사람들이다. 그들에게 능력이 없든 게으름을 피웠든 장애를 가진 사람이든 옛날에는 각자 할 일이 주어졌다. 지금은 능력이 없다는 이유로 일과 삶의 현장에서 밀려날 수밖에 없는 현실이다. 우리가 살아남기 위해 경쟁하면서 어쩔 수 없이 밀어낸 사람들인지도 모른다. 그렇지만 이들도 최소한 삶은 이어 가야 한다. 일의 현장에서 밀려났다고 해서 삶의 현장에서도 밀려날 수는 없다.

현대 경제 효율성으로 본다면 이들이 모두 필요 없다고 생각할지도 모른다. 그렇지만 그들 모두가 우리 사회에서 버림을 받아 모두 없어진다면 그 국가나 사회는 어떻게 될 것인지에 대해서도 깊이 생각해 봐야 한다. 그들의 뒷받침 없이는 사회도 국가도 더 이상 존재할 수 없지 않을까?

너무나 비약한 생각이고 현실성이 희박한 생각이라고 치부할지도 모른다. 그렇지만 어느 한 축이 무너진다면 세상은 더 이상 버틸 수 없을 것이다. 기차가 계속 달리려면 두 레일이 필요하고 서로 치우치지 않고 평행을 이루어야 하는 것처럼 생산과 소비 그리고 부의 축적도 너무나 한쪽으로 치우쳐 삶의 균형이 무너진다면 사회도 국가도 예외일 수는 없다.

다른 사람의 불행 앞에서 어느 누구도 진정으로 행복한 삶을 누릴 수 있을 것 같지는 않다. 사람은 삶을 살아가는 귀중한 주체들이면서도 한편으로 국가와 사회를 위해 꼭 필요한 존재이고 자원이다. 어느 한쪽으로 치우친 사회와 국가는 더 이상 번영할 수 없을 성싶다.

사회복지는 당연한 나눔이고 보상이라는 생각을 가져야 할 때가 된 것 같다. 모두 함께할 수 있는 영원한 삶을 위해서 사회복지는 보상 차원에서 이루어져야 할 것이다.

약속

  사람은 약속의 그늘에서 벗어나 살아갈 수 없는 운명일지도 모른다. 가족을 시작으로 다른 사람과 관계 속에서 살아가는 것을 보면, 모든 생활이 약속의 연속인 것 같다. 죽을 때까지 혼자가 아닌 다른 사람과의 관계를 유지하면서 살아가기 위해서는 약속이라는 형식에 의해 관계가 유지될 수밖에 없는 게 아닐까.

  그 약속은 작게는 개인과 개인 사이의 약속에서부터 개인과 사회 그리고 국가 사이에 있는 무수한 약속들이다. 우리가 지킬 수밖에 없는 모든 법과 규율들도 약속의 연속이다. 만든 법은 문서로 약속된 것이라면, 관습과 전통은 우리들이 오랜 세월 동안 살아온 생활 방식에 따른 무언의 약속이라는 생각이 든다. 어쩌면 이심전심으로 약속된 규범인지도 모른다.

  그 외에도 시시각각으로 개인 간에 이루어진 무수한 약속들이 하루의 삶을 만들고 있지 않나 하는 생각이 든다. 이 모든 약속들은 우리에게 많은 제약을 주지만 다른 사람들과 어울려 살기 위한 방편들이다.

이러한 약속들은 우리 인간 사이에만 있는 것인지도 모른다. 다른 동물은 인위적인 관계가 아니기 때문에 약속 따위는 필요 없을 것 같다는 생각이 든다. 동물은 자연스러운 삶 때문에 약속이 필요 없고, 더구나 법률 같은 것은 처음부터 필요로 하지 않는다.

인간에게 있는 수많은 약속들은 우리의 삶에 많은 제약을 주는 것 같다. 그러나 그 제약을 모두 물리칠 수 없는 것이 우리들의 삶의 한계인지도 모른다.

관계 속에 얽힌 삶에서 벗어날 수 없다는 것에 회의감이 들 때도 있다. 언제부터인가 바쁜 생활에 쫓겨 자신을 잃어버리고 삶의 의미가 무엇인지 느끼지도 못하는 자괴감 때문이리라. 얽매인 생활에서 벗어나 여유를 갖고 싶은 생각이 간절했다. 육체 속에 잠들어 있는 내면을 들여다보면서 고요와 평화를 즐기고 그곳에서 기쁨과 생동감으로 충만한 공간을 만들고 싶었다.

수많은 약속 중에 불필요한 약속이 너무 많아 삶을 얽매고 있다는 것을 깨달은 순간, 약속은 될 수 있으면 피하고 싶다는 생각이 들었다. 여러 모임들이 삶의 궁극적인 해결책이 아니라는 것도 어렴풋이 알게 되었다.

다니던 직장을 그만두고 혼자 있는 시간이 많아지면서 세상을 보는 눈이 조금씩 달라지고 있음을 느꼈다. 세상 속에 파묻혀 살 때는 따라가기에 바빠 보지 못했던 삶의 진실이 조금씩 보이기 시작했다고 보아야 정확할 것 같다. 인생으로 보면 가을 문턱에 들어서면서 선지식들처럼 깊은 지혜를 갖지는 못했지만, 자신을 찾아보고 싶다는 생각이 모임에서 조금씩 멀어지게 한 것인지도 모른다.

요즘 혼자 있는 시간을 많이 가진다. 그러면서 자연스럽게 어느 때보다 독서를 많이 하고 있다. 외로움과 허전함을 달래기 위한 독서는 물론 아니다. 다른 사람들이 써 놓은 책을 읽다 보면 자신도 모르게 그 세계로 빠져들어 상상의 나래를 펼 수 있어 좋다.

책을 읽을 때마다 그동안 삶에서 느끼지 못했던 부분들을 하나둘씩 발견하는 것 같아 여간 기쁘지 않다. 자연을 노래한 것이든 사상을 이야기하든 마음을 치료하는 선문답이든 스스로를 돌아보고 느낄 수 있게 해 주는 것 같다. 상상하며 사색할 수 있고 공감하는 새로운 세계가 있어서 좋다는 느낌을 갖는다. 무엇보다 상상하지 못했던 새로운 세계가 펼쳐져 무한한 가능성을 제시해 주고 있는 것에 감사한 마음을 갖는다. 그래서 책 읽기를 더 좋아하게 된 것 같다.

독서를 통하여 특별히 무엇을 얻겠다는 욕심 같은 것은 전혀 생각지 않는다. 그저 읽는 그 자체가 좋을 뿐이다. 상상하고 사색할 수 있는 책의 세계에서는 여행도 할 수 있고, 다정한 사람과 이야기도 할 수 있다. 어떤 때는 스승이 되어 나를 가르쳐 주기도 하고 친구가 되어 다정하게 말을 걸어오는 것 같다.

책 속 인물들과 자연스럽게 대화하면서 자신을 쉬게 하고 돌아보게 하는 것이 욕심이라면 욕심일 것이다. 자신을 알아차리고 마음속에 고요한 평화가 깃든 삶을 찾고 싶을 뿐이다. 평화로움 속에서 자연이 보여 주는 삼라만상과 무언의 대화를 즐기면서 여유와 풍요로움을 맛볼 수 있으면 더 좋을 것 같다.

좀 더 많은 시간을 자연을 벗 삼아 무언의 대화를 나누고 싶은 생각이 조용하게 의자에 앉아 책을 읽게 한 것인지도 모른다. 인간의 참된 모습을 안에서 찾아보고 싶기도 했다. 이런 생각들이 약속을 피하게 한 것 같다.

집 주변을 혼자 산책하거나 조용히 책을 읽다가 보면 명상을 하고 있는 기분이 든다. 이때가 제일 마음이 편하다. 어쩌면 약속을 피하여 혼자 있는 시간들이 명상의 시간이고 자신을 찾아가는 길이 될지도 모른다는 생각이 들기도 한다.

약속을 피하고 싶은 이유가 또 있는 것 같다. 혼자서 집 근처 산을 자주 다니다가 느낀 자연 속의 삶 때문이다. 사계절을 통한 자연 속의 삶을 우리 인간 세상에 그대로 옮길 수 있다면 좋을 것 같다는 생각을 수없이 한 것 같다.

자연 속의 삶은 약속이 없는 것처럼 보인다. 모두가 내맡김 속에 시간을 재촉하지 않으면서 한없는 자유와 풍요로움이 깃들어 있다. 위선과 거짓도 없다. 약속과 위선 그리고 거짓이 없는 자연 속의 삶을 본받고 싶었는지도 모른다. 자연은 위선과 거짓이 없는 선과 아름다움만이 존재하는 공간이라는 생각이 들기 때문이다.

자연의 법칙에서는 서로 간에 약속이나 더구나 인위적인 법 같은 것도 존재하지 않은 것 같다. 함께 어울릴 뿐, 편을 가르는 것도 없이 각자의 본성대로 살아가는 삶이 전부일 것 같다는 생각이 지배적이다. 그러면서도 이 세상을 이루고 있는 삼라만상과 하나가 되어 전체성으로 살아가는 질서정연한 아름다운 조화가 있을 뿐이다.

숲 속에 혼자 앉아 있으면 깊은 고요와 평화를 느낄 수 있다. 육체 속에 깃든 보이지 않는 영혼은 기쁨과 생동감으로 충만하여 온몸에 소름이 돋는다. 독서와 자연과 함께하는 삶은 그 자체가 명상으로 다가온다.

　온전한 삶을 이해하고 관찰하기 위해서는

　약속의 땅, 군중 속에서 조금은 벗어나야 할 것 같다.

　군중은 언제나 텅 비어 아무것도 없기 때문이다.

떡값

지구상에 생존하고 있는 수많은 동물 중에서 재산이나 자원을 필요 이상으로 쌓아 놓고 살아가는 동물이 얼마나 있을까? 지금까지 살아오면서 인간 외에 다른 동물이 재산 등을 쌓아 놓거나 더 가지려고 싸우는 것을 본 적이 없는 것 같다.

동물의 다큐멘터리 프로그램에서 먹을 것을 앞에 두고 싸우는 것을 본 적이 있을 것이다. 그리고 새끼를 키우기 위한 공간을 확보하려는 싸움도 보았을 것이다. 그러나 이 싸움도 생존을 위한 최소한의 싸움이고, 번식을 위한 본능적인 싸움에 불과한 것이지, 다른 동료보다 편한 생활을 누리기 위하여 더 많이 쌓아 두기 위한 싸움은 결코 아닌 것 같다.

인간들의 생존 본능과 생활 방식은 동물들의 세계와는 다르다는 느낌이 든다. 남보다 더 많은 것, 더 좋은 것을 갖는 것에 자신의 모든 역량을 바치고 있는 것 같다. 필요 이상의 재물을 모아 낭비하고 쓰레기로 버리기까지 하면서도 더 쌓아 놓기 위해 싸움 아닌 싸움을 계속하고 있는 모양새다. 갖지 못한 사람들도 이런 싸움에 뛰어들려고 애쓰기는 마찬가지다. 현재 인간이 바라고 있는 재물의 욕심은 전지전능한 신이 모두 만들어 채워 준다고 해도 그 욕심을 전부 채워 줄 수 없는 욕망일 성싶다.

사람들은 이러한 재물을 더 갖기 위하여 욕심부리다 오히려 가지고 있던 명예와 재물까지 모두 놓치기도 한다. 자신의 정당한 능력으로 많은 재물을 모아 마음대로 쓰고 산다면야 할 말이 없겠지만, 요즈음 언론 매체에 자주 등장하는 '떡값'이라는 말을 생각해 보면 인간의 욕심이 정말 끝이 없는 것 같다.

어려서는 떡값이라는 말을 들어 보지 못한 것 같다. 명절이면 가족이 먹을 떡을 집에서 만들었기 때문에 떡을 사 오는 일이 없어 떡값이라는 말이 나오지 않았는지도 모른다. 농경사회에서 산업사회로 바뀌는 과정에 많은 사람들이 월급을 받고 일하면서 나온 말이 아닌가 한다. 명절 등을 맞이하여 고생하는 회사원이나 아랫사람들의 노고를 생각해서 지급하는 얼마 되지 않는 돈을 떡값이라고 부르게 된 게 아닐까?

이와 같은 순수한 떡값이 그 성격이 변하여 뇌물성의 돈을 떡값이라고 말하는 것에서 문제가 되고 있다. 세상에 공짜는 없다. 다른 사람에게 신세를 지면 언젠가는 갚아야 한다는 것도 모르는 사람은 없을 것 같다. 갚지 않고 받기만 하면 굽실거리며 몸을 낮출 수밖에 없다. 노예로 살아가는 지름길인지도 모른다. 소신 있게 세상을 살아갈 수도 없을 것 같다. 그렇게 되면 결국은 영혼까지 팔아먹고 다른 사람의 노예로 전락할 수밖에 없을 성싶다.

요즘 문제가 되는 것을 보면, 노력하지 않고 많은 것을 공짜로 가지려다가 가지고 있던 알량한 양심마저 모두 내놓아야 하는 사람들을 심심치 않게 본다. 떡값을 받을 위치에 있지 않는 사람들이 떡값을 받았기 때문인 것 같다. 자신들은 떡값이라고 변명을 하지만, 이유에 타당성이 없는 것 같다. 고위공직에 있거나 임원으로 있는 사람들이 자기 업무와 관련이 있는 사람들로부터 명절을 틈타 금품을 받았거나 수시로 돈 등을 챙겼다면 순수한 떡값이라고는 할 수 없을 것 같다.

그런 사람들은 떡값을 받을 것이 아니라, 주변의 어려운 이웃들에게 오히려 떡값을 주어야 할 위치에 있는 사람들이 아닐까. 떡값이 본래의 역할을 하려면 가진 사람들이 없는 사람에게, 상사들이 고생하는 아랫사람에게 주는 금품들이어야 할 것 같다.

적절치 못한 행위들이 법률 전문가의 입장에서 보면 인간이 만든 법에는 위반되지 않을지도 모른다. 법에 인간이 행하는 모든 사실을 조문화시킬 수는 없는 일이기 때문이다. 그러나 어딘가 적절치 못한 돈이고 주고받아서는 안 되는 돈이라는 것은 대다수 사람들은 분명하게 알고 있는 사실이다.

이런 문제가 사회에서 용납된다면 정정당당하게 노력하는 사람들의 모습이 초라해질 수밖에 없을 성싶다. 노력하지 않고 얼마든지 부를 가질 수 있다면 그러한 위치에 오르지 못함을 한탄하면서 세상을 저주하지 않을까. 많은 사람들이 상처를 받는 일이기도 할 것 같다. 우리 모두 가슴에 손을 얹고 생각해 봐야 할 일이다.

세상이 예전 같지 않다고 본다. 전에는 특권층 몇 명만이 정보를 공유해 다른 사람을 다스리고 그 위에 군림했지만, 지금은 어떤 정보든지 어느 특정한 몇몇 사람의 전유물인 시대는 지났다. 그래도 예전에 비해 조금은 투명한 시대가 되지 않았나 싶다.

이제는 다른 사람에게 존경받고 싶다면, 모든 일에 모범을 보이지 않으면 존경받을 수 없는 시대가 되었다. 오히려 지탄의 대상이 되기 쉬운 시대가 된 것 같다. 세상이 되바라져 있어 모두가 많은 것을 알고 있기 때문이다.

윗사람은 자신의 일을 숨기기 쉽지 않다. 보는 눈이 많기 때문이다. 사람을 속이고 신을 속일 수 있다고 해도 자신의 가슴속에 깊이 들어 있는 양심을 속일 수 없을 성싶다.

공짜를 멀리하고 다른 사람의 분노를 사는 천박한 행동도 해서는 안 될 것 같다. 힘없고 나약한 사람들이 즐거운 마음으로 세상을 살아갈 수 있도록 가진 자들이 앞장섰으면 한다. 어두운 소식으로 다른 사람을 기죽이는 일이 언론에 오르내리는 일이 없었으면 하는 희망을 가져 본다.

떡값이 본래의 역할을 하는
세상이 오기를 바랄 뿐이다.

애프터서비스

'애프터서비스'라는 말이 우리 고유의 말처럼 사용되고 있는 것 같다. 어지간한 외래어는 신문과 책에서도 우리말처럼 쓰고 있어 다른 곳에 한눈이라도 팔라치면 내용을 파악하는 데 여간 어렵지가 않다. 외국어에 대한 발음을 소리 그대로 쓴 단어를 사전에서 찾기가 쉽지도 않다. 그래도 애프터서비스 정도는 알고 있으니 다행이라는 생각이 든다.

외래어를 문제 삼으려는 의도는 아니다. 더구나 굳이 반대할 생각은 조금도 없다. 옛날처럼 한 나라에서 한 민족만이 살아갈 수 있는 세상이 아니다. 그 사회에서 어느 정도 통용되는 다른 나라 언어를 그대로 사용하는 것도 글로벌화된 세계 속에서 살아가는 지름길이 될지도 모른다.

일을 하고 싶어도 할 수 없는 처지에 놓인 실업자 그리고 일하기 싫다는 자식들을 낳았다는 이유 하나만으로 구부린 등을 더 구부리며 자식들 뒷바라지에서 벗어나지 못하고 있는 노인들을 보면서 애프터서비스라는 말을 떠올리게 되었다.

옛날에는 필요한 물건을 스스로 만들어 사용했으니 다른 사람에게 사후 관리나 뒷손질을 부탁할 수 없는 환경이었다. 사용 중에 부서지고 잘못되면 직접 수리하여 사용할 수밖에 없었다. 그러던 것이 현대에 접어들어, 생산자와 소비자가 구분되면서 애프터서비스라는 말이 나온 것 같다. 생산자는 판매한 물건을 사용하는 사람에게 일정 기간 사후관리를 해 주어야 할 의무가 있기 때문이다.

애프터서비스는 제조업자가 만든 상품에 대하여 설치와 수리, 점검 따위를 일정 기간 동안 책임지는 일을 말하는 것일 게다. 그것도 무한 책임이 아닌 일정한 기간과 내용에 한계를 두고 있다. 또한 사용 중에 발생한 하자 문제도 생산자 책임이 아닌 사유라고 밝혀질 때는 일반적으로 애프터서비스 대상이 될 수도 없다. 제조업자가 판매한 상품에 대하여 애프터서비스를 해 주어야 한다는 부담 때문에 회사가 망했다는 소리를 들어 본 일도 거의 없었던 것 같다.

그런데 제조업자의 애프터서비스와는 달리 가족 관계 속에서 일어나는 애프터서비스는 무한에 가까운 책임이 있는 것 같다. 자식도 아닌 손자까지 책임져야 하는 늙은이들의 고달픔이 고스란히 녹아 있는 모습을 보면 알 것도 같다.

조손가정도 문제지만 부모와 자식 사이도 마찬가지라는 생각이 든다. 취직이 어렵다는 이유로 캥거루처럼 부모 곁을 떠나 독립하지 못하고 하는 일 없이 빈둥거리며 놀고 있는 자식들을 먹여 주고 용돈까지 주어야 하는 부모들의 모습을 보면, 그 일에서 언제 벗어날 수 있을 것인지도 알 수가 없다. 결혼해서 분가한 자식들까지 챙겨 주는 부모들의 모습을 보면 자식을 낳은 부모의 애프터서비스는 끝이 보이지 않는다.

여건만 된다면 자식을 사랑하고 보살펴 주는 것은 당연한 일이라고 생각할지도 모른다. 부모와 자식 간의 일이기 때문이다. 그러나 끝이 보이지 않은 것이 문제다. 기간도 내용에도 한계는 없는 것 같다. 자신이 죽어야 끝날 성싶다. 힘들게 살아가는 부모들의 삶은 어디에서 찾아야 할까? 생각하면 막막하기만 하다.

우주를 정복했다고 큰소리치고 모든 일에 달관의 경지에 오른 것처럼 말들 하지만, 정작 조그마한 인간사인 가정 문제 하나를 해결하지 못하고 쩔쩔매는 인간들을 보면, 어쩌면 나약하고 어리석은 것이 인간들의 참모습인지도 모른다.

앞으로도 계속될 어리석은 삶에서 우리가 벗어날 수 있도록 정말 위대한 신이 나타나 해결해 주었으면 하는 마음 간절하다. 자식 뒷바라지에 지쳐 가는 부모들의 얼굴에서 희망이 가득한 해맑은 웃음을 보고 싶기 때문이다.

위선

　사회에서 지도층이라고 생각하는 사람들의 행태를 보고 있으면 역겨워질 때가 한두 번이 아니다. 우리 조상들은 자신의 선행을 다른 사람이 알까 봐 조심하고 삶에 정성을 들이며 몸과 마음가짐에 각별했는데, 지금은 그러한 생각들은 온데간데없고 자신을 치장하지 못해서 안달이 나 있다는 생각이 들기 때문이다.

　그나마도 자신의 것으로 치장을 한다면 애교로 봐줄 수 있을 것 같다. 그런데 다른 사람의 것을 자기의 것인 양 가져다 치장하는 것을 보고 있으면, 한심하다 못해 구역질이 난다. 더구나 잘못을 저질러 놓고 지적하는 사람들을 오히려 이 세상에서 제거되어야 할 사람으로 몰아붙이는 것을 보고 있노라면, 어른들을 쳐다보고 있는 애들이 볼까 봐 더더욱 무서워진다.

　뉴스를 통해 소위 지도층이라는 사람들의 면면을 보고 듣는다는 사실이 두렵고 소름 끼치기까지 한다. 자신이 저지른 악과 거짓 등을 반성하기는커녕 오히려 선으로 위장하는 일이 너무 비일비재하다는 느낌이다. 바야흐로 위선이 난무하는 시대에 와 있는 것 같다. 그 위선은 사전적인 의미를 넘어서 지적하는 사람을 향해 윽박지르고 협박까지 일삼는 것처럼 보인다.

이와 같은 일이 계속되고 우리 사회에서도 용납되어 간다면, 선량한 사람들의 신뢰관계를 무너뜨릴 수도 있지 않을까. 그들이 자주 들먹이는 국가와 사회가 위태로워질 것 같은 생각이 들어 걱정된다. 권력이나 힘 있는 자의 행동이나 말은 정의이고 선이 된 것 같은 착각이 든다. 다른 사람을 선도하며 교육을 맡은 사람들의 위선은 더욱 그렇다. 사실관계를 왜곡하고 우리의 역사를 왜곡하기 때문이다.

정치판의 경우는 원래 선동하여 먹고사는 곳이라 위선이 끼어들기 쉬워 그러려니 하고 넘어갈 정도가 되어 버린 것 같다. 오죽하면 더 이상 입 밖에 꺼내고 싶지 않은 부분이기도 하다. 그렇지만 그것을 받아들이고 배척하는 것은 우리 각자의 몫이기 때문에 우리 모두의 책임이라고 할 수 있지 않을까?

선을 말하고 자비를 이야기하고 사랑을 무기로 살아가는 집단에 소속된 사람들의 행태를 보면, 더 많은 문제점을 가지고 있는 것 같아 마음이 아플 때가 많다. 종교 지도자들의 행태가 그것이다. 종교인은 힘들게 살고 있는 세상 사람들이 행복하고 진정한 삶을 살 수 있도록 도와주어야 할 사람들이기에 문제는 더욱 심각하다. 건강하고 진정으로 아름다운 삶이 어떤 삶인가를 스스로 깨달을 수 있도록 가르치고 앞장서서 모범을 보여야 할 사람들이라는 생각이 든다.

삶에서 감사한 마음을 찾고 더불어 살아갈 수 있는 힘과 자비와 사랑이 실천될 수 있도록 그들 자신들이 더 노력하는 모습을, 우리는 보고 싶은지도 모른다. 그런데 일부 종교지도자들의 행태를 보면, 모범은커녕 꼭 그렇게까지 살아야 하는가를 반문하고 싶을 때가 많다. 오히려 그들이 불쌍하다는 생각이 드는 것은 혼자만의 느낌이 아닐 것이다.

그들이 신봉하고 내세우는 교주나 신의 가르침이나 경전은 안중에도 없는 것이 아닌가 하는 생각이 든다. 자신들이 신봉하고 있는 신의 뜻이나 경전을 제멋대로 끌어들여 무지몽매한 신자들과 다른 사람들을 선동하고 갈취하는 것을 보면, 죽어서 신봉하고 따랐던 신으로부터 어떤 대접을 받을지 궁금할 뿐이다. 너무나 태연스럽게 포장하고 위장하는 것을 보면 가면 속에 가려진 그들의 진심은 과연 어떤 것인지 알 수가 없다.

교육계의 지도자들도 마찬가지라는 생각이 든다. 제자들에게 글 한 줄 가르치고 교과서의 어느 한 대목을 설명하고 가르치는 게 전부라고 볼 수는 없을 성싶다. 참사람이 되는 것을 가르치는 것이 우선이라고 해도 과언이 아니기 때문이다.

교육자라면 먼저 제자들 앞에 부끄럽지 않아 떳떳하게 나설 수 있어야 할 것 같다. 제자들의 인격 도야를 책임져야 할 그들이기 때문이다. 그런데 현실은 암담하다. 제자들의 인격 도야는 제처 두고 그들 자신이 오히려 더 문제라는 생각이 들기 때문이다. 어쩌면 한 술 더 뜨고 있는지도 모른다.

알량한 지위를 이용하여 논문을 대필시켜 지위를 이어 가는 것은 다반사이고 학위 취득이라는 약점을 이용하여 온갖 것들을 시키고 돈까지 갈취하고 있으니, 아직도 그들한테 할 말이 남아 있을까? 물론 다 그렇지 않은 게 다행이라고 말할지 모르지만, 그들이 사회에 미치는 영향은 무시할 수 없을 것 같다.

그들 밑에서 학생들은 무엇을 배울 것인가를 생각한다면 두려움이 앞선다. 수단과 방법을 가리지 않고 거짓과 악을 선으로 치장하는 법을 배우는 그들이 사회로 들어온다면, 우리 사회는 과연 어디로 갈 것인지 걱정부터 앞선다.

공직사회도 예외는 아닌 것 같다. 소위 권력 기관이라고 하는 곳은 주어진 권한을 자신들이 말하는 국가와 국민을 위해 사용해야 함을 망각하고 오직 자신의 입신양명과 재물을 모으는 데 이용하고 있는 것을 보면 한심하다는 생각이 든다. 물론 지극히 적은 수가 그렇다고 하지만, 그 파문은 세상 여러 곳에 미친다는 것을 알아야 할 것 같다.

이와 같은 부류의 사람들이 하는 말들이 있다. 자신들의 잘못을 조금이라도 지적받으면 한결같은 목소리로 신성한 종교를 모독한다, 교권을 침해한다, 공권력을 무력화시킨다는 말로 변명하면서 자신들을 지키려 든다. 자신 개인의 치부를 공동체 이익에 반하는 것으로 몰아세우고 상대방을 불순 세력으로 몰아 오히려 자신의 권한을 더욱 강화시키는 계기를 만드는 것 같다. 개인의 치부를 공동체 속으로 감추어 버린다는 느낌을 지울 수가 없다. 위선이 선을 몰아내고 있는 것 같다.

선과 진리 그리고 정의가 아직도 살아 있어 사회가 유지되고 있는 것은 반가운 일이다. 그러나 큰소리로 나서며 자기를 합리화하는 몇몇 사람이나 집단의 영향력이 너무 커져 가고 있다는 느낌이다. 이를 감내하기에 너무 벅찬 세상이 되고 있는 것은 아닌지 걱정스럽다.

그들이 변해서 우리 곁으로 오길 바라는 것은 이제 희망이 없을 성싶다. 우리는 모두가 변하고 자성해야 할 것 같다. 그들의 생각은 이미 우리가 생각하는 세상과 동떨어져 있기 때문이다.

비 온 뒤 많은 산골짜기 흙탕물이 바다에 흘러들어도 바닷물은 싫다는 기색 없이 기꺼이 받아들인다. 그러나 바닷물은 흘러들어온 흙탕물에 동화되지 않는다. 흘러들어온 흙탕물을 본디 자신과 같은 청정하고 맑은 바닷물로 바꾸어 이내 정화시키고 만다. 흙탕물은 바다에 들어온 순간, 살아남지 못한다. 바닷물이 보여 주는 자연의 지혜는 우리에게 좋은 본보기가 아닌가 싶다.

우리 모두 그들을 탓하기 전에 우리 탓으로 돌리고 자성하는 자세가 필요할 것 같다. 그러기 위해서는 자기 역량을 키워서 부화뇌동하지 않는 굳건한 자세를 유지해야 할 것 같다. 추종하지 않고 물들지 않으면 그들은 더 이상 행세할 수 없을 것이다. 우리가 탓하는 사람들이 위선(僞善)하지 못하고 위선(爲善)할 수밖에 없는 환경을 만들어야 하지 않을까.

흙탕물이 된 그들을 맑은 물이 되라고 하는 것은 이 세상이 몇 번을 바꾼다고 해도 될 것 같지 않다. 그들 쪽에서 보면 자신들이 선이고 정의이고 진리이고, 상대하는 우리가 위선 속에 물들어 있는 흙탕물로 보일 테니까 말이다. 언제나 변함없이 자리하고 있는 대양의 바다처럼 우리의 세계로 끌어들일 수 있는 환경 조성이 필요하다는 생각이다.

지도층이 변하기를 바란다는 것은 바닷물이 강물로 변하기를 바라는 것만큼이나 불가능한 일일 성싶다. 그보다는 다수인 민중이 변하는 편이 나을 것 같다. 이제 민중이 나설 때가 된 것 같다. 평범하게 살아가는 민중이야말로 선과 정의 그리고 진리의 아름다움을 지킬 수 있는 마지막 보루가 아니겠는가.

재혼

재혼하는 친구의 초청으로 결혼식에 참석했다. 재혼하는 친구는 회갑에 가까운 나이다. 이혼 후 오랜 시간을 끌어 온 끝에 이루어진 재혼의 자리였다. 식장은 한식당에 단출하게 마련되었다. 친인척과 몇몇의 친구들만 초청되어 그런지 여느 예식장과는 전혀 다른 모습이었다. 처음 만나 결혼하는 초혼 자리와는 완연하게 다른 느낌을 받았다. 당사자들에게 진심으로 축하해 주었지만 어딘지 모르게 만감이 교차했다.

세상을 적지 않게 살아왔지만, 그동안 주변에서 한 번의 결혼을 운명처럼 받아들이며 약간의 불만과 불평은 있는 것 같아도 이혼까지 한 사람은 거의 없었다. 모두가 주어진 굴레를 그대로 짊어지고 잘도 살아가고 있는 것 같다. 부부 모임에 나가 보면 서로가 마음이 들지 않는다고 투정을 부리는 부부도 있었다. 자녀 돌보기가 너무 벅차다며 한숨을 짓기도 했다. 그러나 아무 일 없다는 듯 살아가고 있는 부부를 보면, 보이지 않는 끈으로 단단히 묶여 있는 게 부부가 아닐까 하고 생각했다.

친구가 재혼하는 것을 보면서 처음 만난 부부가 헤어지지 않고 죽을 때까지 살 수 있는 것만으로도 정말 행복이라는 생각이 들었다. 초혼도 어렵지만 재혼이 얼마나 어려운 것인가를 실감할 수 있었기 때문이다. 아직도 재혼이라는 게 가족과 친구들 앞에 떳떳하게 행동할 수 있는 분위기는 아닌 것 같다는 느낌을 받았다. 어딘지 모르게 어색한 분위기가 감도는 것을 보고, 사회적 전통과 관습에 따른 굴레를 벗어나기란 쉽지 않음을 충분히 알 수 있었다.

이해관계가 없는 사람들이야 간단한 축하의 말을 건네면 그만이겠지만, 친인척과 가족 당사자들에게는 쉽지 않았던 모양이다. 나이가 든 재혼이지만 양쪽 자녀가 모두 보이지 않았다. 어느 한 사람도 예식장에 참석해 아버지와 어머니의 재혼을 축하해 주지 않았다. 이혼이 가족에게 준 상처가 남아 있어 그럴 수도 있겠다는 생각은 들었지만, 마음이 편하지 않았다. 그동안 사랑을 주고받았던 가족으로부터 버림받아 떨어져 나온 기분이 어떤 것인지 짐작할 수 있었기 때문이다. 당사자들에게도 이혼이 마음 아픈 일이지만, 재혼하기까지 얼마나 망설이고 힘들어했을지를 엿볼 수 있었다.

현대인의 삶은 옛 농경사회의 삶과는 비교할 수 없을 만큼 복잡해졌다. 물질 만능 그리고 이기주의가 팽배하여 개인은 더욱 고독하고 외로워질 수밖에 없는 사회가 되어 가고 있는 것 같다. 가족관계나 사회 등 모든 공동체 의식도 옛날 같지 않다.

이러한 환경에서 이혼하고 혼자 살아가는 길은 더욱 힘들 수밖에 없을 성싶다. 우리 사회가 앞장서서 불행을 딛고 일어설 수 있는 계기를 만들어 줄 필요가 있다는 생각이 들었다. 특히 나이 든 사람의 재혼을 보면서 아직도 옛 전통과 관습으로 남아 있는 편견이 얼마나 무서운지를 실감했기 때문이다.

이혼은 잘못된 것이라는 인식이 우리 마음에 너무 깊이 자리 잡고 있는 것 같다. 그러나 그들에게는 아직 더 살아야 할 미래가 있다는 것도 부인할 수 없는 현실이다. 이혼의 상처에서 벗어날 수 있는 기회가 필요할 성싶다. 이혼이 잘못된 삶일지 모르지만, 그대로 영원히 살아가라고 하는 것은 더욱 잘못된 편견이 아닐까.

인간 생활의 기본 구조는 역시 가족이고 가정이다. 가정에서 중추적인 역할을 하는 부부의 생활도 이 같은 맥락에서 살펴볼 필요가 있을 것 같다. 서로 이해할 수 있는 틀에서 변화가 필요하다는 생각이 든다. 이혼을 두둔하자는 건 아니다. 서로 피할 수 없는 이혼이라면 너그러이 받아 주는 아량도 필요할 것 같다는 이야기를 하고 싶을 뿐이다.

다시 사회 구성원으로 당당하게 일어설 기회를 가질 수 있도록 주변에서 도와주어야 하지 않을까. 이혼의 아픔과 고독 그리고 외로움에서 벗어날 수 있는 공간이 필요할 성싶다. 그 공간이 가족이라는 울타리인 것 같다.

다른 한편으로는 이혼이 사회 질서에서 크게 벗어난 일은 아니라는 생각도 든다. 부부 사이에 더 이상 이어 갈 수 없는 결혼 생활을 중단한 것뿐이다.

이러한 불행 속에서 새로운 동반자를 찾고자 하는 결혼이 바로 재혼이다. 자녀들도 자신의 이해관계를 떠나 박수 치며 축하할 수 있는 분위기는 아니라 하더라도 한때나마 사랑을 주고받았던 가족 사이를 생각하면 어렵게 출발하는 재혼의 자리에 참석해 줄 수는 있지 않을까 하는 생각을 해 보았다. 그동안 사랑했던 자식들에게마저 축하받지 못하는 재혼 부부는 어딘지 모를 허전함과 쓸쓸함이 커 보였다.

자식들이 부모와 한집에서 살았던 전근대적인 가정생활의 구조에서 현대 가정의 삶은 이미 많이 벗어나 있다는 생각이 든다. 부모는 자식에 대한 역할이 끝나면 자식들과 떨어져 사는 풍조가 일반화된 지금, 옛날처럼 같은 집에서 자녀들의 도움을 받아 가며 사는 것은 어려워졌다. 스스로 해결하지 않으면 안 될 성싶다. 이렇듯 젊은 세대들이 책임질 수 없는 환경이라면, 나이 들어 혼자 있는 사람들의 재혼에 긍정적인 사고가 필요하지 않을까?

자신의 이해관계에서 벗어나 큰마음으로 다가설 수 있는 가족관계가 정립되었으면 하는 바람이다.

황혼 육아

'황혼'이란 말을 머리에 떠올리는 순간, 많은 생각들이 스쳐 간다. 그 중에서도 어린 시절, 시골 뒷동산 산마루에서 뛰어놀다 초가을 오후 늦게 서산에 지는 해를 바라본 기억은 지금도 생생하다. 마지막 불꽃을 태우기라도 하듯 이글거리며 서산을 붉게 물들인 채 걸려 있는 해는 보는 이로 하여금 낭만을 느끼기에 충분했다.

해는 한낮에 대지를 데워 주고 영양을 듬뿍 주고 나서도 끝까지 가슴 뭉클한 감동을 주어 우리를 설레게 만들었다. 특히 해질녘 산기슭에 나타난 황혼의 모습은 어떤 것에도 비할 수 없는 운치와 낭만과 감동을 안겨 주었다. 산마을 전체를 금빛으로 물들이며 연출하는 황혼은 언제나 가슴을 흐뭇하게 하며 여유를 갖도록 해 주었던 것 같다.

사람도 나이가 들면 황혼이라는 말을 듣게 된다. 인간에게 찾아오는 자연스러운 현상일지도 모른다. 자녀들을 키워 결혼하고 독립할 때까지 모든 뒷바라지를 해 주고 나면 어느덧 한 세대를 마무리할 황혼기를 맞이할 수밖에 별다른 도리는 없는 것 같다.

우리들의 황혼도 서산에 지는 해처럼 아름다우면서도 찬란한 빛을 낼 수 있었으면 한다. 황홀하고 행복한 삶을 살다가 생을 마쳤으면 하는 생각에 간절한 마음으로 기도할 때가 있다. 그러나 요즘 황혼기에 접어든 사람들이 그렇게 행복하지는 않은 것 같다. 굽은 허리를 더 굽히며 일을 하는 나이 든 사람들을 보면, 언제 그 무거운 짐에서 벗어날 수 있을지 안타까움이 앞선다.

우리 세대보다 앞선 사람들은 전쟁을 치러 낸 사람들이다. 폐허에서 굶주림을 벗어나기 위하여 더 많은 고생을 하며 어려운 상황에서 자신을 지키고 이 강산을 굳건하게 지켜 낸 분들이다. 물론 그러한 시대에 태어났기에 어쩔 수 없었던 것으로 치부할 수도 있겠지만, 그분들의 희생이 없었다면 오늘 우리가 이렇게 행복한 환경에서 살 수 있겠는가를 반문해 본다면, 그분들의 희생에 감사하다는 말밖에 딱히 다른 말이 없을 것 같다.

자신 스스로를 돌보는 대신에 얼마 남지 않는 힘을 자식을 위해 온 힘을 쏟고 있는 것을 보면, 마음이 더 아파 온다. 언제나 그 일에서 벗어날까 하는 조바심도 생긴다. 쉴 만한 나이인데 아직도 자식 뒷바라지와 일에서 벗어나지 못하고 있는 사람들을 보면 슬픈 생각이 앞서기도 한다. 굽은 허리를 어렵사리 펴 가며 손자·손녀까지 데려다 키우며 자신의 모든 것을 소진하고 있는 노인들의 주름진 얼굴에서 어쩌다 한번 환한 미소를 보아도 어딘가 모르게 황혼의 서글픔이 깃들여 있음을 엿볼 수 있기 때문이다.

황혼을 즐겨야 할 노인들이 일에서 헤어 나오지 못하고 3세 양육까지 책임지며 살고 있는 것을 보면 고달픈 삶의 연속이라는 생각이 든다.

젊은 시절보다 더 각박한 삶의 모습을 보고 있노라면, 오히려 노인들의 스트레스가 더 심할 것 같다.

일부 젊은이들의 행태를 보면 가족관계가 공평하지 않음을 느낀다. 신세대들은 서구사회 문화를 본받아 자유스럽고 여유로운 생활을 하려는 경향이 있다. 결혼해서도 우리 부모 세대들이 했던 것처럼 부모들을 모시고 같은 집에서 살려 하지 않고 분가하기를 바란다.

젊은 신세대들은 자신들이 누릴 이익 앞에서는 서구문화를 받아들이려는 경향이 뚜렷한 것 같다. 자신에게 돌아오는 짐은 모두 벗어던지고 싶어 한다. 옛날처럼 가족을 위한 공동체 의식이 점점 희박해져 가고 개인의 이기심이 앞서고 있는 것 같다. 그러면서도 부모들에게는 시간과 경제적인 도움을 계속 받기를 원한다.

어쩌면 이율배반인지도 모른다. 온갖 짐은 덜고 싶고 도움은 옛날 논밭을 상속받아 신접살이를 하던 그 시절 그대로 이어받으려는 생각을 갖고 있는 것처럼 보이기 때문이다. 젊은이들도 독립해서 살려면 확실하게 독립해야 할 것 같다. 자신의 이익 앞에서는 독립하고 싶어 하면서도 부모의 도움에 의지하는 것을 보면, 온전한 독립은 아니라는 생각이 든다.

우리는 이 세상 어느 곳에서도 찾아보기 힘든 가정 문화를 가지고 있지 않나 싶다. 그래서 우리나라 사람들의 황혼이 더 힘들고 어려운지도 모른다. 자신의 권리와 자유가 소중하다면 다른 사람의 권리와 자유도 손상될 수 없음은 자명한 일이다. 그중에는 가족도 포함되어야 함은 물론이다.

황혼에 접어든 세대에게도 조금은 책임이 있다고 본다. 무조건 다 들어준다고 해서 자식의 행복한 삶이 보장되는 것은 아니라는 사실을 깨달았으면 한다. 어쩌면 젊은이들이 의존성에서 벗어나 스스로 독립할 능력을 키울 기회를 박탈하고 있는지도 모를 일이다. 스스로 자신의 삶을 지킬 수밖에 없는 사회적 환경이라는 사실도 명심할 필요가 있을 성싶다. 전근대적인 사고에서 벗어나야 할 이유다. 이기심의 발로가 아니다. 세상을 살아가는 방법이다.

물론 자녀에 대한 일방적인 희생과 일에서 벗어난다고 삶에서 행복을 찾는다는 것은 아니다. 그러나 희생을 강요받아서도 안 될 것 같다. 어쩌면 삶이라는 것은 각자의 몫이기 때문이다.

인간을 제외한 다른 동물 세계에서 보면, 자립할 때까지 키워 주면 더 이상 부모의 보살핌은 필요 없다. 자립한 이후 각자의 삶은 본성에 따라 살아가고 있음을 자연 세계에서는 어렵지 않게 볼 수 있다. 오직 각자 자신들의 삶에 충실하고 있을 뿐이라는 생각이 든다.

핵가족화되어 가는 현대사회 구조에서는 일방적인 희생에서 벗어나 자신을 지킬 혁신적인 마인드를 가져야 할 것 같다. 누구도 자신의 삶을 대신할 수 없기 때문이다. 스스로 자유를 찾고 자신의 행복한 삶을 쟁취하라고 외치고 싶다.

젊은이들이여!
노인들에게서 여유와 행복한 삶을 더 이상 빼앗지 말라.
먼 훗날 그대들 자신의 모습이다.

⧖

3
살며 배우며
사랑하며

삶의 굴레에서 벗어나
존재하는 모두의 아름다움을 위해
제몫을 해 준다면 그보다 더
아름답고 행복한 삶은 없을 성싶다.

삶의 여유

낳아 주고 길러 준 부모님들은 이제 옆에 계시지 않는다. 항상 옆에 있으면서 격려하고 보살펴 줄 것만 같았던 그분들 모두가 영원을 찾아 떠나셨기 때문이다. 어딜 가도 그 모습을 볼 수 없고 목소리도 듣지 못한 채 기억 속에서나마 그분들의 모습과 생전의 추억을 더듬어 볼 뿐이다.

한 세대를 보내고 인생의 무거운 짐을 지고 세상일을 책임지며 살아온 세월이 많이도 흘렀다는 생각이 든다. 적지 않은 세월을 살면서 많은 것을 느꼈다. 사람으로 태어나 큰 허물 없이 무난한 삶으로 이 세상을 살아간다는 것도 그리 쉽지만은 않은 일이라는 것도 알았다.

비 오는 여름날 오후, 창가에 앉아 차를 마시다가 밖을 보면서 문득 삶의 어디쯤에 와 있는지 궁금했다. 생각하고 있는 것보다 많이도 와 있구나 하는 생각이 들었다. 어려서 부모님들이 주는 밥을 먹으며 공부하다가 청년이 되어 부모 곁을 떠나 지금까지 온 삶을 돌아보면, 정말 살려고 무던히도 애를 썼다는 기분도 들었다.

나의 어린 시절은 모두가 어려운 시기였다. 밥을 굶지 않고 끼니를 다 찾아 먹고 살면 다행이었던 그 시절, 결혼하는 자녀에게 한 재산 물려줄 수 있었던 사람은 시골 동네에서는 한두 사람밖에 없었다. 물려받은 것 없이 직장을 따라 서울에 올라와 살아왔던 시절도 그래서 더 힘들었는지 모른다.

뒤돌아볼 겨를도 없이 바쁘게만 살아왔다는 생각밖에 안 든다. 촌놈이 서울에 올라와 사회생활을 시작해 여기까지 오면서 느낀 것은 너무나 많이 변한 환경 때문인지는 몰라도 매일의 생활이 늘 긴장되고 여유가 없었다는 점이다. 넉넉지 못한 월급에다 꽉 찬 일상생활에 여유를 가진다는 것은 쉽지 않았을지도 모른다. 물론 성격 탓도 있었음을 부정할 수는 없다. 너무 고지식하고 꼼꼼해 그냥 넘어갈 일도 지나침이 없어 더욱 그랬을지도 모른다.

아무것도 모르고 허둥댔던 세월에 결혼하고 아이들을 낳아 키우면서 어떻게 여기까지 왔는지 생각하면 정말 눈 깜짝하는 사이에 벌어진 일인 것만 같다. 자신이 누구인지, 또 나는 지금 어디쯤에 와 있는지 생각할 틈도 없이 여기까지 왔다는 생각밖에 들지 않는다.

이제는 그렇게 허둥대고 살았던 삶에서 벗어나고 싶다. 인생의 정점을 지났기에 가을걷이하는 기분으로 삶의 의미를 되새겨 보고 싶은 생각이 간절하다. 식물이 봄과 여름을 지나 가을이 오면 잘 익은 씨앗은 키워 주었던 나무에서 저절로 떨어져 나오듯, 지금까지 삶에서 벗어나 새로운 마무리가 필요한 시기가 되지 않았나 싶다.

철없던 젊은 시절처럼 새로운 일을 벌이고 세상일에 참견하고 간섭하면서 여유를 부릴 시기는 아닌 것 같다. 남은 인생을 포기하는 것이 아니라, 새로운 삶을 찾고 싶기 때문이다. 지금까지는 먹고 살기 위해 살았다면, 앞으로는 어떻게 살아야 참된 삶이 될 것인가를 생각해 보아야 할 것 같다. 억지가 아닌 자연스러운 삶을 살고 싶은 마음이 가득하기 때문이다.

반환점 끝에서 이제는 유루의 세계의 삶이 아니라 무루 속에서 사는 자신을 발견해 보고 싶다는 욕심이 생긴다. 물론 무루에서 '욕심'이라는 말은 어울리지 않지만, 되지 않는 글로 표현하자니 적당한 다른 생각이 나지 않아서 하는 말이다.

꽃을 피우고 나면 열매가 맺어질 때까지 내맡김이 필요하듯 모든 것에 감사하며 내맡김 속에서 살고 싶다는 생각이 든다. 그래서 모두와 부딪치지 않고 평행선을 달리고 싶다. 이것도 욕심일지 모른다.

이 자리에 오기까지 무던히 애를 많이 쓰고 다른 사람과 대립각을 세우면서 자존심 아닌 자존심을 내세워 말다툼하고 자리다툼도 많이 해왔다. 앞서가는 사람 사이에 끼어들려고 안달하기도 했던 것 같다. 그와 같이 안달하며 싸웠던 것도, 이쯤에서 보면 모두가 그만그만해 보인다. 괜히 자리싸움을 했다는 생각이 들 뿐이다.

아무것도 보이지 않는 숲 속을 헤치면서 오를 때에는 그렇게 버둥거리며 자리다툼을 하지 않을 수 없는 것이 속세에 사는 우리 인간들의 모습인지도 모른다. 가는 길을 모두 알고 있었다면 그렇게 발버둥 칠 사람은 없었을 것 같다. 가는 길이 보이지 않고 자신이 발을 딛고 있는 곳이 어디인지 분간할 수 없기에 두렵고 불안한 생각들이 그렇게 몸부림치고 아등바등하게 만들었는지도 모른다.

이제는 세상일을 거스르며 살지 않으려고 한다. 세상의 강물을 거슬러 올라가기 위하여 노를 젓다 보면 이 세상을 구경할 수 없을 것 같기 때문이다. 그래서 나는 노를 놓을 생각이다. 물의 흐름에 따라 내려가는 배 위에서 강가 주변을 살피고 푸른 하늘을 보고 싶다. 하늘을 보고 바람 소리를 들으며 지저귀는 새들의 노랫소리를 듣기 위한 노력을 아끼지 않으려고 한다.

존재하기 위한 몸부림이 아니라 존재 의미를 생각하며 이 세상 모든 것들과 동행하며 삶을 즐기고 싶은 마음이다. 사실 이 같은 생각도 모두 부질없는 생각일지도 모른다. 그러나 삶의 무상 앞에 변화를 두려워하지 않고 적응하며 그 흐름에 철저하게 몸과 마음을 맡길 생각이다.

앞으로는 자연 그리고 신에게
몸과 마음을 맡기고
느긋하게 살아가려고 한다.
이제 남은 것은 시간과 자유뿐이다.

느림의 미학

시골에서 초등학교를 다니던 시절, 1960년 초까지만 해도 설을 지나 정월 초부터 보름까지는 거의 일을 하지 않고 동네 사람들끼리 모여서 꽹과리 치고 장구 치며 놀았다.

농악으로 흥을 즐기면서 마냥 노는 것으로 만족했던 것은 아니었던 것 같다. 동네 모든 집들을 찾아다니며 한 해의 운수와 복을 기원하는 굿거리를 해 주었다. 마당에서 시작된 농악놀이는 부엌을 거치고 장독 대를 도는 것으로 그 집에서 막을 내렸다.

잘살았던 집에서는 푸짐한 음식과 술로 놀이꾼들의 지친 몸을 달래 주기도 했다. 이웃 가정의 무병과 행복을 빌어 주고 음식과 술을 나누 어 마시면서 지난 한여름에 지쳤던 몸과 마음을 추스를 수 있었다. 그 러면서 오는 봄을 다 함께 맞이했던 것 같다.

그때는 시골에서 하는 일이 전적으로 농경생활에 얽매여 있던 터라 겨울이면 딱히 할 일도 없었던 시절이었다고 생각할 수도 있을 것 같 다. 그러나 우리 조상들은 자연에 순응하는 방식으로 삶을 살았다는 생 각이 든다. 시간을 재촉하지 않고 일에 파묻혀 헤매지 않는 삶을 추구

했는지도 모른다. 여유롭고 느긋한 삶에서 묻어나온 문화가 아닌가 싶다. 한 박자씩 쉬고 나오는 장구 소리, 한 번 치면 긴 여운이 묻어나는 징 소리는 여유와 느긋함의 표본이 아닐까.

요즘 우리가 말하는 '하면 된다.'는 사고가 아니라, '되면 한다.'는 사고가 아니었는가 하는 생각이 든다. 삶을 진실로 이해하고 즐기는 여유와 자족을 터득했던 것 같다. 지금까지 내려온 고전 음악 속에서도 조상들의 삶의 모습이 고스란히 묻어남을 느낄 수 있다. 한껏 늘어진 시조 가락과 몇 시간을 두고 불러야 끝이 나는 사설조의 국악에서 조상들이 한가롭고 여유로운 생활을 즐겼음을 알 수 있을 것 같다.

조상의 생활상은 음악에서만이 아니라 입었던 생활의상에서도 얼마든지 찾아볼 수 있다. 평상복에서 쉽게 볼 수 있겠지만, 격식을 차릴 때 입었던 옷들에서 더욱 잘 나타나 있음을 알 수 있다. 저고리와 바지 모두가 몸에 헐렁하고 풍만했다. 더구나 두루마기를 보면, 지금의 코트자락은 아무것도 아니었다는 생각이 든다. 어깨선이 곱게 유선형으로 착 내려온 것이며, 허리선을 지나서는 넓은 옷자락이 약간의 바람이라도 불면 팔랑거려 여유로움을 느끼기에 충분한 옷들이었다.

여인들이 입었던 옷은 더욱 일품이었던 것 같다. 저고리와 풍성한 치마의 어울림은 그만두고라도 화려한 색깔과 함께 어울리는 우아함 그 자체였다는 기분이 든다. 그러기에 조상들의 옷매무새는 바로 여유가 넘치는 예술이었다는 생각이 든다.

그런 옷을 입고 촐랑거리며 뛰어놀 수는 없는 법. 땅이 꺼질세라 사뿐사뿐 걸음을 떼어 가며 주위를 살피고 자연의 아름다움을 즐기는 데 안성맞춤이었다는 생각이 든다.

　나무와 풀들이 산들바람에 춤을 추는 좁은 시골길, 그곳을 걷는 여인들의 치마저고리는 너무나 잘 어울렸다. 길 주변의 나무와 풀숲 그리고 그 길을 걸어가는 여인의 맵시가 만들어 내는 풍경은 한 폭의 동양화를 보는 듯 멋진 풍경이었다. 재촉하지 않는 느긋함이 보여 주는 풍요로움이 묻어났다. 어쩌면 우리 조상들은 이처럼 여유와 풍요 속에서 세월을 낚으며 자연과 함께 살았던 건 아닐까.

　이렇게 살아온 조상들의 여유와 함께 풍요로웠던 삶이 지금은 변해도 너무나 변한 것 같다. 무엇이 그리 바쁜지 시간에 쫓겨 우리는 늘 긴장하고 허둥대는 모습을 하고 있어 안쓰럽다는 생각까지 든다. 여유와 풍요는커녕 몸과 마음이 쉴 만한 휴식 시간을 제대로 갖고 있는 것인지도 알 수가 없다.

　일제 강점기를 거치면서 '빨리빨리'라는 말이 생겨나고, 군사혁명을 치르며 '잘 살아 보자'는 구호와 함께 우리 모두를 시간의 노예로 만들지 않았나 하는 생각이 든다. 더구나 위정자들은 국민을 더 잘살게 해 준다는 구실로 국민들이 다른 생각을 하지 못하도록 마음속 깊은 곳에 강박관념을 심어 놓았는지도 모른다.

　물론 긍정적인 면이 전혀 없는 것은 아니다. 당시는 끼니를 굶는 사람이 많았던 것은 사실이었으니까 말이다. 잘 먹고 잘사는 것이 지상 명제나 되는 것처럼 모두가 앞으로 뛰는 것만이 전부라는 사고에 파묻혀 지금까지 이어져 오지 않나하는 생각이 든다.

　신속하고 편리함을 위한 자동차, 통신판매, 전화, 인터넷 등 온갖 짓을 다했지만 우리에게 주어진 남은 시간은 없는 것 같다. 우리가 만든 기계들은 짧은 시간에 더 많은 상품을 만들어 내고 있다. 옛날에는 한 달 동안 가야 할 길을 지금은 한두 시간 안에 갈 수도 있다. 모두가 편리하고 시간도 무척 단축되었다. 그러나 정작 남아 있는 시간은 없는 것 같다. 옛날에 비하여 생활이 여유로워졌느냐고 묻는다면, 긍정적인 답변이 나오긴 힘들 것 같다.

우리가 자랑하는 고속열차를 타고 여행한 적이 있었다. 서울을 벗어나 시야가 트인 경기도 지역에 들어서자, 열차의 속도는 상상을 초월했다. 고속도로를 달리는 승용차의 속도는 문제가 되지 않았다. 시속 삼백 킬로미터 가까운 속도로 달리고 있었다.

창문을 통하여 가까이 지나가는 전봇대와 표지판을 보았다. 전혀 눈으로 식별할 수 없었다. 어지러움을 피하기 위해 눈을 돌려 먼 산을 쳐다보았다. 달리는 기차와 상관없이 멀리 보이는 산은 그대로 볼 수 있었다. 이때 가슴 깊이 느낄 수 있는 무언가가 뇌리를 스쳐 갔다. 우리가 그렇게도 원했던 속도와 편리함 때문에 잃는 것이 더 많다는 사실을……

요즘 생활에서 '느림의 미학'이라는 말이 생겨 생활의 패턴을 바꾸어 보자는 움직임이 심심찮게 일어나는 것을 볼 수가 있다. 어찌 보면 생활의 여유와 풍요를 위해 다행스러운 일이 아닐 수 없다. 이 기회에 우리 조상들이 살아왔던 생활로 완전히 돌아갈 수는 없다고 하더라도, 조금 더 여유롭게 살았으면 하는 마음이 있기 때문이다.

그동안 육체의 풍족함만을 위하여 단거리 선수처럼 달리기만 하지 않았나 싶다. 시간에 쫓기고 일에 파묻혀 사는 동안 삶만을 잃은 것은 아니라는 생각이 든다. 마치 모든 것을 잃어 가고 있는 것 같다. 인간 본성에 의한 삶 그리고 과학을 아무리 총동원한다 해도 만들 수 없는 자연을 잃은 것이 아닐까. 한 번 실수로 파괴된 자연은 더 이상 옛날대로 복구되지 않는다는 사실을 명심해야 될 것 같다.

삶에서도 여유와 자연스러운 맛을 모두 잃어버린 것 같다. 조금은 삶의 속도를 줄여 주위에 어떤 일이 일어나고 있는가를 살펴 가며 살 필요가 있지 않을까 하는 생각이 든다. 날고 있는 잠자리를 잡기 위해 재빠르게 달려들어 낚아채는 제비가 있는가 하면, 달팽이처럼 세상을 느리게 살아가는 동물도 있다. 그렇게 느린 몸뚱이로 어떻게 세상을 살겠느냐고 걱정하겠지만, 그들도 한세상을 족히 살다가 간다.

시간에 쫓기는 삶이 아니라 시간을 즐기며 사는 자유로운 삶을 가졌으면 한다. 자연과 함께하는 삶이었으면 한다. 우리는 느림의 미학이라는 문제를 학문으로 다룰 것이 아니라 그 느긋함을 자연에서 배워야 할 것 같다. 자연은 전혀 서두르는 법이 없기 때문이다.

자연은 우리에게 신비감을 준다. 그리고 그 신비감은 우리가 상상의 날개를 펼 수 있도록 마음의 여유를 준다. 아무리 좋은 예술품이거나 장난감이라도 그런 것들에서는 신비스러움을 찾을 수 없다. 그러나 자연은 우리에게 신비감을 안겨 주고 있다는 생각이 든다. 아침에 뜨는 밝은 햇살, 황혼녘에 펼쳐지는 아름다운 저녁노을, 밤하늘에 수없이 보이는 별들의 세계는 무한한 신비감과 함께 우리의 삶을 되돌아보게 하는 힘이 있는 것 같다.

자연 안에는 우리를 여유와 풍요로움을 갖게 하는 묘약이 담겨 있다. 자연과 함께 있으면 서두름이 없어지고 마음이 푸근함을 느끼는 것도 이러한 상상의 세계가 있기 때문이 아닌가 한다. 우리의 삶도 자연의 흐름처럼 영원을 향하는 마음으로 느긋해질 필요가 있을 성싶다. 서두름 없이 자연과 함께 살아가야 할 이유가 여기에 있지 않을까.

우리가 시간과 자연과 싸우면서 물질에 대한 탐욕을 버리지 않는 한, 삶의 질은 나아질 수 없고 삶의 여유 또한 멀어질 수밖에 없다. 여유로움이란 그냥 편히 쉬는 육체의 한가로움을 말하는 것이 아니기 때문이다. 정신, 즉 마음의 문제인 것 같다. 편히 쉰다고 풍요와 여유가 생기지 않는 이유다. 내 마음 깊은 곳에서 느긋하고 차분한 마음으로 자신을 찾아가야 할 것 같다. 그 길은 자연과 싸우지 않고 함께할 때 그리고 자연에서 펼쳐지는 지혜를 알아차릴 때가 아닐까?
이것이 느림의 미학, 본질일지도 모른다.

삶은 흐름이다

　정년을 맞이해 퇴임사로 했던 말이 생각난다. 삶에 대한 철학이라고 할 것까지야 없지만, 삼십 년 이상 생활했던 직장과 그동안 삶의 현장에서 터득한 나름대로의 삶을 이야기하려 했던 것 같다.

　먼 훗날에 있을 행복에 매달리지 말라. 삶은 물의 흐름과 같아서 지나간 삶은 다시 오지 않는다. 그 흐름 자체를 즐기지 못하고 그 속에서 행복을 찾지 못하면 후에 오는 행복도 없었다. 좋은 대학에 들어가면, 좋은 직장에 들어가면, 결혼을 잘하면 모든 불행이 끝나고 행복이 찾아올 것으로 생각했지만, 지나고 보니까 그런 행복도 없었다. 꿈과 희망은 그냥 꿈과 희망으로 끝날 뿐이었다.

　경쟁에 치우쳐 자신을 돌아볼 수 있는 시간을 갖는 데 인색하지 말고 비교하지도 말라. 매 순간을 열정과 사랑을 가지고 삶에 임했을 때, 그 순간이 바로 행복한 삶이었던 것 같다. 미래에 돌아오는 몫은 삶의 덤으로 생각하면 마음이 늘 편안할 것이라는 말로 퇴임사를 끝맺은 것 같다.

　현실의 삶에 만족하지 못하고 비관한 나머지 극한의 삶을 선택하는 것을 보면서 퇴임식장에서 했던 말을 떠올리게 되었다.

우리에게 있어서 경쟁하지 않고 삶을 꾸려 나간다는 것은 불가능할지도 모른다. 앞서가려는 경쟁사회에서 탈락하지 않으려면 어쩌면 경쟁과 노력은 필수적이라는 생각이 들기 때문이다. 국가나 회사 그리고 개인들도 퇴보하지 않고 계속 발전하기 위해서는 경쟁과 노력은 반드시 필요할 성싶다.

물론 교육 현장에서도 예외는 아닌 것 같다. 훌륭한 인재를 배출하기 위해서라도 경쟁과 노력이 필요할 수밖에 없기 때문이다. 그러나 일하고 공부하는 과정도 실제 삶이라는 것을 깨우칠 수 있도록 가르치고 배려하는 것도 필요하다는 생각이 든다.

삶에서 미래에 대한 꿈과 희망이 차지하는 비율이 대단함을 누구나가 느낄 것이다. 대부분의 사람이 꿈과 희망을 통해 얻어지는 행복이 삶의 목표인 것처럼 착각하며 살고 있다는 생각을 지울 수 없기 때문이다. 그러나 그와 같은 꿈과 희망은 미래의 어느 시점에 도달해야 할 추상적인 것일 뿐, 실재하는 현실은 아니라는 것을 알았으면 한다.

어쩌면 우리가 현재 갖고 싶어 하는 것들을 미래에 투영하고 있는 것인지도 모른다. 미래에 대한 꿈과 희망이 삶의 목표이고 목적인 것처럼 살고 있는 것을 보면, 실제인 현재의 삶을 망각하고 있지는 않은지 종종 의심스러울 때가 있다. 대부분 사람들이 이것을 놓치고 있다는 생각이 들기 때문이다. 희망과 꿈이 있는 미래를 위해 이 순간 내딛고 있는 발걸음을 존중하고 거기에 최대한 집중하며 살아야 하지 않을까?

그런 점에서 바로 이 순간 여기의 삶이 중요하다는 것을 느꼈으면 한다. 희망과 꿈속에 담긴 행복이나 성취감에 초점을 맞추어 매달리다 보면 지금 여기의 삶은 더 이상 중요하지 않게 여겨질지도 모른다. 더 이상 중요하지 않은 현실 속에서 가질 수 있는 것은 불안, 초조 걱정 따위의 두려움뿐이다. 이와 같은 부정적인 생각과 고통 그리고 두려움은 미래에 뿌리를 두고 있기 때문이다.

불확실한 미래를 위해 이 순간의 삶을 비관하는 나머지 극한의 삶을 선택하는 것을 볼 때면, 무한하고 다양한 삶의 풍요로움을 외면한 것은 아닌가 하는 생각이 든다. 현재의 삶과 일에 사랑과 열정을 갖지 못하고 미래에 얽매여 앞서가려는 생각 때문에 그와 같은 생각을 하는 것 같기 때문이다.

꿈과 희망을 버리라는 말이 아니라, 꿈과 희망을 위해 일하고 있는 지금 여기의 삶을 즐기고 사랑하자는 의미로 받아들였으면 한다. 현재 이 순간, 열정을 가지고 삶을 사랑하면서 살아가다 보면 밝은 미래는 저절로 따라오지 않을까? 미래를 덤이라고 생각한다면 얼마든지 마음 편하게 일하고 삶을 즐길 수 있을 성싶다. 덤에 불과한 미래에 집착한 나머지 이 순간을 망치는 일은 더 이상 없어야 한다. 인생과 삶을 모두 망치는 일이기 때문이다.

삶은 강물처럼 흐름이다. 어제 흘러간 물이 다시 그 자리를 흐를 수 없는 것처럼 어제의 삶을 오늘 다시 살 수는 없다. 흐름은 이처럼 지나가는 과정이다. 그리고 과정은 변할 수밖에 없다. 그러면서도 그 변화 속에는 다양성이 포함되어 있는지도 모른다. 물의 흐름이 다양한 것처럼 우리 삶도 다양하다는 것을 생각해 볼 필요가 있을 성싶다.

우리의 삶 속에서 흐름과 다양성을 이해한다면, 우리의 삶에 좀 더 열정을 가지고 사랑할 수 있을 것 같다. 흐름을 사랑하고 다양성을 사랑한다는 것은 곧 삶을 사랑하는 것과 같기 때문이다. 한 발 더 나아가 자신의 삶을 다른 삶과 비교하지 않는다면 그보다도 좋은 삶은 없을 것 같다.

작은 산골짜기 물에서부터 세상 사람들을 즐겁게 해 주는 우람한 폭포수의 흐름이 있지만, 물은 서로 비교하지 않고 흐를 뿐이다. 여기에서 우리의 삶을 한 번 더 생각해 봐야 할 것 같다. 결과에 집착하고 비교하는 삶으로 인해 우리 앞에 도도히 흐르고 있는 실제 삶이 불행해져서는 더 이상 안 된다.

학교건 가정이건 국가건 다른 사람의 삶에 영향을 끼치는 위치에 있는 사람들은 삶의 흐름을 방해하지 말고 자연스럽게 흐르도록 길을 터주어 여유로운 삶이 되도록 도와주었으면 한다. 자신의 생각을 강요하거나 간섭하지 않고 서로 신뢰하며 삶의 다양성을 이해하고, 그 삶에 만족할 수 있도록 긍지를 심어 주어야 할 것 같다. 삶은 불확실한 미래의 결과가 아니라 현재 진행되고 있는 과정이기 때문이다.

이 순간의 삶의 과정을 즐길 줄 아는 지고의 혜안을 가졌으면 한다. 수많은 사람들의 삶은 서로 다르게 펼쳐지고 있다. 그러나 그 길은 틀린 길이 아니라는 사실도 깨쳤으면 한다. 삶의 다양성을 모두 품고 있는 푸른 초원의 들녘은 자연스러운 생성과 소멸이 있을 뿐 인위적인 것은 없다는 것을 알아야 할 것 같다. 자연 속의 삶은 모두가 낙원이고 천국처럼 보인다.

　우리는 이처럼 삶의 생성과 소멸이 함께 흐르고 있는 자연의 지혜를 본받아야 하지 않을까. 삶은 흐름이고 과정이라는 생각에 변함이 없다. 흐름을 즐기지 못한 인생은 꿈과 희망이 이루어진다고 해도 또 다른 꿈과 희망이 흐름 위에 놓일 뿐이라는 것을 깨달았으면 한다.

　불나방들이 꿈과 희망을 찾아 맹목적으로 불 속으로 뛰어드는 것처럼 불행을 자초하는 일이 없기를 바라는 마음이다.

　이 순간 여기에 놓인 삶이 전부일지 모른다.

　자신을 사랑하고, 하는 일을 사랑했으면 한다.

붓다가 그립고 예수가 그립다

삶과 죽음을 생각하게 되면서 자연스럽게 두 사람이 생각났다. 붓다와 예수, 너무나 머나먼 곳에 있었던 그들의 삶을 독서를 통해 조금이라도 엿볼 수 있다는 것에 한없이 감사한 마음을 갖는 것도 이 때문인 것 같다. 간접적으로 그들의 삶을 체험하고 있는 것만으로도 다행스럽고 정말 행복한 순간이라는 생각이 든다.

태어남과 죽음이 같다는 것까지는 아직 이해할 수 없지만, 자비와 사랑 속에서 이 순간의 삶을 영원처럼 살라는 말은 마음에 와 닿는 것도 같다. 과거의 삶이나 미래의 삶은 마음으로 가능한 추상적인 관념의 세계일 뿐, 진짜의 삶은 지금 이 순간이 전부라는 생각이 들기 때문이다.

확신할 수 없는 삶의 문제에 답을 줄 수 있는 사람을 직접 만나 보고 싶을 때가 바로 이 순간인지도 모른다. 두 사람 중 어느 한 사람이라도 이 세상에 다시 태어났으면, 그래서 꼭 한 번이라도 보았으면 하는 마음이 간절하다. 그들의 전지전능한 힘과 신통력을 보고 싶은 것은 절대 아니다. 단지 인간의 삶과 죽음이 어떤 것인지를 곁에서 직접 체험해 보고 싶을 뿐이다.

한때 주변에서 벌어지고 있는 종교 현장을 기웃거렸었다. 전문가 집단이라고 하는 그들은 붓다와 예수의 삶을 어떻게 이해하고 있는지 궁금했기 때문이다. 그러나 그때마다 몇 분이 채 지나기도 전에 실망하곤 했다. 내가 보고 느낀 것은 성인들의 삶을 체험하고 소통하는 이해의 장이 아니라, 알맹이 없는 단순한 외침의 장소에 불과하다는 생각이 들었기 때문이다.

죽음 너머 먼 곳에 있는 천국을 위해 현재의 삶을 희생해야 한다는 대목에서는 할 말을 잃었다. 더 많이 갖기를 원하고 이 세상이 아닌 다른 곳에 있는 천국을 가기 위해 두 손 모아 기도한다고 해서 그들의 욕망을 채워 줄 신이 있을까 생각한 나는 단호히 고개를 내저었다.

신이 이 세상을 창조했다는 그들의 말이 사실이라면, 우리가 사는 이 공간이나 시간 모두가 신의 세상이 아닐까. 신이 만들어 준 세상에서 살고 있으면서도 신의 세계를 모르고 있는 것 같다. 신이 창조한 세상에 살고 있으면서도 그 사실을 알지 못하고 만족할 수 없다면, 외부 어느 곳에도 이 세상과 분리된 또 다른 신의 세상은 없을 것 같다.

나와 다른 길을 가고 있는 길은 틀린 길이라 외치며 자신의 길만이 옳은 길이라고 말하는 사람에게 마음을 빼앗기는 것은 그들이 노리는 함정에 빠지는 것처럼 느껴진다. 길을 잘못 들었다고 위협하면서 두려움과 공포감을 심어 주고 오직 자신의 길이 영광의 길이라고 외치는 것은 또 다른 욕망을 마음에 심어 줄 뿐 어떤 치유책도 될 수 없기 때문이다.

이러한 욕망에서도 벗어나야 비로소 모든 고통에서 자유로워질 수 있지 않을까. 우리가 저마다 가는 길은 틀린 길이 아니라, 그저 서로 다른 길을 가고 있을 뿐이라는 생각이 든다. 그게 삶의 다양성일 성싶다.

붓다와 예수를 진심으로 사랑하고 그들의 삶이었던 자비와 사랑을 스스로 체험할 수 있을 때, 우리는 두려움과 고통에서 벗어날 수 있을 것이다. 체험은 다른 사람의 말이나 행동 속에서 얻을 수 있는 것이 아니다.

그런 의미에서 진리는 말 속에 있는 것이 아니라, 스스로 체험을 통해 얻을 수밖에 없을 것 같다. 몸소 체험하지 않는다면 스스로 느끼고 이해할 수 없기 때문이다. 꿀을 실지로 먹어 봐야 그 달콤한 맛을 진실로 알 수 있는 것처럼 자비와 사랑도 스스로 체험해야 한다.

다른 사람이 설명하는 자비와 사랑 그리고 머리로 단순하게 생각하는 자비와 사랑은 결코 체험이 될 수 없다. 그것은 막연히 머릿속으로 떠올리는 추상적인 생각일 뿐이고 상상일 뿐이다. 머리로 생각하는 신 또한 생각이 만들어 내고 상상하는 신일 뿐 진짜는 아니라는 생각이 든다.

다른 사람이 높은 단상에서 외치는 자비와 사랑 그리고 신은 자신이 체험하는 것들이 아니다. 오직 자신의 마음 깊은 곳에서 이해하고 체험할 때, 비로소 자비와 사랑 그리고 신을 영접할 수 있지 않을까. 내면의 깊숙한 곳에 자리한 맑은 영혼으로 자비와 사랑을 이해하고 그 즐거움에 자신도 모르게 온몸에서 전율을 느낄 때, 그것을 일컬어 '체험'이라고 할 수 있는 것이 아닌가 싶다.

그와 같은 체험이 우리 마음에 새로운 공간으로 자리 잡을 때 삶은 풍요로워지고 은혜 속에서 마음의 평화를 누릴 수 있을 것 같다. 어쩌면 매순간 부딪치는 삶 속에서 최선을 다하고 전체성으로 살아가는 삶이 자비와 사랑을 체험하고 신을 영접하는 일인지도 모른다.

붓다는 왕국의 태자라는 빛나는 황금 자리를 버렸다. 저변에 펼쳐지는 힘들고 고통스럽게 살아가는 사람들의 삶을 위해 기꺼이 왕국을 박차고 내려왔다. 무한한 힘을 가진 자리를 과감하게 버리고 아무것도 가질 수 없는 빈 공간으로 떨어져 나온 것이다.

무대 뒤에서 펼쳐지는 인생의 무상함과 고통받고 있는 중생들의 삶의 무게를 기꺼이 덜어 주고 싶다는 일념 하나로 목전에서 펼쳐지는 현실의 모든 화려한 삶을 버렸다. 우리들이 생각하고 있는 영광스러운 명예와 함께할 수 있는 편안한 삶을 과감하게 버리고 깊은 나락으로 스스로 몸과 마음을 던졌다. 스스로 모든 것을 버린 후 45년 동안 자비로써 세상의 모든 것들을 사랑하고 삼라만상과 전체성으로 살아가는 삶을 설법한 것이다.

예수 또한 짧은 생애를 살았지만, 3년 동안 변방에서 산과 들을 맨발로 헤치고 다니며 고통에 신음하는 어려운 이웃들의 고된 어깨를 어루만지며 희망을 주고 그들과 삶을 함께했다.

죄가 있다면 어려운 이웃과 함께했다는 이유로 기득권 세력에 붙잡혀 아까운 목숨을 십자가에 맡겨야 했다. 힘 있는 자들과 함께하고 가진 것에 만족했더라면 어느 누구보다 편안하게 세상을 온전히 살다가 가지 않았을까 하는 생각이 든다. 그런 의미에서 '이웃을 사랑하라.'는 말은 예수 생애 전체를 아우를 수 있는 진면목이 아닌가 싶다.

한세상을 살면서 두려움과 공포에서 벗어날 수만 있다면 그것만큼 축복이고 행복한 삶은 없을 것 같다. 어쩌면 세상에서 가장 멋진 일이 아니겠는가? 그러나 두려움이라는 진실을 이해하지 못한 채 신앙이나 종교를 통해 해결하겠다는 발상은 어리석은 일이라는 생각이 든다. 내 마음속에 있는 두려움을 진정 알지 못하는 한, 두려움은 결코 극복될 수 없을 것이다.

강물처럼 지극히 자연스럽게 흐르는 삶을 이해하지 못하고 발버둥치고 거슬러 가려는 삶 속에서는 어떠한 두려움과 공포도 이겨 내지 못할 성싶다. 그보다는 먼저 자신 앞에 무한히 펼쳐진 자유를 느끼고 이해하는 일이 선행되어야 하지 않을까.

붓다의 자비와 예수의 사랑 속에서 어렴풋이 그 길을 발견할 수 있을 것 같다는 생각이 든다. 그리고 그들의 자비와 사랑 속에는 두려움과 고통을 이겨 낼 힘도 들어 있음을 조금은 알 것 같다. 결국 자비와 사랑을 이해한다면 우리의 삶을 이해할 수 있을 성싶다.

모두를 아우를 수 있는 자비와 사랑 속에 순수한 내맡김이 있을 때, 비로소 깨달음과 구원을 얻을 수 있을 것이다. 철저한 자비와 사랑을 몸소 실천하고 체험하는 삶에서 즐거움과 행복을 찾고 두려움과 고통에서 벗어날 수 있을 것 같다. 위선과 욕망을 가득 담은 에고 속에서는 결코 마음의 평화나 깨달음 그리고 구원을 얻을 수 없을 것이다. 물론 우리들이 끝없이 바라고 있는 신도 영접하지 못할 것이다.

세상과 하나 되어 흐르는 도도한 강물에 기꺼이 몸을 던져야 한다. 철저한 내맡김이 필요할 성싶다. 또한 내 길이 아닌 다른 길도 기꺼이 인정하면서 흐름에 저항하지 않고 순응해야 한다. 두려움과 고통이 없는 편안한 삶을 살고 싶다면 말이다.

자신의 진정한 삶을 밖에서 구걸하고 허비하는 것은 부질없는 짓일지도 모른다. 체험한다는 것은 밖에서 구하고 찾는 것이 아니라, 자신 안에서 이해하고 받아들일 때 가능해진다. '너희 몸 전체에 빛이 가득할 것이다.'라고 예수가 한 말을 깊이 새겨 보아야 할 것 같다. 그의 말처럼, 빛을 외부에서 찾지 말고 우리 몸 내부에서 찾는 건 어떨까.

삶의 끝이라는 무대 뒤 저편으로 들어설지라도 신의 들숨과 날숨쯤으로 생각하고 기꺼이 받아들일 때, 현재와 미래를 함께하는 진정한 아름다운 삶이 완성되리라.

지금 여기의 삶이 선이고 전부라는 것을 어렴풋이 알게 해 준 붓다와 예수에게 감사한 마음을 갖는다. 그들을 만나는 날까지 매 순간을 열심히 사는 게 유일한 삶의 목적이고 희망일 것 같다. 의미가 없고 목적이 없고 목표가 없는 단순한 과정이자 변화가 삶이라는 생각이 들기 때문이다.

모래시계

　사는 곳이 강남권이라고 하지만 집 주변에 젊은 사람들이 즐길 만한 공간은 거의 없다. 굳이 장점이라면 다른 곳에 비하여 조용하다는 것뿐이다. 주변에 산이 많고 유흥업소가 거의 없어서 저녁때가 되면 '강남권'이라는 말이 무색하리만큼 한산하기까지 하다. 복잡한 서울이 아니라 어느 작은 도시 한구석 같은 느낌이 든다.

　주변의 분위기에 젖어 조용히 책을 읽거나 산에 오르는 것을 좋아하게 되면서부터 집 가까이에 있는 산에 부쩍 고마운 마음이 든다. 아내가 동행하지 않아도 혼자 산을 찾아 등산을 즐길 정도로 산을 너무도 좋아하는 모습에, 안식구는 은근히 심술 피울 때도 있다. 그래도 아프다고 말하지 않고 정년퇴직 후에도 건강을 지키고 있는 것을 보고는 그리 나쁘게 생각하지는 않는 눈치다.

　소란스럽지 않은 집 주변의 분위기가 좋고, 특히 되바라지지 않은 동네 분위기가 더욱 마음에 든다. 마음에 드는 것은 또 있다. 아파트 주민과 만나면 고개 숙여 인사하며 웃으면서 말을 주고받을 수 있다는 것이다. 이와 같은 이웃들과의 일상은 어느 산골에서나 볼 수 있는 산골 마을 분위기다.

　다른 곳으로 다녔던 목욕이나 이발도 동네 목욕탕에서 해결한 지 벌써 8년째다. 산에서 내려와 즐겨 찾는 동네 목욕탕은 정말 옛날 모습 그대로다. 조그마한 지하 건물에 물이 담긴 탕이 두 개 있다. 하나는 오륙 명이 들어가 몸을 적실 정도이고, 또 하나는 두 명이 들어가면 충분하다.

　사우나도 마찬가지다. 소금을 준비한 사우나가 있는데, 여기도 네댓 명이 겨우 들어갈 수 있는 작은 방이다. 모두 동네에서 오는 사람들이라 정감이 간다. 젊은이들보다 나이가 많은 사람들이 대부분 이용하고 있는 동네 목욕탕이다. 가끔 아들이나 손자뻘 되어 보이는 젊은이들이 나이 많은 어른을 모시고 들어와 정성껏 때를 밀어 주는 정겨운 모습이 아름답게 보여 마음이 한결 평화로워진다. 시골에서나 볼 수 있는 목욕탕 문화를 서울 도심에서 보는 것 같아 더욱 정이 들고 보기에 좋다. 젊은이들의 수고가 정말 예쁘고 아름다워 보인다.

　사우나에 들어갈 때면 습관처럼 모래시계를 돌려세웠다. 모래시계 속의 모래가 전부 밑으로 다 떨어지면 약속이나 한 듯 즉시 그곳에서 나오는 것이 일과처럼 되었기 때문이다. 더운 곳에서 얼마 동안 있어야 하는지 알 수 없어 모래시계를 습관처럼 이용하게 된 것 같다.

　항상 하던 버릇대로 모래시계를 돌려세운 나는 오늘따라 모래시계 속에서 떨어지는 모래를 유심히 바라보았다. 처음에는 뜨거운 열기 때문인지 저 많은 모래가 언제나 다 떨어지나 하는 걱정 아닌 걱정이 밀려왔다. 그러다가 얼마 남지 않은 모래가 빠른 속도로 떨어지는 것을 보자, 오히려 조바심이 났다. 얼마 남지 않은 모래는 조금씩 빠르게 떨어지더니, 급기야는 모래시계의 잘록한 허리를 쏜살같이 빠져나와 쏟아졌다.

모래시계 속의 모래알은 처음부터 끝까지 같은 양으로 떨어지고 있었지만, 마음은 그 사이를 참지 못하고 벌써 변덕을 부리고 있었다. 모래시계의 모래알이 떨어지는 속도와 시간은 만들어져 나올 때 이미 정해져 있다는 것을 알면서도 이를 참지 못하고 안달하는 마음이라니……. 우습다는 생각이 절로 들었다.

모래시계 속에서 떨어지고 있는 모래알의 흐름을 보며 잠시나마 자신을 돌아볼 시간을 가졌다. 어렸을 때 그렇게도 어른이 되고 싶어 하던 기억이 떠올랐다. 어른들이 하는 일이라면 무엇이든 멋있어 보이고, 또 어른이 되면 모든 것을 마음대로 할 수 있을 것 같은 생각이 들었기 때문인지도 모른다.

그래서 어떤 친구는 어른 흉내를 내려고 담배를 피워 물다가 끝내는 담배를 끊지 못하고 성년까지 피우게 된 것을 보았다. 지금 생각하면 웃음이 절로 날 수밖에 없는 하찮은 일들을 그때는 왜 그리도 대단한 것처럼 생각했었는지 모르겠다. 어른 흉내를 내며 앞서가지 않았어도 어느덧 어른이 되는 것을, 그때는 왜 그리 어른이 빨리되고 싶었는지 알 수가 없다.

처음이나 나중에나 변함없이 떨어지는 모래시계 속의 모래알을 보면서 변덕스럽고 어리석은 생각에 젖는 것은 사람의 마음인 것 같아 입가에 씁쓸한 웃음이 머물렀다. 더 이상 떨어지지 않고 있는 모래시계에서 눈을 떼지 못하고 한참 동안을 응시했다.

조그마한 모래시계 속에서 인생살이를 돌이켜 생각할 기회를 가질 수 있다는 것에 감사하고 행복함을 느끼면서 그곳을 빠져나왔다. 안달하지 말고 이 순간 삶에 만족하자고 다짐하면서 말이다.

실제와 허상

　우리들의 삶의 모습을 보면, 모두가 들떠 있고 마법에 걸린 사람들처럼 환상의 세계 속으로 빠져들고 있다는 느낌이 든다. 현실의 삶을 망각한 채 모두가 먼 내일을 꿈꾸면서 허우적거리고 있는 것처럼 보이기 때문이다.

　현재 삶은 미래에 오는 행복과 다른 곳 어디에 있을 환상적인 세상을 만들기 위해 예비적으로 살아가는 삶쯤으로 생각하고 있는 것 같다. 그래서일까, 우리가 살고 있는 현실의 삶 속에 고통과 괴로움이 당연한 것으로 받아들인다. 고통과 괴로움이 함께하는 현재의 삶을 미래에 오는 삶 그리고 죽음 뒤에 찾아오는 불멸의 영혼을 위해 지불해야 하는 의무처럼 여기고 있는지도 모른다.

　그러나 지금 여기의 삶 뒤에 오는 삶은 없을 것 같다. 현실의 삶에서 행복을 찾을 수 없다면, 다른 어떤 곳에서도 행복한 삶이 있을 것 같지 않기 때문이다.

　사람들이 하는 일이 다양한 것처럼 삶 또한 모두 다를 수밖에 없다.

그와 같은 다양한 일을 하면서 살아가는 순간들이 우리들의 실제 삶이라는 생각이 든다. 다른 곳의 삶은 없을 성싶다. 사무실 벽 속에 갇힌 직장이건 강한 햇볕이 내리쬐는 들녘이건 일하는 시간과 장소가 유일한 삶이 흐르는 시공간이 아닐까.

내일과 또 다른 세상이 꿈과 희망은 될 수 있어도 삶의 실제 모습은 아닐 것이다. 우리가 바라는 내일이 온다고 하더라도, 그 역시 곧 오늘로 변하고 만다. 지금 여기에서 살지 못하고 내일을 꿈꾸고 있다면, 그 내일이 온다고 해도 만족하지 못하고 또 다른 내일의 세상을 꿈꾸며 희망을 만들며 살아갈 수밖에 없을 것이다. 어쩌면 자기기만에 빠져 자신에게 주어진 행복한 삶을 사랑해 보지도 못하고 항상 미래와 다른 세계에 얽매어 그 속에서 허우적거리다 일생을 끝낼지도 모른다.

학교를 다니기 시작하고 생각할 나이가 될 때면, 부모와 친지들로부터 꿈과 희망을 가지고 열심히 공부하라는 말을 수없이 듣게 된다. 그리고 학교에서도 원대한 목표를 세우고 꿈과 희망을 잃지 말고 열심히 노력해야 성공한다는 말들이 대부분이었다. 학창 시절을 벗어나 취업 전선에 들면, 어김없이 또 같은 내용의 말들이 이어졌다.

이 순간에 벌어지고 있는 여기의 삶에 대하여 이야기하는 것을 들어본 적은 그리 많지 않을 성싶다. 우리가 살아가고 있는 현재의 삶에 열정과 즐거움을 갖는 대신에 고통을 감수하고 노력하라는 말이 대부분이었던 것 같다. '젊어서 하는 고생은 사서도 한다.'는 말이 그동안 우리의 삶을 지배하여 왔는지도 모른다.

우리도 모르는 사이에 모든 행복은 내일에 있고 미래에 있고 성공한

다음에 오는 것처럼 말해 왔던 것 같다. 어려운 현실을 딛고 일어서게 하려는 마음에서 그렇게 해왔을 것이다. 물론 우리가 말하는 삶의 목표를 정하고 노력하는 것이 나쁘다는 것을 말하려는 것은 아니다. 다만 노력하고 있는 그 순간도, 고통을 참는 그 순간도 모두가 우리의 실제 삶이 흐르고 있다는 것을 알아차렸으면 한다.

오늘의 삶에 충실하고 감사한 마음으로 열정적으로 살아간다면 미래에 오는 삶도 행복할 것 같다는 생각이 든다. 지금 여기의 삶을 극락처럼 천국처럼 여기고 살아가면서 미래에 이루어질 꿈과 성공은 덤으로 생각한다면 오늘의 삶이 더 행복해지지 않을까.

두 딸에게 학창 시절의 공부도 삶의 한 부분일 뿐이라고 말하면서 현재의 상황을 즐기라고 했던 것 같다. 현재의 삶을 즐기지 못하고 감사할 줄 모르는 사람은 미래에 어떤 위치와 성공이 와도 삶에서 행복을 찾을 수 없다는 말을 덧붙였던 기억이 난다.

지금 아무런 계획이나 목표 그리고 꿈을 가지고 잊지 않는다면 현재의 삶이 시들해지고 무기력하지 않느냐고 반문할지도 모른다. 물론 그렇게 생각할 수도 있을 것 같다. 꿈과 희망을 가지고 무던히 노력하고 열심히 살아야 한다는 것은 현실에서 직면하는 일 가운데 가장 큰 일인 것처럼 느껴지기 때문이다. 다른 사람과 어깨를 나란히 하고 뒤쳐지지 않기 위해서는 각자 노력이 당연히 필요하다는 생각이 든다.

그러나 노력하는 그 과정의 삶을 어떤 모습으로 살아가야 하는지를 생각해 봐야 할 것 같다. 우리가 이루려는 목표와 성공이 모든 것을 우리에게 가져다줄 것으로 생각하면서 현실의 삶을 망각하며 살아가고 있지는 않은지, 삶의 과정을 무시하려는 것은 아닌지 말이다.

인생의 목표를 두고 꿈과 희망 속에 노력하는 것은 당연한지도 모른다. 그러나 희망과 꿈을 이루어 가는 삶의 과정 또한 중요하지 않을까 하는 생각을 한다. 우리는 대부분 목표와 꿈을 이루기 위하여 그 일에 매달리고 얽매여 산다. 그러나 우리가 이루려는 목표가 현실의 삶이 아니듯 꿈도 실제의 삶은 아닐 성싶다. 목표나 그리고 꿈과 희망이 우리의 실제 삶을 대신할 수는 없기 때문이다. 꿈과 희망을 위해 내딛는 순간들이 삶의 실재라는 사실을 알아차려야 하지 않을까.

우리가 바라는 목표와 꿈은 계량할 수 없는 추상적인 산물이라는 생각이 든다. 자신들의 목표와 꿈을 이루었다고 해도 그 목표와 꿈은 바로 오늘의 삶으로 전락되고 그 즉시 또 다른 목표와 꿈이 앞에 놓이게 될 테니 말이다. 꿈과 희망을 오늘 실재하는 삶으로 끌어들이지 않아야 한다. 꿈과 희망을 향하여 실제 내딛는 발걸음들이 실재하는 삶이기 때문이다.

인간의 욕망은 그만큼 한이 없을 성싶다. 성공과 목표 그리고 꿈은 끝이 없이 우리를 계속 매달리게 하고 현재의 삶을 얽매이게 할지도 모른다. 우리가 말하는 성공과 높은 지위가 행복한 삶의 목적이 될 수 없는 이유가 바로 여기에 있다.

비 온 뒤 저만치 떨어져 아름답게 떠 있는 무지개를 본 적이 있는가? 아름다운 무지개를 잡겠다고 무지개가 있는 곳으로 가 보면 무지개는 온데간데없어진 것을 한두 번씩 경험했을지도 모른다. 그 무지개는 일정한 거리와 각도에서만 볼 수 있기 때문이다. 목표와 꿈도 무지개와 같아서 멀리서 보면 환상에 가까운 아름다움이 있을 것 같지만, 막상 그 속에 들어가면 그러한 환상은 보이지 않을 성싶다. 또 다른 현실을 보게 될 뿐이다.

우리가 사는 세상을 흔히 사바세계라고 한다. 그래서 현재의 삶은 고통이고 모두가 참고 견뎌야 하는 세상으로 알고 있는지도 모른다. 그러면서 미래에 있을 어떤 환상을 꿈꾸며 찾는 것 같다.

　우리가 말하는 사바세계는 고통의 세상만은 아니라는 생각이 든다. 우리에게 주어진 처음이자 마지막인 중요하고 아름다운 소중한 삶의 무대가 아닐까. 한 번뿐인 소중한 무대를 위해 우리가 어떻게 살아야 하는가는 우리의 마음에 달려 있다고 생각한다. 결국 지옥의 무대를 만들어 그 위에서 살 것인가 아니면 천상의 무대를 만들어 그 위에서 살 것인가는 전적으로 우리들 각자의 몫이다.

　이 순간과 이 세상을 살지 못한 채 미래와 저 세상에 목을 매고 얽매인다면 우리의 현재의 삶은 고통일 수밖에 없다. 따라서 지금 여기의 삶을 이해하고 열정으로 즐길 수만 있다면, 모든 고통에서 벗어날 수 있을 것이다. 고통에서 벗어나 휴식할 수 있는 여유만 찾는다면 이 세상은 극락이나 천국으로 변하지 않을까.

　활짝 핀 꽃의 아름다운 향기가 벌 나비를 끌어들이듯 최선을 다하고 즐기는 삶이 꿈과 희망을 실재하는 삶으로 끌어들여 우리가 바라는 꿈과 희망이 영원한 행복한 삶으로 이어질지도 모른다. 지금 여기의 삶이 삼매경에 빠질 때, 행복한 삶이 현현할 것이라고 생각한다.

　우리가 지금 이 순간 살아가고 있는 삶의 과정이 삶의 모든 것이다. 내일에 연연하지 말고 오늘을 함께 노래하고 사랑하자. 삶의 향기 속에 꿈과 희망이 저절로 피어날 수 있도록!

인간성의 상실

극단적인 삶을 선택하는 사람들을 보면 안타까움을 넘어 인간의 한계점을 보는 것 같아 마음이 아프다. 과학의 발달에 힘입어 물질 풍요는 이루었지만 인간성이 황폐화되고 메말라 이를 견디지 못하는 가운데 일어나는 현상이 아닌가 하는 생각이 들기 때문이다. 사회와 국가들도 살아남기 위해 경쟁으로 치닫고 있는 것을 보면, 그 속에서 살고 있는 구성원들도 더불어 살아 보겠다는 의식보다는 서로를 배척하는 의식이 앞서는 것 같다. 우리 모두의 풍요로운 삶을 생각한다면 좋은 현상은 아닐 성싶다.

어릴 때만 해도 가족 전체가 한자리에 모여 서로 얼굴을 맞대고 사는 것이 일상이었다. 같은 마을에 사는 사람들도 마찬가지였다. 한 동네에 사는 모든 사람들의 일거수일투족을 알고 지냈던 것 같다. 여럿이 한곳에 모여 일을 하면서도 상대의 표정을 읽고 아끼는 마음으로 하던 일을 즐겼다. 일의 현장에 참여한 즐거움이 바로 각자 행복한 삶의 터전이었는지도 모른다. 어느 한 사람을 위하는 일이 아니라 도움을 주고받는 관계였다는 생각이 든다.

일하는 데 있어서도 각자의 능력이 전혀 문제되지 않은 것처럼 보였다. 능력의 차이를 인정하고 개성과 연륜이 존중받는 현장이었다. 그래서 삶의 현장은 남녀노소의 구별 없이 어우러졌는지도 모른다. 목가적인 정서 속에서 항상 삶에서 여유로움을 볼 수 있지 않았나 싶다.

그런데 지금은 살고 있는 환경과 생활 방식이 너무나 변했다. 가정에서도 옛날처럼 온 식구가 함께 모여 식사하는 모습은 찾아보기 힘들다. 이처럼 가족 간의 정도 메말라 가고 있는 지금, 삶의 현장 또한 예외는 아니다.

옛날처럼 한 장소에 모인 공동의 참여가 아니라 노동의 현장에서도 저마다의 공간이 따로 있다. 그래서 옛날 삶의 현장에서 자연스럽게 흐르던 대화와 여유가 사라졌다. 주어진 공간 안에서 일과 단순한 씨름이 있을 뿐, 대화를 즐기며 행복한 마음으로 삶의 여유를 느낄 만한 시공간이 없어졌다는 느낌이다.

어느덧 인간은 신비스러운 신의 영역에서 벗어나 현대 산업이 깔아 놓은 삶의 덫 한 귀퉁이를 차지하면서 단순한 경제발전 생산 도구로 변한 것 같다. 경제의 효율성 앞에서 자원과 동등한 인적자원의 한 구성요소로 자리 잡혀 가고 있는 것이다.

지금은 우리 주변 어디에서도 인간이 신성하다는 점을 찾아보기가 점점 힘들어지고 있다. 모두가 돈과 직결되는 문제에 직면하면서 인간도 경제에서 최상의 자재와 도구로 전락하고 있음을 느끼는 데 무리가 없는 것 같다. 인간 본성에 따른 삶을 진지하게 생각할 겨를도 없이 우리

의지와 다른 모습으로 너무나 빠르게 아름다웠던 삶이 무너지고 있는 게 아닐까.

우리가 살아가고 있는 공간과 시간도 마찬가지라는 생각이 든다. 우리가 신성하게 여겼던 영역들이 경제라는 울타리 안으로 들어오면서 실용적인 경제 영역으로 바뀌어 버린 것 같다. 바야흐로 공간이 돈이 되고 시간이 돈으로 계산되는 시대에 살고 있다. 시간이 돈이라는 공식이 들어맞는 시대……. 인간들의 삶의 흐름이 시간으로 계산된다면 정말 삶이 핍박해지고 여유가 없어 외로워지고 쓸쓸해지지 않을까.

인간 스스로 물질 만능이 모든 것을 해결해 줄 것이라는 사고에서 벗어나지 못하고 과학이 경제 성장의 시녀 노릇을 하게 되면서 우리가 신성시했던 모든 부분이 변하게 된 것 같다. 마음 깊이 잠들어 있는 영혼 그리고 정신세계를 등한시하고 영원하지도 않을 몸뚱이의 편안함을 추구한 데서 비롯된 게 아닐까 싶다.

경제 발전이라는 목표 아래 공간과 시간도 경제 단위로 취급하고 있는 것 같다. 더구나 인간이나 자연 모두가 경제 앞에서는 한낱 자원으로 인식되고 있는 것처럼 느껴진다. 신성하여 신비로움으로 가득했던 삼라만상이 과학이라는 이름 아래 모두 파헤쳐져 물건처럼 취급받는 기분이다.

시간과 공간 그리고 인간 모두가 경제적인 도구화로 전락되는 바람에 생산성은 향상되고 그에 따른 경제적인 성공을 가져왔을지도 모른다. 과학과 경제 발전이 모든 사람의 행복을 가져다줄 것으로 기대하면서 많은 노력을 해왔던 것 같다. 우리 모두는 아마 천국에나 있을 법한 삶을 꿈꾸었을지도 모른다. 그와 같은 환상 속의 삶을 추구하면서 모든 과학을 총동원하여 물질의 풍요를 이루고 즐기려 했던 것 같다.

그런데 과연 이 모든 노력이 삶에 어떤 변화를 가져왔을까? 살펴볼 필요가 있을 것 같다. 과학의 발달과 경제 성장으로 물질의 풍요는 이루었지만, 삶은 더욱 황폐해지고 영혼과 정신은 갈 곳을 잃어 방황하고 있다는 생각을 지울 수 없기 때문이다. 인간의 아름다운 영혼은 물질의 풍요에 살찐 육중한 몸뚱이에 짓밟혀 흔적 없이 사라지고 있는 듯하다.

메마른 영혼과 정신은 서로를 소외시키면서 외로움을 호소하고 스스로 고립되어 우울증 등 병상으로 우리들의 영혼은 점점 황폐화되고 있는 것 같다. 생활 속에서 삶의 무의미성에 두려움을 느끼며 외로움을 떨쳐 버리지 못하고 더욱 방황하고 있다는 생각도 든다.

개인들의 개성과 이성 그리고 감성이 모두 뭉개진 채 인간은 현대의 거대한 자본시장에 진열된 상품과 기계의 부속품처럼 취급되고 있다. 인간의 존엄성을 모두 상실한 것처럼 보인다.

우리는 이쯤에서 신의 계시처럼 신봉했던 기계적인 사고에서 벗어나 이성적이고 인간적인 인간세계를 다시 찾을 수는 없는지 진지하게 생각해 볼 필요가 있다. 너와 나를 연결 짓고 우리를 아우를 수 있는 인간관계를 형성할 필요가 있지 않을까. 서로를 감싸 안으며 더불어 살아가는 관계 형성이 필요할 성싶다.

인간은 빵만으로는 살 수 없음을 물질문명의 풍요 속에서 자신을 되돌아보며 터득했을지도 모른다. 과학의 발달로 인한 물질 만능과 물질 풍요가 빚은 자기 소외와 인간성 상실 그리고 허탈감에서 오는 외로움과 고립의 압박을 우리 스스로가 이겨 내지 않으면 안 될 것 같다는 생각이 든다.

인간이 상품화되고 경제적인 소모품으로 전락되는 현상을 보면서 우리가 앞으로 어떻게 살아야 할 것인가를 생각해 볼 수 있는 계기를 마련해야 할 것 같다. 그동안 먹고사는 데 우리의 능력과 모든 과학의 힘을 쏟았다면, 이제는 인간의 본성을 찾는 데 초점을 맞추었으면 한다. 물질 만능으로 인한 육체의 안락함만으로는 결코 삶에서 풍요와 여유를 만끽할 수 없음을 이제는 알아차려야 할 때이다.

행복을 가져다주는 것은 물질의 욕망 충족이 아니라 생각과 마음의 문제인 것 같다. 마음과 마음으로 이어지는 아름다운 동행 속에서 풍요와 여유를 찾고 그 속에서 행복한 삶의 조건을 찾아야 할 성싶다. 옆 사람의 땀 냄새를 맡으며 인간의 정을 느끼고 사랑을 나눌 수 있는 여유를 찾아야 하지 않을까.

인간의 본성을 되찾고 인간에게 신비로움을 부여할 때, 비로소 경제 발전의 객체가 아닌 행복한 삶의 즐길 수 있는 주체로 다시 태어날 것이다. 그렇게 보았을 때, 삶의 풍요와 여유는 육체의 안락함이 아니라 가슴 깊이 잠들어 있는 아름다운 맑은 영혼을 찾는 데 있는 것 같다. 그 영혼과 정신이 살아가는 데 필요한 것은 물질의 욕심과 욕망이 아니라, 있는 그대로를 살피고 관찰할 수 있는 마음의 여유가 아닌가 한다.

물질에 대한 욕망은 순수한 영혼을 파멸시킨다.
마음의 풍요로움 속에서 여유와 낭만을 즐길 수 있기를!

삶의 환상

　오월 초 바깥 날씨에 반하여 창문을 통해 먼 산을 바라보며 아름다운 경치에 취해 한참을 즐겼다. 싱그러운 날씨와 함께 어느덧 나뭇가지의 새순도 자라서 바람에 산들거리는 폼이 제법 그럴싸했다. 새로 나온 나뭇잎은 바람에 흔들려 앞뒤가 바뀔 때마다 연초록과 하얀 면이 번갈아 나타났다. 그 모습은 마치 현란한 마술사의 손재주에서나 볼 수 있는 아름답고 멋진 광경이었다. 화창한 봄 날씨와 잘 어우러지는 아름다운 풍경인 것 같다.

　먼 산 나뭇잎의 변덕스러운 예술은 볼 수가 없지만, 가지런하고 또렷한 산등성이의 모습은 평화스러워 보이고 안정감을 주기에 충분했다. 산 정상을 오르더라도 아무것도 거칠 것이 없어 양 떼들이 뛰어 노니는 잔디밭 산등성이처럼 평화로워 보였다. 산등성이를 따라 오르면 푸른 하늘에 두둥실 떠 있는 구름에 도착할 수 있을 것 같은 착각이 들기도 했다. 아름답고 평화로운 산의 곡선이다. 아름다운 경치에 취해 어느덧 마음은 흰 구름 돛단배를 얻어 타고 파란 하늘을 유유히 여행하는 듯 한껏 들떠 있었다.

기분 좋았던 꿈에서 깨어난 것은 가까이에 있는 창문에 눈길이 멈췄을 때였다. 항상 가까이에 있었지만 눈에 언뜻 띄지 않던 창문이었다. 비바람을 맞은 창문은 먼지가 잔뜩 끼어 지저분했다.

문득 창문에 낀 먼지가 삶의 현실처럼 느껴졌다. 깨끗하고 정돈되어 아름다움이 있고 평화스럽게 보이는 멀리 있는 것들과는 너무나 대조적이었기 때문이다. 창문에 서서 바깥세상을 구경하다가 문득 인생 문제까지 떠오른 것을 보고, 내가 무척이나 할 일이 없는 한가한 사람이구나 하는 생각도 들었다.

사람이라면 누구나 자신만이 세상을 힘들게 살고 있는 것처럼 생각할 수도 있을 것 같다. 다른 사람의 생활은 지금 앞에서 벌어지는 아름다운 풍경과 먼 산의 산등성이처럼 평화로워 아무런 거리낌이 없는 아름다운 삶으로 보일지도 모르기 때문이다.

인생사도 마찬가지라는 생각이 들었다. 자신의 삶이 아닌 다른 사람의 삶은 멋지고 행복하게 보일지도 모른다. 사회생활이나 가정 문제 등 자신의 삶에는 늘 복잡하고 어려운 문제만 있는 것처럼 느껴질 수도 있을 것 같다.

그러나 얼핏 보면 굉장히 달라 보이던 세상 속의 삶도 막상 그 속에 들어가 보면 모두가 비슷할지도 모른다. 조금의 차이는 있을지 몰라도 삶의 전체 모습은 같을 성싶다. 먼 산이 한가롭고 아름다워 보이듯 다른 사람들의 생활은 행복해 보이고 멋있어 보이는 것도 그 생활에 들어가 있지 않기 때문에 느끼는 감정이 아닐까.

우리가 힘들고 어렵게 살고 있다고 불평하지만 그러한 삶도 멀리서 보면 아름답게 보일 것 같다. 멀리에 있는 그 아름다움을 현실에서 찾는 건 어떨까? 그 길이 어쩌면 아름답고 행복한 삶일지도 모른다. 현실이 힘들고 고달프다고 외면하면, 우리의 삶에 꿈과 희망도 없을 것이다. 지금의 삶에 만족하고 행복을 느껴야 할 이유다.

먼 곳의 아름다움은 우리들 미래의 꿈과 희망처럼 착시 현상에 불과할 뿐이다. 가까이에 오면 모두가 현실이 되기 때문이다. 먼 산의 아름다움이 그 속에 들어가면 온갖 덤불이 앞을 가로막는 것처럼, 꿈과 희망이 그대 앞에 놓인다면 현실이 된다는 사실에 주목할 필요가 있지 않을까.

늙은이의 궁상

어느 날 우연히 노인 프로그램에서 아주 정정하고 고운 할머니가 대담하는 것을 보았다. 정말 겉모습도 곱고 아름다움을 전혀 잃지 않은 구십 세가 넘은 할머니였다. '과거로 돌아가 젊어지고 싶으시냐?'는 사회자의 질문에 전혀 그럴 생각은 없다고 했다. 그동안 살아온 삶도 좋았지만 이 순간을 사는 것은 더 큰 행복이라고 했다.

정말 인생을 제대로 살고 있는 분이라는 생각이 들었다. 순간을 영원처럼 풍요롭게 살아온 모습이 용모에서도 당당하게 나타났다. 본받고 싶은 삶이었다. 늙은 모습 어디를 보아도 당당함으로 가득하고 부족함을 느낄 수가 없었다. 그뿐만이 아니었다. 죽음에 대해서도 조금도 조바심을 보이지 않는 모습이었다. 정말 아름다운 황혼을 보는 것 같아 마음까지 흐뭇해졌다. 그와 같은 아름다운 모습을 닮고 싶은 마음도 간절했다.

요즘 모임에 가 보면 그와 같이 당당하게 늙어 가는 모습을 찾는다는 것은 쉽지 않다. 건강을 이유로 몸에 좋다는 건강식품에 대한 말들을 자주 듣게 된다. 늙음과 죽음에 대한 말도 빠뜨리지 않는 단골 메뉴이다. 모두가 변할 수밖에 없는 몸뚱이에 한정된 이야기들로 가득하다.

한편으로는 그러한 투정들이 어느 정도 이해되지만, 주변 전체를 보지 못하고 일신상의 범주에 맴돌고 있는 것 같아 안타깝다는 생각이 들 때도 있다. 모두가 몸만을 돌보고 가꾸는 일에 몰두하고 있다는 느낌이 들기 때문이다. 주변을 돌아보며 마음을 가꾸고 영혼을 맑게 하는 일에도 노력하는 모습을 보였으면 하는 아쉬움이 남는다.

이 세상에서 변하지 않은 것이 없다는 것을 모르지는 않을 것이다. 우리 몸도 예외가 아니다. 몸은 흐르는 세월에 늙어 가고 시들어 가게 마련이다. 하지만 몸속에 들어 있는 영혼은 변하지 않을지도 모른다. 살아 있는 한 영원히 변하지 않을 영혼을 가꾸기보다는 무상 앞에 시들고 늙어 가는 몸 형상만을 영원하기를 바라는 것은 불가해한 일일 것 같다.

'궁상떨지 말라.'는 말이 있다. 과거에 살아왔던 삶이 부정할 수 없는 사실인 것처럼 현재의 삶 또한 마찬가지가 아닐까. 이 순간의 삶을 보지 못하고 미래의 어떤 것에 매달리면서 현재의 처지를 궁하게 만드는 일은 자신을 더 서글프게 만드는 일이지 싶다. 궁상떠는 일이 되어 다른 사람으로부터 좋은 응대를 받는 것도 어려울 것 같기 때문이다.

모임에 나타난 친구들은 대부분 삶의 일선에서 물러나고 자녀들도 대부분 출가시켜 어쩌면 마음이 홀가분한 사람들일지도 모른다. 꼭 늙은 이들이라고까지는 할 수 없지만, 그래도 옛날 같으면 기다란 곰방대를 물고 팔자걸음을 걷기에 충분한 나이들인 것 같다. 오랜 삶을 살아온 경험과 지혜를 자신의 신상 문제에만 머물지 말고, 열린 마음으로 세상을 살피는 데 도움이 되었으면 하는 아쉬움이 남는다.

주위를 살펴보면 얼마든지 그와 같은 삶의 지혜를 찾아볼 수 있다. 우리 눈에 보이는 모든 사물의 생성과 변화에서 그리고 주변에 흔한 나무들만 살펴도 삶의 끝을 예견하고 어떻게 살아야 하는지를 충분히 알 수 있기 때문이다. 봄에 피어날 새싹에게 자리를 마련해 주려고 가을에 몸단장을 마치고 떨어지는 나뭇잎 앞에서도 궁상떨어야 할지 생각해 봐야 할 것 같다.

마음 편하게 생각할 일들을 집착하고 매달리는 모습에서 서글픔을 느낀다. 죽음도 그렇다. 어린애들과 젊은이에게도 찾아오는 일이다. 꼭 늙은이에게 찾아오는 유일한 일은 아니라는 생각이 든다.

길을 걷거나 산을 가다가 우람하게 버티고 서 있는 고목을 보고 두 손 모아 합장하며 다가선 기억이 한두 번쯤 있었을 것 같다. 오랜 세월을 견디어 온 터라 몸은 뒤틀려 상처투성이고 군데군데 울퉁불퉁한 꼴은 볼썽사나울지도 모른다. 그런데도 옆에서 싱싱하고 아름다운 어린 나무를 외면하고 외롭게 서 있는 고목에 찬사를 보내고 합장하면서 조용히 지켜보며 그동안 살아온 만고풍상을 더듬어 보았을 것 같다.

늙은이들의 당당함을 여기에서 찾아야 할 것 같다. 고목은 어린 나무들처럼 유연하지도 않고 혈기 왕성한 발랄함도 없다. 생명력이 넘쳐나는 윤기도 없다. 어린 나무와 비교하지도, 과거를 회상하지도 않은 채 순간을 의연하게 버티고 서 있는 것만으로도 존재 이유가 충분하다는 생각이 든다. 잘 봐 달라고 구걸하지도 않은 것 같다. 그냥 당당하게 서 있을 뿐이다. 그렇게 되기까지는 흐르는 세월의 변화에 적응하며 거스르지 않는 삶을 즐기며 오늘 그곳에 의연하게 버티고 서 있기에 찬사를 받고 있는 것은 아닌가 하는 생각이 든다.

우리는 '무상'이라는 말을 많이 한다. 그러면서도 자신은 변하지 않기를 바라는 마음에 젊음을 구걸하고 건강을 구걸하고 죽음 없는 영원한 삶을 구걸하는 모습은 어쩐지 자연의 섭리에 맞지 않을 것 같다. 우리는 이제 이러한 집착에서 벗어나야 한다. 흐르는 강물처럼 세월에 몸과 마음을 맡긴 채 이 순간을 관조할 수 있다면, 온갖 풍상을 견디고 홀로 굳건하게 서 있는 고목나무처럼 찬사와 존경을 한 몸에 받을 수 있지 않을까.

자신의 처지를 동정받아 위안을 받는 것은 극히 삼가야 할 일일 성싶다. 더 많은 상처를 받을 수 있기 때문이다. 모든 사람의 모습이 서로 다르듯이 사는 모습도 제각각일 수밖에 없다. 각기 다른 모습은 개성이다. 그 개성은 모두가 살아 있는 화석임을 증명한다. 제자리에서 자신만의 고유한 빛을 발휘한다면, 동정의 대상이 아닌 고목처럼 찬사와 존경의 대상이 되고도 남음이 있을 성싶다. 이 세상을 함께 살고 있는 젊은이들의 가까운 미래의 얼굴이기도 하다.

당당하지 못할 이유가 없을 것 같다. 어려운 세파 속에서 최선을 다하며 지금까지 살아온 삶만으로도 정말 대견하게 생각해야 할 것 같다. 그동안 살아온 세월 속에서 얻은 경험은 어떠한 책 속에서도 발견할 수 없는 주옥같은 삶의 지혜일지도 모른다. 이제는 그와 같은 경험과 지혜가 주변을 위해 필요할 성싶다.

하천가 모래 바닥에 헤아릴 수 없는 많은 조약돌이 있다. 모두 다르다. 수만 수천의 모습들이다. 각기 다른 모양과 색깔을 하고 있기에 아름다운 조화 속에 거대한 밭을 이루고 있는 것을 볼 수 있다. 조약돌의 모양과 색깔이 같다면 그와 같은 아름다운 조화는 일어나지 않을 것이다.

수많은 풍상을 겪은 나머지 두리뭉실한 돌이 되어 각기 다른 모습으로 제자리를 지키기에 아름다운 풍광이 되어, 보는 이들을 풍요롭고 행복하게 만들고 있는 것 같다. 길고 짧음을 말하고 크고 작은 것을 말하고 구별한들 아무런 소용도 없을 것 같다. 각기 다른 제몫을 다하다가 가는 길이기 때문이다.

우리도 자신의 처지와 몸에 대한 집착과 비교를 떠나 자신의 몫에 만족한다면, 그와 같은 아름다운 세상의 한 구성원이 되기에 충분할 것 같다. 지금까지 살아온 것만 해도 한세상을 족히 살았다고 생각할 수도 있지 않을까. 그동안 쌓아 온 경험과 삶의 지혜를 건강에 갇히고 죽음에 갇혀 일신상의 문제로 허우적거리며 헤맬 것이 아니라, 열린 마음으로 세상을 밝히고 이끄는 일에 도움이 된다면 어떨까 하는 마음이 간절하다. 각박한 세상을 살아가고 있는 수많은 젊은이들에게 힘이 되는 방향으로 모아 준다면, 그래도 젊은이들이 세상에서 쓸모없는 무리쯤으로 생각하지는 않을 성싶다.

영원하지도 않을 몸을 위하고 건강과 죽음이 두려워 궁상떨고 몇 푼 안 되는 돈을 얻기 위해 영혼을 파는 늙은이의 모습은 젊은이가 아닌 다른 동료들에게도 측은하게 보일 것 같다는 생각이 든다. 늙은 것도 서러운데 그런 대접까지 받을 필요는 없지 않을까.

해안가 높은 언덕에 외롭게 서 있는 등대가 폭풍과 풍랑을 헤치며 어두운 밤을 나아가는 배들의 길잡이가 되고 어부의 희망이 되듯 늙은이의 경험과 삶의 지혜가 세상을 밝히는 길잡이가 되고 희망이 되었으면 한다.

서산으로 기우는 해는 하늘과 대지를 금빛으로 찬란하게 물들여 세상을 밝고 아름답게 만든다. 등대와 황혼의 햇빛처럼 우리 모두가 제 몫을 다하는 늙은이가 되었으면 하는 마음이다.

삶의 굴레에서 벗어나 존재하는 모두의 아름다움을 위해 제몫을 해준다면 그보다 더 아름답고 행복한 삶은 없을 성싶다. 각자 마음속에 깊이 생각해 볼 일인 것 같다.

삶의 흔적

　사람들은 자신의 삶을 전체성으로 보지 못하고 과거와 현재 그리고 미래에 삶이 마치 따로 있는 것처럼 생각하고 이야기하는 것을 좋아하는 것 같다. 특히 미래는 꿈과 희망이라는 명제 앞에 얽매여 헤어나지 못한 채 현재의 삶에 고통과 희생을 강요하고 있다는 느낌마저 든다. 지구상에 사는 어떤 동물도 미래를 위해 현재의 삶을 희생하는 동물은 없을 성싶다.

　아프리카 넓은 초원에서 뛰어노는 동물들을 보면, 우리 인간처럼 과거와 미래를 생각하면서 사는 것 같지는 않다. 먹고 싶으면 먹고, 자고 싶으면 그 자리에 누워 잠을 자는 것이 삶의 전부일 뿐……. 오늘의 삶에 만족하며 아무 거리낌 없이 자연스러운 삶을 살고 있는 그들에게 마치 내일은 없는 것처럼 보인다.

　자연 그대로를 즐길 뿐 인위적인 흔적도 없다. 오늘도 어김없이 그들은 옛날 모습 그대로 아름답게 뛰어놀고 있는 것이 그들의 유일한 흔적이라면 흔적처럼 보인다. 더구나 사후에 남길 흔적을 걱정하는 일은 처음부터 생각하지도 않은 것 같다.

인간은 더 나은 삶을 위하여 미래에 매달리는 부분도 있지만, 영원히 남아 있지도 않을 흔적을 만들기 위하여 무던히도 애를 쓰고 있는 모양새다. 그런데 그 흔적들은 자연스러운 것에 비하면 대부분 쓰레기에 불과할 뿐이라는 생각이 든다. 오히려 자연을 파괴하는 데 일조를 하고 있는지도 모른다.

　단순한 지식과 사실을 후세에게 전할 수 있을지는 몰라도 자연이 주는 지혜를 대신할 수 없는 것들이 대부분이다. 그래서일까? 결코 길지 않은 삶의 시간을 온갖 쓰레기를 만드는 데 허비하고 자원과 정력을 쏟고 있는 것처럼 보인다.

　현대 학자들이 먼 옛날에 지구상에 살았던 수많은 동물들을 현재 살고 있는 모습처럼 생생하게 재현해 낸 것을 볼 수 있다. 그 모습들은 대부분이 화석이라는 흔적에서 얻어 낸 결과물이다. 그렇게 보았을 때, 결국 그들의 존재는 자신들이 인위적으로 만들어 낸 것들이 아니라 자연의 조화 속에서 자연스럽게 나타난 흔적들인 셈이다.

　우리의 삶만이 아니라 미래에 이어질 후세의 삶을 생각한다면 자연의 소중함을 깨쳤으면 한다. 요즘 산과 들뿐 아니라 도시를 형성하고 있는 모든 곳에 필요 이상으로 만들어진 흔적들을 보면서 미래의 삶도 계속 이런 모습으로 이어질 수 있을지를 생각하면 조금은 걱정된다. 그와 같은 흔적들을 일일이 열거할 필요성은 없을 것 같다.

　동물처럼 단순한 삶을 살아갈 수는 없을까 하는 엉뚱한 생각을 가끔 해 본다. 우리가 하얗게 쌓인 눈 위를 걸어가면 발자국이 남는다. 그 발자국은 햇볕을 받으면 눈과 함께 흔적도 없이 사라진다. 우리가 후세에 남겨 두려고 노력한 흔적들은 영원한 자연과 시간에 비하면 눈 위의 발자국에 지나지 않을지도 모른다.

삶의 흔적을 남기려고 애쓰기보다는 자연이 보여 주는 지혜를 가슴 깊이 새겨 보라는 말을 하고 싶을 때가 많다. 어쩌면 초원에서 뛰어노는 동물들처럼 자연과 하나가 되어 흘러가는 삶으로도 충분할 것 같다. 우리가 남긴 흔적들이 아니더라도 미래의 우리 후손들은 우리가 했던 것처럼 또 자연에서 삶에 필요한 모든 것을 충분히 얻고도 남음이 있지 않을까.

흔적을 남기기 위해 자연을 파괴하기보다는 자연 그대로 후세들에게 물려주는 편이 더 나을 것 같다는 생각이 든다. 자연은 언제나 늘 그래 왔던 것처럼 필요에 따라 인간들의 삶의 흔적을 영원히 남겨 줄 거라는 믿음이 있다. 그것도 가장 아름다운 삶의 흔적으로 말이다.

삼라만상과 전체성으로 살아가는
삶의 아름다움을 위해
오늘도 어김없이 뛰어놀고 있는
아프리카 초원 동물들에게서
삶의 지혜를 발견했으면 한다.

정년이 주는 삶의 여유

인간은 태어난 순간부터 주위 환경에 영향을 받지 않고 살 수는 없는 것 같다. 과연 그 시대의 전통과 관습 그리고 여러 가지 생활양식 등에서 벗어나 혼자서 살아갈 수 있을까? 그 사회의 전통과 의식 속에 함께 어울리며 살아가는 삶이 외톨이 신세를 면하는 길일지도 모른다.

학교 모습도 별반 다르지 않은 것처럼 보인다. 학교 교육이 개인의 삶의 질을 생각한 품성이나 영혼 계발에 중점을 두기보다는 사회에 잘 길들여진 인간을 길러 내는 데 초점을 두고 있다는 느낌을 지울 수 없다.

공장에서 상품을 찍어 내듯 천편일률적인 교육이라는 느낌이 든다. 공장에서 찍어 낸 상품은 조금이라도 규격에 맞지 않으면 불량품이라는 오명 속에 쓰레기 신세가 되듯 교육 현장에서도 예외는 아니다. 조금이라도 뒤처지면 낙오자가 되어 대열에서 밀려날 수밖에 없는 교육 현실에서는 인간을 공장에서 찍혀 나오는 상품처럼 모두 똑같은 생각을 하고 있는 인형쯤으로 여기는 것 같다.

그러나 인간이 가지고 있는 생각과 영혼 그리고 삶은 상품처럼 취급되어서는 안 된다. 숲 속에 존재하고 있는 무수한 생명들의 삶처럼 있는 그대로 존중되어야 한다. 사회 속에 길들여진 삶이 진정 자신들의 삶은 아닐 것 같다.

직장에서 정해진 기간을 다 채우고 정년퇴직까지 했으니, 정말 이 사회에서 잘 길들여진 한 인생이지 않았나 하는 생각이 든다. 그동안 건강을 지키며 임무를 마쳤다는 안도감에 만족이라는 생각이 들지도 모른다. 퇴직을 앞둔 시점에서 직장 생활의 추억이 소중하게 자리 잡아 남은 삶의 한 부분을 채워 줄 것으로 믿었다. 나이가 들면 지나간 세월 속에서 추억을 떠올리며 산다고 했으니 말이다.

그러나 지금은 그러한 생각이 조금씩 바뀌고 있다. 한가하게 그런 추억을 더듬고 과거에 매달리며 살고 싶은 마음이 사라지고 있는 것이다. 지나간 과거사에 얽매여 추억놀음이나 하고 있을 때가 아니라는 사실을 알아 가고 있기 때문인지도 모른다. 그동안의 삶이 잘못되었다기보다는 다른 사람들이 만들어 놓은 삶의 굴레에서 벗어나지 않으려고 무던히도 정열과 삶을 낭비했다는 사실을 조금은 알게 되었다. 다른 사람과 같은 생각을 하고 무리 속에서 벗어나지 않기 위해 노력하며 살아왔던 삶들이 자신의 참모습은 아니었던 것 같다.

남은 인생은 다른 사람에게 보여 주고 따라가는 삶이 아니라, 자신의 삶에 충실하고 싶다는 생각이 든다. 물론 삶에 굴레를 씌웠던 모든 환경에서 완전히 벗어나는 것은 불가능할지도 모른다. 그럼에도 자신의 뜻에 따라 본연의 삶을 살기 위해서는 이 같은 굴레에서 조금은 벗어나야 할 것 같다.

인간은 이성과 아름다운 영혼을 가진 특별한 동물이라는 생각이 든다. 얼마든지 자신의 삶을 존중하면서 마음껏 누리고 살 수 있는 능력을 가지고 있기 때문이다. 그런데 세상이 그러한 능력을 발휘하게 두지 않은 것인지 아니면 자신이 포기하는 것인지는 알 수 없지만, 이성과 영혼도 많은 사람 앞에서는 한계가 있는 것처럼 보인다.

이성은 혼자 생각을 하거나 두세 명이 서로 만나서 대화를 할 때면 맞는 생각일지도 모른다. 이때는 단순한 사고 속에서 모두가 이성적이고 합리적인 대화가 가능해진다. 그러나 조직화된 단체나 학연·혈연·지역적인 문제가 개입되면 그때는 모두가 달라진다. 거기에 사회와 국가 문제가 개입되면 더욱 개인의 특성과 이성 그리고 영혼은 설 자리를 잃는다. 개인의 이성적이고 합리적인 생각은 공동의 이익이라는 명목 앞에 철저하게 무시되고 만다.

그곳에는 참다운 이성이나 냉철한 판단이 필요 없는 것 같다. 모두가 공동의 목적과 이익 앞에 개인의 합리적이고 순수한 이성과 영혼은 묻히고 그 위에 다른 힘이 작용한다. 무리 속에서 새롭게 나타나는 보이지 않은 힘들이 개인의 특성을 무시하고 영혼을 무시하고 삶을 무시하면서 모두를 똑같은 생각을 하고 있는 인형쯤으로 여기는 것 같은 느낌을 지울 수 없다.

개인의 특성과 이성 그리고 합리적인 사고를 깡그리 무시당하면서도 무리 속으로 들어가 스스로 얽매이는 것은 그들과 어울리지 못하면 모든 것을 잃을 것 같은 두려움 때문인지도 모른다. 외톨이 신세를 면하겠다는 마음과 생각들이 무리 속에 끼어들게 하고, 그들과 같은 생각과 행동으로 길들여지고 있는 것 같다.

지금은 그러한 생각과 행동에 의문을 갖는다. 그러한 삶들이 진정한 자신의 삶이 아니라 겉치레와 위선에 감춰진 맹목적인 삶이었다는 사실에 조금씩 눈을 떠 가고 있기 때문이다. 그리도 매달리며 살았던 삶과 일들이 하늘에 잠시 떠 있다가 없어지는 흰 구름 한 조각처럼 하찮은 것들이었다는 생각이 들었다.

옛날 삶의 굴레에서 조금씩 벗어나고 있다. 그러나 세상은 공평한 것 같다. 어느샌가 자연 속의 순수하고 아름다운 모습들이 내려놓은 빈자리를 채워 주고 있는 것처럼 느껴지기 때문이다. 그래서일까, 오히려 마음은 더 풍요롭고 여유가 생겨 부자라는 생각이 든다.

요즘은 일상 속에서 새로운 일들이 일어나고 있는 것 같다. 아침에 일찍 일어날 때면 태양이 떠오르는 동쪽 하늘을 보며 생각에 잠긴다. 항상 똑같이 떠오르는 태양이지만 예전의 모습과는 다르게 다정하게 다가오는 듯하다. 정말 따뜻하고 정감어린 모습으로 내게 다가오고 있다는 것을 느낄 수 있다. 전에는 전혀 느끼지 못하고 상상할 수 없었던 일이다. 무리 속에 어울려 있을 때는 볼 수 없었던 단면들인 것 같다.

아무렇지 않게 지나쳤던 것들에서 새로운 현상들이 보이고 느껴진다. 삶에서 불필요했던 일들을 하나둘씩 버리면서 나타난 현상인지도 모른다. 예전에는 보거나 느끼지 못했던 순수한 자연의 아름다운 모습들이 다가와 빈자리를 채워 주고 있는 것 같다. 얻으려고 무던히도 애를 쓸 때도 더 멀리 도망했던 것들이 지금은 자연스럽게 다가오고 있다. 전혀 서둘러 채우려고 욕심내지 않아도 스스로 찾아오고 있는 듯하다.

가만히 앉아 있어도 팔랑거리는 나뭇잎, 나풀거리며 날아드는 나비,

탐스럽게 피어나는 꽃들이 스스로 다가와 풍요와 여유 그리고 충만함을 마음 깊은 곳에 차곡차곡 채워 준다. 그래서 전혀 고독하다거나 외롭다는 생각이 들지 않은 것인지도 모른다. 오히려 모두가 충만하고 가득 차 있어서 부족한 것을 느끼지 못하는 것 같다.

인생의 황혼기에 접어들면서 무리 속으로 끼어들지 않고 스스로 자신을 찾아가려고 노력하는 모습이 스스로 대견해 보일 때가 있다. 옛 선지식들은 일찍 자신을 알았기에 허송세월을 보내지 않고 충만한 삶을 살았다지만 늦은 나이에 겨우 버리는 삶 속에서 찾아드는 순수한 영혼들을 맞이할 눈과 귀가 조금이나마 열리고 있다는 게 정말 다행이라는 생각이 든다.

나이가 들어간다는 사실도 자랑스럽다는 생각이 자꾸 든다. 젊은 시절 곱게 늙어 점잖게 보이는 나이든 어른들을 보면 부럽다는 생각도 들었다. 나이 들어가는 모습도 좋아 보였다. 그 꿈을 이루어 가고 있다는 것에, 자연의 섭리에 따른 삶을 살려는 생각에 긍지를 갖고 감사함을 느낀다.

잘 익은 열매는 그 꼭지에서 미련 없이 떨어져 나간다. 이는 극히 자연스러운 것 같다. 자연을 이기려고 대항하는 것은 신들에 맞서 싸우는 것과 다를 바 없다는 생각이다. 자연 속에서 자연을 따라 살아 보겠다고 마음먹은 요즘은 모두가 행복하고 여유롭게 느껴진다. 삶의 여행에 풍요와 충만이 찾아왔다는 생각에 여간 행복하지 않다.

작은 이익에 이성과 영혼을 팔고 싶은 마음이 없다. 그런 곳에 발들일 생각도 없어졌다. 얼굴에 주름살이 늘어도 멋있게 늙어 가는 모습을 마음속에 그리면서 여유를 찾고 싶다. 내게 작은 소망이 있다면, 그저 보여 주기 위해 매달리는 삶이 아니라 영글면 떨어지는 열매처럼 순수하고 자연스러운 삶을 살고 싶다는 것이다. 삶과 죽음이 같음을 이해할 수 있는 지혜가 영혼 속에 자리 잡는다면 더욱 좋을 것 같다.

주변 재해를 보며

아침 출근 시간에 세찬 바람과 함께 많은 비가 오고 있었다. 도로를 넘친 빗물이 인도까지 흐르는 것을 아파트 창문을 통해서도 볼 수 있을 정도의 많은 비였다. 비가 조금이라도 그치면 출근하라는 아내의 말을 뒤로한 채 집을 나섰다. 집 앞 도로에 들어선 순간, 도로를 넘쳐흐른 빗물은 장딴지를 넘어 허벅지까지 올라왔다. 물길을 헤치며 걸어가다 더 이상 가지 못하고 근처 아파트 단지의 도로를 이용하여 전철역까지 갔다.

아래옷이 모두 젖은 것은 두말할 것도 없고, 물에 휩쓸려 넘어지려는 몸을 겨우 지탱할 정도였다. 간신히 역 안으로 들어가 몸을 추스르고 서야 지하철에 몸을 실을 수 있었다. 사무실에 도착하자마자 젖은 옷을 수건으로 대충 닦았다. 양말은 흙탕물에 젖고 찢어져 더 이상 신을 수 없을 지경이어서 버릴 수밖에 없었다.

집 근처 상황이 궁금해 전화를 했다. 수화기를 든 아내의 목소리가 들떠 있었다. 우면산에서 흘러내린 흙더미에 도로를 달리던 차들이 모두

묻혀 버렸다고 했다. 죽은 사람도 있다며 그동안 출근한 나를 무척이나 걱정하고 있었다고 했다.

허탈한 마음으로 창문에 다가가 강남역 사거리 도로를 보는 순간 아찔했다. 정말 한순간에 벌어진 일이었다. 출근할 때만 해도 강남역 사거리 도로는 아무 일도 없는 듯했다. 그러던 도로가 어느 순간엔가 물에 온통 잠겨 보이지 않았다. 도로를 달리던 차들은 물에 잠겨 떠내려가고 있었다. 출근하면서 많은 비를 걱정했지만 이런 난리가 일어나리라고는 전혀 예상하지 못했다.

마음을 진정하며 자리에 앉아 컴퓨터를 통해 뉴스를 검색하는 순간, 놀라움은 배가됐다. 우면산 주변 그 넓은 도로가 흙더미와 나무토막으로 가득 쌓여 사방이 막혀 있었다. 더구나 사람이 사는 아파트가 구멍이 난 것처럼 뚫려 있는 것을 보고는 내 눈을 의심하지 않을 수 없었다. 많은 비에 산자락이 무너지면서 흙더미가 밀어닥쳐 그와 같은 사태가 벌어진 것이다.

퇴근 후 현장에서 확인한 산사태는 상상을 초월한 처참한 상황이었다. 자주 오르내린 산이라 다니던 길과 옆에 서 있었던 나무를 모두 기억할 정도였다. 눈앞에 나타난 산은 갈기갈기 찢겨져 전에 보았던 산의 모습은 전혀 찾아볼 수가 없었다. 아침에 출근했던 길도 흘러내린 엄청난 흙더미와 통나무가 덮쳐 아수라장이 되어 있었다.

집 주변에서 일어난 큰 재해를 보면서 혹시 자연이 우리에게 주는 분노의 표출은 아닌지 걱정스러웠다. 필요 이상으로 자연을 훼손한 대가를 치르고 있지 않나 하는 안타까운 마음이 앞섰기 때문이다. 자연의 거대한 변화 앞에 인간의 나약한 모습을 보면서 환경 파괴 문제와 자연에 순응하는 삶이 어떤 것인지 곰곰이 생각해 보았다.

우리의 삶은 자연과 불가분의 관계이다. 특히 대지 위에서 한 발자국이라도 떨어져 살 수 없는 인간은 자연과 더불어 살아갈 수밖에 없는 운명인지도 모른다. 자연을 동반자로 인정하지 않을 수 없다. 우리가 보살피고 함께 가야 할 이유가 바로 여기에 있는 것 같다.

우리가 잠시 머물다 가고 나면 끝이 아니다. 그 자리에 후세들이 또다시 머물러 살아야 할 위대한 유산이라는 사실도 명심해야 할 것 같다. 어느 것으로도 대체 불가능한 천연자원이라는 사실도 변함이 없을 것 같다. 그중에도 맑은 공기 그리고 강과 산 등 대지는 우리가 어떤 기술로도 만들어 낼 수 없는 신성불가침한 자연이 아니겠는가?

대지에서 일어나고 있는 화산 폭발도 그 아름다움에 매료되어 황홀경에 빠진다. 폭풍과 비바람 속에서 벌어지는 거대한 파도 또한 같은 맥락일 것 같다. 멀리서 폭발하는 화산, 흰 거품을 안고 구름처럼 달려드는 파도는 우리가 넋을 잃고 볼 수 있는 아름다운 풍경이다. 이러한 변화와 순환과정이 있기에 오늘날 우리가 살고 있는 아름다운 산과 들을 가질 수 있었다는 생각이 든다. 자연의 변화무쌍한 행동을 경이감과 함께 황홀한 마음으로 바라볼 수 있는 이유다.

그런데 이 모든 현상이 아름다운 광경으로 보이거나 추억으로 간직할 수 있었던 것은 인간 사회와 멀리 떨어져 있을 때에나 가능한 일인 것 같다. 가까이서 그런 일이 벌어진다면 모두에게 큰 재앙이 될 뿐, 더 이상 감상할 수 있는 풍경은 아니다. 바로 앞산이 처참하게 무너져 내리는 황당한 사태를 보면서 정말 마음이 안타까웠다.

복구를 마친 산은 이미 옛날의 그 산이 아니라는 사실도 깨달았다. 이미 자연스러움을 모두 잃어버렸다는 생각이 들었다. 자연의 섭리에 의한 환경 변화는 우리가 관여할 수 없는 신의 영역인지도 모른다. 처음으로 집 주변에서 일어난 재해를 보면서 자연 속에서 일어난 재해이기를 바랄 뿐이다.

생명의 어머니 대지!
신을 향한 마음으로 사랑하면 어떨까.

우리

　태어나 젖을 찾고 엄마의 무릎에서 살 때까지만 해도 '나'라는 것을 인식하지 못한 것 같다. 더구나 '너'와 '우리'라는 개념도 없었던 것 같다. 유아기를 지나 어느 정도 자라 말을 배우면서 '엄마', '아빠'라는 말과 함께 '너'라는 객체가 보였을지도 모른다. 어느 정도 성장해서 너라는 객체 속에서 나를 찾고 우리를 알았을 것이다.

　나와 너를 구분하지 않았던 젖먹이 때 그리고 어린 시절에는 불행과 고통을 몰랐던 것 같다. 너와 나를 구분하고 그 차이를 알고부터 불행과 고통을 알았을지도 모른다.

　나와 너를 알게 되고 우리라는 것을 인식하면서 다른 사회가 있다는 것을 알았을 것이다. 여기서부터 나라는 감정, 우리라는 감정, 우리라는 의식이 내가 아닌 다른 모든 것을 남으로 분류하고 다른 사회를 다른 국가를 남 혹은 적으로 보면서 삶에서 문제가 일어나는 게 아닐까.

　우리라는 감정과 의식 그리고 느낌이 개인들에게 정체성을 부여하고, 다른 사람에게 독선적인 비판을 가하고 멀리하면서 각자 자신의 틀에 안

주하고 있는 것처럼 보인다. 고통과 불안에서 벗어나기 위해 우리라는 울타리 속으로 들어가 윤리와 도덕 그리고 법으로 무장한 틀에 스스로 갇힌 것 같다. 그래서일까, 우리 모두는 스스로를 옥죄고 있다는 느낌이 든다.

어쩌면 인간의 마음속에 자리 잡은 에고가 모든 사람이 전체성으로 살지 못하게 하는 것인지도 모른다. 혼자라는 외로움을 견디지 못하고 마음의 평화를 얻으려는 욕망과 집착이 개인의 무한한 자유를 밀어내고 '우리'라는 공동체를 만들어 낸 것인지도 모른다.

공동체는 목적과 목표라는 이념을 만들고 이를 지키기 위해 개인에게 고통과 불행을 참도록 강요하면서 순응을 강조하며 조직의 뜻에 맞게 길들이려는 듯하다. 그렇게 볼 때, '우리'라는 공동체는 현재 겪고 있는 외로움과 고통 그리고 불안을 치유하는 것이 아닌 것 같다. 미래에 오는 삶의 행복과 내세의 불멸을 위해 현재의 고통과 불행을 참고 견디라는 순응의 덫이 대신 자리한 것 같기 때문이다. 오히려 고통과 불행 속에서 외로움이 더할 뿐이다.

'우리' 속에 들어간 이상 순응의 덫은 그것이 자발적인 의욕이든 억지와 강요든, 그것은 더 이상 중요하지 않다. 공동체의 목적은 선의든 악의든 원활하고 효율적으로 기능하는 데 기여하도록 강요하려 들기 때문이다. 여기서 우리라는 공동체를 지키기 위해 스스로 고통과 불행을 감수하고 있는 게 아닐까.

그러한 삶에 평화와 사랑이 있을 리 만무하다. 경계 지어진 정체성을 지키기 위해 언제나 긴장되는 싸움과 경쟁이 있을 뿐이라는 생각이 든다. 마음의 평화를 얻기보다는 순응의 덫에 걸려들어 오히려 고통과 불행에서 벗어나기 힘들 것이다. 괴로움만 더할 성싶다.

이러한 순응의 덫에 감춰진 고통과 불안에서 벗어나는 길은 우리 자신이 세상에 둘도 없는 유일한 존재라는 것을 스스로 인정하고, 순응만이 최고가 아님을 알아차릴 때 비로소 가능할 것 같다.

숲 속에 들어가 보면 수많은 풀과 나무 모두 모양도 다르고 저마다의 삶도 다르지만 평화스러운 모습이다. 언제나 풍요롭고 항상 질서 속에 변화의 순리를 따르고 있는 것 같다. 무엇보다 '우리'라는 공간이 따로 만들어져 있는 것이 아니라, 다른 것이 들어설 수 있는 공간을 만들어 주고 있는 것 같다. 너를 구분하지 않고 전체성으로 살아가기 때문에 불행과 고통이 없는 게 아닐까? 자연 속에 일어나는 삼라만상의 가르침을 눈과 머리로 보지 말고 가슴 깊은 곳에 들어 있는 맑은 영혼으로 볼 수 있었으면 하는 마음이다.

'나'를 우리 속에 가두는 순간, 자신도 적으로 둘러싸일지도 모른다. 스스로 만든 적 앞에서는 어느 누구도 평화를 누릴 수 없을 것이다. 늘 경쟁과 긴장 속에 싸움이 존재할 수밖에 없기 때문이다. 그리고 그것은 불안과 고통이 따르는 불행한 삶의 연속일 것이다.

숲 속에서 아름답게 벌어지고 있는 모습, 바로 전체성으로 살아가는 삶의 지혜를 배웠으면 한다. 우리 속에 갇히지 않은 것이 삶의 풍요와 자유를 지키는 유일한 길이 아닐까. 자연에서 보는 것처럼 전체성으로 살아갈 때, 외로움과 불안 그리고 고통에서 벗어날 수 있을 거라 여긴다.

우리에서 벗어난 황소가 마음껏
들녘을 뛰어다닐 수 있듯이 말이다.

큰 사랑

조그마한 동산에 올라가 맑게 갠 파란 하늘을 바라보세요. 구름 한 조각이 만든 작은 돛단배가 파란 하늘을 가로질러 항해하고 있다면 더 좋을 것 같네요. 한참을 들여다보세요. 아무런 판단을 하지 말고요. 그러면 무한한 공간 속으로 빠져들어 어느새 그 공간과 함께 있는 자신을 발견할 것입니다.

그때 조용히 눈을 아래로 옮겨 대지와 하늘이 맞닿은 지평선을 보세요. 그리고 그 공간에서 무엇이 일어나고 있는지 관찰해 보세요. 눈에 보이는 모두가 친구처럼 다가올 것입니다. 무한한 정감을 듬뿍 안고 사랑스러운 모습으로 당신에게 다가올 것입니다. 아마도 모두가 하나가 되어 나타날 것입니다. 파란 하늘 먼 곳의 지평선 그리고 가까이에 우뚝 선 나무들, 바람에 손짓하며 달려드는 작은 풀잎까지 모두가 하나 되어 있는 것을 볼 수 있을 것입니다.

이 모두가 당신의 삶의 터전에서 자연스럽게 이루어집니다. 결코 인위적이지도, 서로를 구속하거나 가두지도 않습니다. 두 팔을 뻗어 날개를 만들어 상대를 날도록 해 줍니다. 자유를 줍니다. 기쁨을 주고 생명을 줍니다. 주고받은 날개로 서로 하나가 됩니다.

당신 스스로도 분리되지 않는 큰 조화로운 세상과 하나가 됨을 보게 될 것입니다. 그곳에는 외로움과 두려움이 없습니다. 평화와 환희를 맛보는 공간으로 변해 있기 때문입니다. 당신 모르게 얼굴에는 조용한 미소가 번질 것입니다. 그곳에서는 서로 미워하지 않기 때문입니다. 질투하지 않습니다. 시기하지 않습니다. 서로를 나누지 않습니다. 서로 상대를 배려해 줍니다. 자유와 무한한 기쁨을 주고받습니다. 바로 큰 사랑 속에 머물러 있기 때문이지요.

바쁜 일과 속에서도 하루에 한두 번쯤 이러한 세상 속으로 빠져 보세요. 행복이 무엇인지 그리고 사랑이 무엇인지 알게 될 것입니다. 꼭 그런 환경을 만들거나 그런 환경을 찾아갈 필요는 없습니다. 가슴속에 들어 있는 내면의 거울을 이용하면 충분합니다. 일상의 삶에서 가질 수 있는 자연스러운 명상이 이루어질 수 있기 때문입니다.

그러면 삶에서도 당신과 우주가 분리되지 않은 큰 사랑을 만날 수 있습니다. 그 큰 사랑을 느끼고 받아들일 수 있는 빈 가슴만 준비되어 있다면 언제나 동화 속 같은 신선한 삶을 항상 살아갈 수 있을 것입니다.

세상과 분리되어 혼자 있다는 생각이 외로움을 줍니다. 불안을 줍니다. 두려움을 줍니다. 온 세상과 하나가 되어 흐르고 있는 당신 자신의 존재를 발견하는 순간, 그 모든 것은 저절로 사라질 것입니다.

언제나 든든한 후원자인 영원한 우주 품 안에 조용히 안겨 보세요. 그러면 당신 안에 들어 있는 사랑을 발견할 수 있을 것입니다. 자신을 사랑하지 않는 사람은 큰 사랑을 이해할 수도 없고 사랑을 할 수도 없습니다.

우리는 부모로부터 다른 사람을 따라하는 법을 제일 먼저 배웠습니다. 걸음걸이를 배우고, 학교에서 다른 사람이 써 놓은 글을 배우고, 잘하는 사람의 행동을 따라가라고 배웠습니다. 이렇게 모두가 머리로만 배울 뿐, 사랑할 수 있는 가슴이 있다는 것을 가르쳐 주지 않았습니다. 그래서 가슴은 텅 빈 채로 어른이 되기까지 살아왔습니다.

그러나 당신은 본 일이 있나요? 다른 사람의 말과 행동을 따라 하고 자신을 사랑하지 않는 사람이 세상에서 큰일을 하는 것을요. 자신을 사랑하지 않는 사람은 자연의 큰 사랑을 볼 수가 없습니다. 오직 작은 힘으로 살아갈 수밖에 없습니다. 온 세상의 삼라만상은 가슴으로만 받아들일 수 있는 사람에게 큰 사랑과 함께 크나큰 힘과 지혜를 줍니다. 큰 사랑의 도움을 받는다는 것이 무엇보다 필요한 이유입니다. 바로 에너지이자 생명의 원천이기 때문이지요.

자연 속의 큰 사랑은 변함이 없습니다. 당신이 받아들일 준비와 자세만 되어 있다면, 자연은 항상 줄 준비가 되어 있습니다. 바라는 반대급부도 전혀 없습니다. 자연의 사랑은 순수합니다. 순수하기 때문에 그 힘도 대단합니다. 그 큰 사랑을 온몸으로 받아 그 사랑을 믿고 행동한 사람은 세상을 변하게 만들고 자신을 성공한 사람으로 만듭니다. 큰 사랑은 존재의 기쁨이기 때문입니다.

자신을 사랑하고 일을 사랑하는 사람들이 모두 이루어 낸 세상에서 대부분의 사람들은 공짜로 살다시피 하는 것을 당신은 보았을 것입니다. 우리의 생각을 변하게 만들고 삶을 변화시킨 사람도 모두 자신을 사랑하고 자연을 사랑한 사람들이었습니다. 모두 큰 사랑을 알아차린 사람들임을 당신도 알고 있을 것입니다. 사랑은 힘이기 때문입니다. 에너지이기 때문입니다. 생명의 원천이기 때문입니다.

어머니는 이런 마음과 사랑으로 자식을 키웁니다. 아이의 날개가 되어 줍니다. 힘이 되어 줍니다. 생명이 되어 줍니다. 그러나 바라는 것은 아무것도 없습니다. 인간세상에서 볼 수 있는 유일한 큰 사랑입니다. 현존으로 만족할 뿐입니다.

우리에게 사랑을 주고 위대한 영혼을 심어 준 사람들을 당신은 알고 있겠지요. 모두가 어떠하던가요. 다른 사람에게서 교훈을 얻었던가요. 사람에게서 사랑을 배웠던가요. 아닙니다. 모두가 말없는 자연 속에서 교훈과 지혜를 얻고 사랑을 배운 사람들이라는 것을 당신은 알고 있을 것입니다.

그들은 언제나 하늘을 비유하고 산을 비유하고 나무를, 바위를, 강을 그리고 날고 있는 새를 비유하면서 모두 은유적인 언어를 사용하여 우리를 사랑의 대열에 합류시키려고 했습니다.

당신은 그들이 사랑을 말하는 이유가 무엇이라고 생각하나요. 사랑 없이는 어떤 일도 해낼 수가 없기 때문이라는 것을 당신도 잘 알고 있을 것입니다. 그렇습니다. 사랑은 에너지이자 힘이고 생명의 원천이기 때문입니다.

당신도 주위에서 보았을 것입니다. 사랑 없이 일을 하는 사람들이 수없이 실패하는 것을요. 자신을 사랑하지 않고, 자신이 하는 일을 사랑하지 않고, 자신이 하는 사업을 사랑하지 않으면서 그 결과물인 성공을 먼저 보았기 때문입니다. 일과 사업에 사랑이 없으면 에너지가 사라지고 힘이 고갈되어 실패로 끝날 수밖에 없습니다. 따라서 자연스럽게 자기가 원하는 부수적인 이익도 함께 사라진 것입니다. 당연한 일이지요.

　당신도 잘 알고 있지요. 우리가 너무나 많은 것을 알고 있음을 말입니다. 너무나 많은 것을 알고 있기에 머릿속이 터질 지경이라는 것도 알고 있겠지요. 그렇습니다. 너무 많이 알고 있는 것에 비하여 사랑은 그만큼 고갈되어 가고 있습니다.

　말과 머리로 하는 사랑은 정말 많습니다. 그러나 가슴에서 나오는 참사랑이 고갈되어 에너지가 너무나 많이 떨어져 있습니다. 힘이 고갈되어 갑니다. 생명의 원천을 잃어 갑니다. 말에는 사랑이 없습니다. 사랑은 이해되고 관찰될 수 있을 뿐입니다.

　우리 모두는 불안하고 외로워하고 두려워하는 세상에서 살게 되었습니다. 왜냐고요? 당신이 잘 알고 있듯이 사랑이 고갈되어 에너지를 잃고 힘을 잃고 생명의 원천을 잃어 가고 있어, 모두를 서로 가볍게 보고 신뢰하지 않기 때문입니다. 그것을 지킬 힘을 잃어 가고 있기 때문이지요.

　자신의 힘이 없기 때문에 쉬운 방법으로 밖에서 오는 권력과 힘을 가지려 하고 남의 것을 가져와 힘을 보충하려고 합니다. 대신에 자신의 힘을 더 잃어버립니다. 환경을 탓하고 주위를 탓하고 남을 탓하고 다른 나라를 탓하는 것 모두가 자신에 대한 사랑과 힘이 부족하기 때문입니다. 자신을 버리는 것도 사랑을 대신하여 자리 잡고 있는 이기심 때문입니다. 마지막에는 자신의 모든 것을 잃고 맙니다.

당신은 맑게 갠 파란 하늘을 그리고 산과 들에 자라는 수많은 나무와 풀 그리고 계곡을 따라 흐르는 시냇물을 보았지요. 모두가 제자리에서 아무 일 없다는 듯이 살아가고 흐르고 존재할 뿐이라는 것을 당신은 느꼈을 것입니다. 모두가 자신이 있는 그 자리에서 자신의 삶을 살고 사랑하고 있는 것을 당신은 보았을 것입니다. 그러면서도 상대가 존재하는 그대로의 상태를 존중하고 또한 사랑하고 이해합니다.

그러면서 제 할 일이 끝나면 정중하게 그 자리를 물려주고 홀연히 떠납니다. 전혀 주저하거나 망설이지 않고 자연스럽게 떠나는 것을 당신은 보았을 것입니다. 분별하여 형상에 동화되지 않고 형상에 정체성을 부여하지 않기 때문에 이름과 모습을 초월하여 시간 너머 영원으로 들어갈 수 있습니다.

자신을 지극히 사랑했기에 이 세상에 짐이 되지 않고 그렇게 자연스러운 모습으로 홀연히 떠날 수 있는 것입니다. 잘 익은 열매는 지탱해준 꼭지에서 튕겨지듯 떨어집니다. 자연의 모습은 모두가 그렇습니다. 자연스럽습니다. 어색하지 않습니다. 어색하지 않다는 것은 인위적이지 않기에 그런 것입니다.

자연스러운 모든 행동이 서로에게 방해가 되지 않기에 힘이 생기고 에너지가 생기고 생명의 원천이 생겨나 세상이 영원히 유지될 수 있는 것이겠지요.

어느 누가 힘이 있어 자기만 살겠다고 한다면 이 세상은 어떻게 될까요. 나무만 있는 세상, 물만 있는 세상, 바위만 있는 세상, 바람만 있는 세상, 인간만 있는 세상……. 그게 가능할까요. 가능하다고 해도 재미가 있을까요. 그것을 세상이라고 할 수가 있을까요. 다양한 존재가 서로 더불어 이해하며 사는 것이 바로 조화로움을 간직한 아름다운 세상이 아닐까요.

이제 당신과 함께 큰 사랑을 어떻게 정의하면 좋을지 생각해 볼 시간이 된 것 같네요. 어떻게 하면 좋을까요. 우리 모두 머리로 복잡하게 생각하지 말기로 하지요. 파란 하늘, 끝없는 지평선, 나무와 풀에서 보았던 것처럼 자연 속의 큰 사랑을 인간에게로 옮겨 보는 것은 어떨까요.

심은 씨앗대로 그 열매를 거두리라.
그러니 사랑을 심어라.
그것도 큰 사랑을 심어라.
이렇게 말하고 싶네요.

4
소중한 사람들,
그리운 추억들

석양의 찬란한 황혼 빛처럼
젊음 뒤 찾아오는 노년의
아름다운 삶도 있다는 것을
젊은이들에게 깨우쳐 주고 싶다.

인생은 영원한 미완성

예쁜 두 딸을 두었다. 예쁜 딸이라고 말하지만, 다른 사람들은 물론 그렇게 생각하지 않을지도 모른다. 딸들이 정말 다른 딸들보다 예쁘다거나 마음에 흡족해서 예쁘다고 표현한 것은 아니다. 나이 들어 일상생활에서 한 발 뒤로 물러나 있으면서 다 큰 딸들을 보니, 성년이 되기까지 큰 걱정을 끼치지 않고 자라 준 것만으로도 예쁜 짓을 충분히 했다는 생각이 들기 때문이다. 더구나 결혼해서 아들딸까지 낳아 손자들을 안겨 준 큰딸을 보면서 친정집 부모로서는 더 이상 고마울 데가 없다.

딸들이 어릴 때부터 이런 생각을 해왔던 것은 아니다. 걷고 말을 시작하면서부터 마음에 들지 않아 간섭이 시작되었던 것 같다. 말과 행동을 올바르게 가르치고 싶다는 생각에 애들을 다그치거나 야단 치곤 했다. 그럴 때마다 옆에서 지켜보던 아내가 했던 말이 있다.

"인생은 영원한 미완성."

아내는 애들이 스스로 할 수 있을 때까지 옆에서 지켜보자며 다그치지 말자는 말을 아끼지 않았다. 그러나 조급한 마음은 그러질 못했다.

수학문제 하나 틀렸다고 역정을 드러내고 집에 조금이라도 늦게 들어오는 것을 채근하며 애들의 자유로운 삶을 무던히도 간섭했던 것 같다.

지금 생각하면 애들을 위해서가 아니라 어른들이 바라고 원했던 삶을 딸들에게 강요하고 닦달하고 간섭했다는 생각이 든다. 다른 애들보다 조금이라도 더 앞서가는 모습을 보기 위해 경쟁을 유발시키고 자유스럽지 못한 분위기를 만들어 애들에게 고통을 주기도 했던 것 같다. 그러고 보니, 애들이 어릴 때는 아빠로서 상냥한 모습으로 애들의 삶을 자연스럽게 지켜 주지 못했던 것 같다. 자연스럽지 못한 삶을 강요하며 애들의 마음에 무던히도 상처를 주었다는 생각이 든다.

인생은 영원한 미완성이라는 말을 아내로부터 가끔 들으며 살아온 지도 삼십 년이 넘었다. 그동안 교육이라는 이름 아래 애들을 다그치면서 항상 못 들은 척 지나쳤던 말이다. 손자들이 놀고 있는 것을 보면서 오늘따라 그 말이 머리를 맴돌며 쉽게 떠나지 않았다.

손자가 주위에서 시끄럽게 떠들고 뛰는 것을 보면서 애들의 세계는 바로 저런 거였구나 하는 생각이 들었다. 뛰고 놀다가 배고프면 먹을 것을 찾고 다시 놀잇감을 가지고 노는 것을 보면서 저게 바로 애들의 삶 전부가 아닐까 하는 느낌을 감출 수가 없었다. 놀이를 하며 즐거움을 느끼는 것 자체로 애들은 만족하는 삶을 사는 것 같았다.

애들은 먼 훗일을 걱정하거나 계획할 수 있는 성년이 아니었다. 하고 싶은 대로 행동하는 것이 삶의 전부인 것 같다. 어른들은 옆에서 애들이 위험에 빠지지 않는 한 지켜보기만 할 뿐, 할 일이 따로 있을 것 같지는 않다. 간섭하지 않고 자유롭게 장난감을 가지고 놀 수 있게 해 주면 어른으로서의 역할을 다한 게 아닐까 싶다.

손자가 노는 모습을 보면서 아이들 삶의 진면목이 보이는데, 딸들이 어렸을 때는 왜 보지 못했을까? 아마도 자식을 잘 키우겠다는 욕심이 눈을 가려 보지 못하게 했던 것 같다. 어른들의 삶의 기준을 애들에게 적용시키고 간섭하며, 어린 딸들의 자연스러운 삶의 과정을 무시하고 아이들의 지극히 당연한 삶을 방해했다는 생각이 자꾸 든다. 지금 생각하면 정말 안타까웠다는 생각이 든다. 왜 이제야 아이들 스스로 성장할 수 있도록 자유롭게 그대로 놔두는 것이 가장 이상적이라는 생각이 드는지 내 자신이 원망스럽다.

딸들의 자유롭고 즐거운 생활이 지속되도록 해 주지 못하고 흐름을 끊어 오히려 놀지 못하게 강요하여 괴로움만을 주었던 것 같다. 커 가면서 자연스럽게 변해 가는 그 아이들의 생각을 지켜보지 못하고 앙탈을 부려 고쳐 주려고 했으니 정말 어리석었다는 생각이 든다. 이런 생각을 하다가도 손자의 놀이에 간섭하고 있는 것을 볼 때면 어이가 없어 혼자 피식 웃음이 나온다.

동물들은 자신의 행동을 인식하지 못하는 것 같다. 더구나 잘잘못을 가리는 것은 더욱 모르고 있는 것 같다. 인간만이 신으로부터 자신이 하는 일을 반성하고 돌아보면서 고쳐 나갈 수 있는 특혜를 받은 것은 아닌가 하는 생각이 든다. 그러고 보면 우리는 정말 신께 감사해야 할 것 같다.

가족 문제만이 아니라 세상 곳곳에서 벌어지고 있는 것을 보면, 자신도 지키지 못하는 사람이 다른 사람 잘못을 탓하며 행동을 고치려고 달려드는 것을 너무나 많이 보았다. 자신의 잘못은 너무 가까워 보이지 않지만 다른 사람의 잘못을 잘 보이기 때문인지도 모른다.

아내가 말한 대로 모두가 미완성인 인간들이 벌이는 일들이니까 한편으로는 위안도 된다. 인생은 미완성이기 때문에 완성을 추구하며 살아가야 할 희망도 있기 때문이다. 그 속에서 완성된 삶을 찾아가는 묘미가 있을 것 같기도 하다. 완성은 끝인지도 모른다. 완성은 유한하지만 미완성에는 완성을 향한 삶의 꿈과 희망이 자리할 것 같다.

아이들에게 삶의 완성을 가르쳤던 게 아니라 사회에서 살아가는 삶의 기술을 가르치려고 하지 않았나 하는 생각은 지금도 버릴 수가 없다. 그 과정에서 소중하고 자연스러운 자신의 삶이 아닌 기성세대가 만들어 놓은 다른 삶을 따르도록 한 것 같아 마음이 아프다.

예쁘게 자란 딸들을 보면서 자신의 삶을 사랑하도록 내버려 두지 못하고 다른 삶을 강요하며 조바심 속에서 역정을 냈던 것이 부끄러워졌다. 완성을 다그쳤던 나 자신의 인생은 미완성에서 언젠가 멋진 완성된 작품이 나올지 궁금할 뿐이다.

지금은 흥미진진하게 펼쳐지고 있는 영원한 미완성인 인간의 삶을 조용한 마음으로 관조하고 싶다. 미완성인 인생, 그래도 한 번쯤은 이 세상을 살아 볼 만한 충분한 가치가 있는 삶이라는 생각이 든다. 남은 삶은 정말 가공하지 않고 있는 그대로 즐길 수 있기를 바란다.

인생! 미완성이라 더 좋다.

신이 준 삶의 지혜를 발휘할 기회가 있기에…….

부부로 산다는 것

하얀 면사포를 머리에 쓰고 아름다운 드레스를 입고 다정하게 손잡은 신부와 신랑 앞에서 주례사가 빼놓지 않고 흔히 하는 말이 있다. 결혼을 하면 앞으로는 신랑과 신부는 둘이 아닌 '하나가 된다.'는 말이다. 부부는 일심동체라는 말과 같은 뜻으로 얘기했을 것이다. 그러면서 하얀 머리가 파뿌리가 될 때까지 헤어지지 말고 행복하게 잘 살라는 당부의 말을 잊지 않는다.

어쩌면 부부로서 살아가는 데 있어서 서로 힘을 합쳐 힘든 세상을 잘 살아가라는 뜻으로 말을 한 것 같지만, 한편으로는 너무 단편적인 말 같다는 생각이 자꾸만 드는 것은 왜일까.

서로 다른 두 사람이 가족이라는 공동체의 구성원으로 한마음을 이룬다는 어떤 의미를 부여한다면 가능할지도 모르지만, 물리적으로는 전혀 그렇지 않을 것 같다. 두 사람이 하나가 되는 것은 신체적으로도 절대 불가능하겠지만 마음을 합치는 것 또한 불가능하다는 의미이다.

마음속 깊이 간직하고 있는 각자의 내면의 세계가 결코 같은 생각을 하는 한마음이 될 수는 없다. 서로 다른 환경에서 자란 성년의 남녀가 부부의 인연을 갖는다는 사실 하나만으로 일심동체가 되는 것이라고 한다면, 상대방에게 너무나 많은 짐을 지우는 게 아닐까 하는 생각을 지워 버릴 수 없다.

이 세상에 태어난 사람은 모두 이 지구상에 단 한 사람뿐이다. 각각은 어느 누구도 침범할 수 없는 자신만의 작은 우주를 가지고 있을지도 모른다. 이 세상 어떤 사람도 똑같이 생긴 사람이 없는 것처럼 똑같은 사고를 가지고 있는 사람은 한 사람도 없다.

그러고 보면, 사람은 우주와 비견할 만한 신비한 존재가 아닌가 하는 생각이 든다. 우리 모두는 어느 누구와 같아지거나 같은 생각을 할 수 없는 이유인지도 모른다.

결혼을 하고 나면, 서로 상대가 자신의 마음에 들기를 바라고 자신의 의도에 따라 주기를 바란다. 그렇지만 궤도를 달리는 기차의 한쪽 바퀴는 절대로 다른 쪽의 바퀴와 합쳐져 달릴 수 없듯이, 부부도 하나가 되려는 순간 더 이상 달릴 수 없는 기차처럼 행복한 부부 생활도 끝날지도 모른다.

부부가 희망하는 그 길을 영원히 가기 위해서는 서로 자신 쪽으로 끌어들여서는 안 될 것 같다. 두 레일을 달리는 기차처럼 가족이라는 울타리 안에서 상대의 존재를 그 자리에 두고 이해하는 마음이 부부가 함께 사는 길이라고 생각한다.

달리는 기차는 하나다. 그러나 그 기차 바퀴는 양쪽에 달려 평행을 이루어야 계속 달릴 수 있는 것처럼 '가정'이라는 하나의 공동체 안에서 각자 자신의 일을 하면서 상대를 이해할 때 비로소 그 가정도 영원할 수 있지 않을까.

그렇게 보았을 때, 부부로 살아가는 영원한 길은 상대를 자신이 서 있는 곳으로 끌어들이지 않는 것이다. 상대가 있는 그 자리를 지켜 주고 인정해 주는 마음에서 시작되어야 할 것 같다. 상대의 자리를 인정하고 그 사람이 가지고 있는 맑은 영혼을 지켜 주려는 그 마음이 서로 일치될 때, 부부는 한마음이 되는 것인지도 모른다.

서울을 벗어나며

아내와 함께 그동안 정들었던 서울 생활을 잠시 접기로 결정했다. 직장 생활과 함께한 사십 년 생활에 변화를 주고 싶은 생각이 크게 작용했던 것 같다. 이사를 계기로 새로운 삶의 전환점을 만들고 싶은 욕심에서였다. 톱니바퀴처럼 빈틈없이 움직이는 도시 환경에서 벗어나면 조금 더 느긋한 공간이 펼쳐지지 않을까 하는 생각에 벌써부터 마음이 들떴다. 그동안 정들었던 방배동 집을 뒤로하고 용인 죽전으로 이사를 했다.

방배동 집이 정들었다기보다는 집 앞의 우면산이 더 정들었는지도 모른다. 우면산을 정원처럼 생각하면서 일주일에 몇 번씩 산에 올라가 산의 아름다움에 젖곤 했기 때문이다. 나이가 들면서 찾는 횟수는 줄었지만, 이사 전까지도 우면산을 자주 오르내렸다. 친구 이상으로 정이 든 산이었다. 지금까지 병원 신세를 지지 않고 건강을 유지한 것도 우면산 덕택이라고 할 수 있을 것 같다. 그리고 보면 우면산은 항상 내 마음과 함께 있었다.

그렇게 정들었던 우면산도 새로운 환경 앞에 조금씩 멀어지고 있는 것 같다. 내 마음은 어느덧 이사한 곳에 매료되어 정이 들어가고 있기 때문이다. 이사한 집 바로 앞에는 조그마한 공원이 있다. 자연 공원이 아닌 인위적으로 만들어 놓은 작은 공원이다. 자연 그대로 만들어진 공원이었으면 하는 욕심도 조금은 들었지만, 없는 것보다는 좋다. 특히 이곳에 정이 가는 것은 새들의 정겨운 노랫소리를 언제나 들을 수 있다는 사실이다.

이곳 가까이에도 법화산이 있다. 자연과 함께할 수 있는 기회가 주어지는 산이 곁에 있다는 것은 얼마나 축복인가. 길바닥이 대부분 흙으로 덮인 좁은 오솔길로, 가파르지 않은 산이다. 우면산에 비하여 결코 뒤지지 않는 산이라는 생각이 든다. 제법 큰 산에 오는 느낌이 들어 산책하기에는 더없는 훌륭한 산인 것 같다. 산행 길은 흙길이어서 더욱 좋다. 산이 있어 무엇보다 행복하다는 생각을 갖는다.

법화산에 매력을 느끼면서부터 우면산을 배신하는 듯한 느낌이 들어 조금은 미안하다. 하지만 그곳을 찾는 사람들이 더 사랑해 줄 것임을 믿는다. 이사 전에 우면산을 사랑하고 오르내렸던 것처럼 이곳 응달고개가 있는 법화산을 사랑하며 살아갈 생각이다.

전에 살던 집은 부부가 살기에는 너무 넓었다. 딸 둘을 시집보내고 나니 단둘이 살기에는 너무 넓고 허전한 구석이 많았다. 작은 집으로 이사하여 짐 정리는 제대로 되지 않아도 마음만은 정말 홀가분하고 편하다. 큰 것을 버리고 나니 마음이 한결 가볍고 편안해진 느낌이다.

매일 아침 잠자리에서 일어나 아내와 함께 정말 이사 오기 잘했다는 말을 자주 주고받는다. 잠자리에서 일어나고 나면 머리가 맑고 깨끗해진 느낌이 들기 때문이다. 아침에 일어나 창문을 열어젖히면 밝고 고운 햇살이 방 안으로 들어온다. 밝은 햇살을 받으면서 아침을 맞는 주변이 너무 조용하고 쾌적하다. 집 바로 앞에 있는 작은 공원에서 새들이 조잘거리는 소리를 언제나 들을 수 있는 것도 매력 중에 매력이다.

어느 조용한 시골집에서 잠을 자고 일어난 것처럼 아침에 새소리를 들을 수 있는 것만으로도 행복을 느끼기에 충분하다는 생각이 든다. 그래서 가끔은 정원에서 새들의 노랫소리를 계속 듣기 위하여 아침에 일어나면 좁쌀을 한 주먹 쥐고 밖으로 나갈 때도 있다. 바로 공원에서 노래를 하고 있는 새들에게 먹이를 주기 위해서다.

처음에는 새들을 위하여 먹이를 준다고 생각했다. 그러나 지금은 그들의 노래를 영원히 들을 수 있기를 바라는 마음에 모이를 주고 있는지도 모른다. 언제나 새들의 노랫소리 가득한 우리 집 정원 노릇을 해 주었으면 한다.

그동안 자식 키우고 생활하느라 찌든
아내와 함께 새로 시작한 이 작은 공간에서
행복이 영원하기를 바라는 마음이다.
나머지 인생을 위해 힘찬 새 출발을 다짐해 본다.

아내의 빈자리

요즘 지하철이나 공원 등에서 젊은 연인들이 거침없이 애정 표현을 하는 것을 보면 부쩍 부럽다는 생각이 든다. 내 젊은 시절만 하더라도 그러한 사랑 표현은 영화에서도 보기 힘들었는데 말이다.

연인들의 자유스러운 표현을 보면서 때와 장소를 가려야 할 필요는 있다고 생각하는 사람들도 있을 것 같다. 그러나 진실로 사랑하는 사이라면 자신들이 생각하는 것을 자연스럽게 표현하는 말과 행동을 말리고 싶지는 않다. 숨고 감추고 억눌려 사는 것보다 자신의 삶을 솔직하게 표현하는 것도 그만큼 중요하다는 생각이 들기 때문이다.

한 생애를 두고 다시 반복되지 않는 삶의 순간들을 거리낌 없이 감정으로 표현할 수 있다는 것도 어쩌면 당당하고 자연스러운 삶의 한 모습일 것이다. 자신의 감정을 숨김없이 표현하고 받아들이는 관계 속에서 신뢰가 싹트지 않을까?

어릴 때 농촌 생활에서 매일 보고 들었던 것은 자연 속에서 펼쳐진 일들이 대부분이었다. 봄에는 새싹을, 여름에는 풍성한 녹음이 우거지는 풍경을, 가을에는 오색찬란한 단풍을, 겨울에는 함박눈에 감춰지는 비밀스럽고 차분한 자연 환경을 보며 사는 게 삶의 대부분이었던 것 같다. 아침에 일어나면 옆집의 개 짖는 소리와 닭 우는 소리, 들에 가면 새들의 노랫소리를 들으면서 자랐다. 정말 한가하고 조용한, 그래서 한없이 고요하고 평화로운 자연 속의 삶이었다.

자연이 주는 무한한 평화와 무언의 대화에 익숙한 탓인지, 어른이 되어서도 다른 사람과의 대화가 익숙하지 않았던 것 같다. 고마워하고 감사한 마음을 말로 표현하지 못하고 눈짓 몸짓으로 전하면서도 그것마저도 부끄럽다는 생각을 먼저 했다. 이러한 행동은 되바라지지 않은 정숙한 사람의 행동으로 알고 살아온 감정이 몸에 밴 게 아닌가 싶다.

서울에 올라와 직장 생활을 하면서도 여유를 가지고 다른 사람과 대화를 하고 생활의 긴장을 풀 만한 유머로 대화를 이끌지 못하고, 다른 사람 앞에 나서지 못한 채 마음속에만 간직하고 있었다. 물론 시골 정서 속에서 익히고 배운 환경 탓도 크겠지만, 개인의 성격 탓으로 볼 수밖에 없을 것 같다.

그래서 요즘 젊은이들이 주위를 의식하지 않고 거리낌 없이 사랑 표현을 하는 것을 보면 부럽고 대견하고 존경스럽다는 생각을 하게 된 것 같다.

아내와 결혼하고 살아왔던 세월이 삼십 년을 훌쩍 넘었다. 지금 생각하면 아내와 다소곳하게 앉아 요즘 젊은이들처럼 사랑 표현은 제쳐 두고 찻잔을 앞에 두고 마음 편한 대화를 나눈 적이 한 번도 없었던 것 같다. 바쁘다는 핑계로 하루하루를 어떻게 살아왔는지 알 수 없을 정도다. 그동안 아내의 얼굴을 보고 사랑한다는 말 한마디 제대로 건네지 못한 것 같다. 두 사람 사이에 일어난 일들은 당연한 것처럼 서로가 믿고 지금까지 무심하게도 살아왔다.

요즘 신세대 부부라면 성격 탓이라는 이유로 벌써 이혼 대상이 되었을지도 모른다. 젊은 부부들의 생활을 보면서 나이 탓만을 할 것은 아니라는 생각이 든다. 그들처럼 노년의 부부들도 느끼는 감정을 솔직하고 숨김없이 표현할 필요가 있음을 절실히 느낀다. 얼굴에 주름살이 늘어나고 말수도 적어지는 노년의 부부생활에 대화마저 줄어들고 끊긴다면 정말 더 쓸쓸하고 외로워질 것 같기 때문이다.

나이가 들어감에 따라 매사가 단조롭고 시들하고 무미건조해지고 있음을 느낀다. 비록 몸은 시들고 찌그러져도 내면에 잠들어 있는 영혼을 깨운다면 언제나 마음은 청춘으로 살 수 있을 텐데……. 삶의 활력소를 찾기 위해서라도 더 많은 대화가 필요할 성싶다.

아내가 고등학교 친구들과 이틀 동안 강원도로 여행하기로 약속했다는 말을 듣고 젊은이들처럼 솔직한 감정 표현을 한번 해 보고 싶은 충동을 느꼈다. 그리고는 바로 행동에 옮겨 보기로 마음을 먹었다. 여행을 잘 다녀오라는 말과 함께 집안 걱정은 하지 말고 재미있게 놀고 오라며 그동안 사랑했다는 내용의 편지와 함께 돈을 조금 넣은 봉투를 넌지시 건네주었다.

평소 무심할 정도로 말이 없는 아내가 이번에는 어떻게 나올지 궁금하기도 했다. 그런데 주고 나서도 얼마간 아내는 말이 없었다. 그러더니 출발하면서 다가와 대뜸 눈가에 눈물을 보였다. 왜 그런 편지를 썼

느냐며 투정 아닌 투정을 부렸다. 그러나 싫은 표정이 아니라는 것을 눈치 챌 수 있었다.

조금 후에 아내는 방긋이 웃는 모습을 보였다. 그런 표정을 하는 아내 얼굴을 처음 보았다. 처음으로 한 행동치고는 대단한 호응을 얻어 냈다는 기분이 들어 마음은 나쁘지 않았다. 사소한 일에 감동하는 아내를 보면서, 새삼 그동안 무던히도 목석같은 삶을 살아왔다는 것을 알았다. 단순한 말 한마디에 감동하는 아내를 보면서 힘들게 살아왔던 수많은 세월 동안 수고했다는 말 한마디 건네지 못한 것이 못내 안타깝고 아쉬웠다.

아내의 여행으로 주말은 혼자 보내야 했다. 저녁 식사를 마치고 잠자리에 들어 잠을 청하려는데 좀처럼 잠자리에 들지 못했다. 그동안 한 번도 떨어져서 잠을 자지 않은 탓인지도 모른다. 언제나 옆에 있어 준 사람으로 생각한 나머지 비어 있음을 미처 의식하지 못한 감정이 잠을 이룰 수 없게 한 것 같다.

허전함과 쓸쓸함이 마음에 겹쳐 일었다. 아내가 없는 빈자리가 너무 크다는 것을 알게 된 순간이기도 했다. 항상 나보다 먼저 잠이 든 아내였기에 지금은 아내의 숨소리마저 그리워졌다.

잠은 쉽게 들지 않고 계속되는 생각에 빠져 있었다. 사회 친구도 멀어지고 줄어들고 있다는 생각, 자식들도 자라서 제자리를 찾아가면서 더욱 소원해지는 가족 관계를 생각하면서 많은 것들이 머릿속에 복잡하게 떠올랐다. 가을에 낙엽이 떨어져 뒹구는 쓸쓸한 거리를 보는 것 같은 기분도 들었다.

아내라는 자리의 소중함이 엄습해 왔다. 남아 있는 삶에서 외로움에서 벗어나는 길은 더 이상 가까울 수 없는 친구인 아내와 함께해야 한다는 것을 깨달은 순간이었다. 풍성한 감정을 가진 젊은이들처럼 사랑스러워 보이면 껴안아 주기도 하고 사랑한다는 말도 아끼지 않을 것이라고 다짐도 했다. 표현 못할 이유가 없을 것 같다는 생각이 들었기 때문이다.

요즘 젊은이들처럼 담대한 사랑 표현과 넘쳐나는 힘으로 거리를 활보할 수는 없다고 하더라도 무미건조하고 시들한 삶에서는 벗어나야 할 것 같다. 구부정한 몸동작처럼 마음마저도 움츠릴 이유는 없기 때문이다.

온 세상을 자기 것처럼 활보하며 살아가는 젊은이들을 키워 낸 것은 우리 세대들이 아닌가. 생기발랄한 그들과 함께 공존하고 있음을 보여 주기 위해서라도 청춘 남녀가 처음 만나 연애를 하는 기분으로 열정적으로 살아야겠다는 생각이 든다. 나이 들어서도 젊은 가슴에 고동쳤던 연인의 사랑을 느끼지 말라는 법은 없다. 두 팔과 가슴에 힘과 열정이 솟고 있음을 스스로 느껴야 할 것 같다.

그렇다고 해서 살아온 세월에 지친 몸을 다시 젊은이들의 몸처럼 강하게 할 수는 없을 터. 그러나 몸과는 달리 가슴 깊은 곳에 자리 잡은 맑은 영혼은 늙지 않을 것 같다는 생각이 든다. 살아온 세월 속에서 얻은 풍부한 경험과 느낌은 마음속에 고스란히 남아 있을 것이다. 풍부한 경험과 느낌을 맑은 영혼 속에서 가꾸기만 한다면 시들어 가는 몸을 대신해서 얼마든지 풍요롭고 사랑 넘치는 삶을 찾을 수 있을 것 같다.

서로의 빈자리를 메워 가며 외롭고 쓸쓸하지 않을 삶의 공간을 스스로 만들 필요가 있다는 욕심이 생겼다. 노인 세대들의 다정하고 행복한 삶의 공간을 애들에게도 보여 주면 좋을 것 같다는 생각도 들었다. 아내가 여행에서 돌아오면 꼭 실천해 보리라 다짐하면서 잠을 청했다.

석양의 찬란한 황혼 빛처럼
젊음 뒤 찾아오는 노년의
아름다운 삶도 있다는 것을
젊은이들에게 깨우쳐 주고 싶은
마음이 간절하다.
꼭 그렇게 살고 싶다.

외손자

직장을 얻어 서울에 올라와 도시 생활에 잘 적응하지도 못하며 지내
는 시기에 아내와 결혼을 했다. 물려받은 재산 하나 없이 신혼 생활을
시작했다. 신혼의 단꿈은 생각할 수도 없었다. 결혼이라는 의미를 생각
할 겨를도 없이 살아가는 데 급급해 열심히 일하는 수밖에 다른 도리가
없었다. 꿈과 희망을 머리에 담고 사는 것도 사치였다는 생각이 든다.
주위를 보살필 틈도 없이 현실의 삶에 쫓기다가 어느덧 많은 세월이 흘
러 버린 것 같다.

큰딸이 결혼해 출가하는 바람에 한 식구가 줄어 우리 생활에 반전이
있을 것으로 예상했다. 조금은 여유로워지고 그동안 직장과 가정을 꾸
리면서 두 배로 힘들었던 아내의 일이 조금은 줄어들 것으로 생각한 것
이다. 그러나 그러한 생각도 잠시였다. 시집가서 얼마 되지 않아 큰딸
이 아들딸 둘을 낳아 집으로 들어왔기 때문이다. 조금은 쉴 수 있겠다
싶었는데 아내가 무엇보다 걱정되었다.

그러나 일은 많고 힘들어도 그 애들이 집에 들어오면서 웃음이 많아

졌다. 외손자들이 있는 탓에 집안이 가득 채워진 것 같았다. 모두가 분주하여 생명이 살아 숨 쉬는 분위기로 충만했다.

애들은 울고 떠들며 하루를 보냈다. 힘들고 짜증이 날 만도 한데, 안식구는 애들을 어르고 달래는 일로 꽉 찬 하루하루를 보냈다. 손주를 안은 아내의 얼굴은 항상 웃음으로 가득했다. 힘들다고 말을 하면서도 애들만 보면 삶의 보람을 느끼는 것 같아 보였다. 운동을 하지 않은 날에는 아내와 함께 조용히 편히 쉬고 싶을 때가 많았다. 그러나 손자들은 그런 우리를 가만두지 않았다.

종일 애들과 씨름하는 아내를 보면서 딸 둘을 키워 주신 장모님이 생각났다. 맞벌이하는 우리를 위해 불평 한마디 없이 살림을 도맡아 주셨다. 부모님이 살아 계실 때는 모른다, 돌아가시고 나면 생각이 난다는 주변 사람들의 말이 손자를 키우면서 다시 뇌리를 스쳐 간다.

그분들의 고마움이 새삼스럽게 느껴졌다. 두 어른이 같은 집에 사는 것만으로 당연하다는 듯 두 딸을 잘 키워 주셨는데도 수고하셨다는 말 한마디 제대로 하지 못했다. 사위와 같이 살면서 힘드셨을 터인데 따뜻한 말 한마디를 건네지 못한 것이 끝내 아쉽고 한심하다는 생각도 든다.

그동안 두 분이 돌아가시고 아내와 둘이서 했던 말이 또 새삼스럽게 생각이 나는 것은 같은 위치에 앉아 보고 한 번 더 느끼고 깨달은 탓이다. 생각할수록 마음이 아프다.

우리 애들을 키워 주셨던 부모님들의 수고를 알아채지 못했던 것을 후회하면서 손자들을 키워 줄 필요가 없다고 늘 말해 왔다. 시집간 딸이 애들 키우기가 자꾸 어렵다고 할 때도 아내한테 손자를 봐 주지 말

자고 다짐도 했다. 손자를 키워 주어도 누구 하나 당신에게 고마워하지 않는다고, 이제는 좀 편하게 쉬면서 살자고 말했다.

큰딸이 애들을 데리고 들어온 뒤로 그런 생각은 나 혼자만의 생각임을 알았다. 자식과 어미 사이에 일임을 깨닫지 못했던 것 같다. 아마 장모님도 이런 마음으로 우리 애들을 키워 주지 않았나 싶다. 그것은 힘이 드는 일이라 할지라도 자식을 사랑하는 일이었다는 것을 이제야 알게 되었기 때문이다.

자식을 돌봐 준다는 것은 일이 아니라 자연의 순리라는 것을 깨달은 것이다. 어미가 자식을 보살피고 사랑하는 것을 인위적으로 막을 수는 없다는 것을 새삼 느꼈다. 어미의 사랑은 행위가 있으나 '함이 없는 행위'라고 했던 옛 성인의 말들이 생각났다.

집에 들어와 무럭무럭 자라고 있는 천진난만한 외손자의 어리광을 보면서 자식에 대한 어미의 사랑은 끝이 없음을 다시 생각하게 되었다. 자식에 대한 사랑은 주고받음의 관계가 아니라, 일방적으로 주는 게임인 것 같다. 자식을 보살피려는 어미의 마음을 막았던 생각이 부끄러워졌다.

때늦은 후회를 하늘에 계신 부모님도 사랑으로 이해하여 주실 것을 믿고 싶을 뿐이다. 오늘도 기고 뛰며 모든 물건을 던져 난장판이 된 집안을 보면서 돌아가신 부모님들이 또 생각났다. 그분들의 사랑이 있었기에 오늘날 이 같은 외손자들의 귀여운 모습을 볼 수 있는 게 아닐까. 감사드리고 싶은 마음이 솟구친다. 모두가 그립고 고맙고 한없이 보고 싶은 분들이다.

외손자 덕에 또 많은 것을 배운 것 같다. 이래서 삶이란 계획될 수도 없고 목적 같은 것도 없을 것 같다는 생각이 든다. 천방지축으로 날뛰는 아이들처럼 삶이란 현실과 부딪치면서 사는 게 전부라는 생각은 혼자만의 생각이 아닐 성싶다.

알 수 없고 막을 수 없는 삶의 흐름에 많은 생각 보태지 말고 함께 뛰어들어 즐기라는 말을 하고 싶을 뿐이다.

그리운 벗에게

봄이 되었다 싶으면 여름이 오고 또 가을로 접어들 듯 우리의 삶도 흐름을 거스를 수 없는 것 같네. 우리 인생도 어느덧 가을 문턱을 넘어선 것 같으이. 꽃피는 봄, 꽃다운 청춘, 그 좋았던 시절을 자네는 어떻게 지내 왔는가? 세파에 밀려 육신은 여기저기 고장이 나고 주변의 벗들도 하나둘 멀어지는 것을 보면 가을의 문턱이 실감나는 것 같은데, 자네 생각도 그런가.

이쯤 온 세대들은 곧잘 이런 말들을 하는 것 같은데. 그동안 힘든 세월 잘 견디며 무거운 발길 이끌고 여기까지 살아온 것도 행운이라고. 자네도 그런 생각을 갖고 있는가? 정말 걸어온 세월이 힘들었다고 생각하는가? 그동안 힘들게 살아왔다는 사람들은 이제부터는 세상을 즐기면서 살아가자는 말들을 곧잘 하네. 이에 동감이라도 하는가?

삶이란 어떤 것이라 생각하는가. 데카르트는 '나는 생각한다. 그러므로 존재한다.'고 말을 했다네. 그렇지만 나는 그렇게 생각하고 싶지 않네. 생각이 곧 내 자신은 아니라는 생각이 들기 때문이라네. 생각이 자기 존재라는 사실에 동의할 수 없지 않은가? 살아 있는 존재는 과정이라는 생각이 든다네. 과정이라는 것은 무엇인가? 과정은 흐름이고 변화라고 생각지 않은가? 생각이 존재이고 흐름일 수는 없다는 이야기이지. 자네 생각은 어떤가?

붓다는 '번뇌의 끝이 깨달음.'이라고 말을 했다네. 어떤가, 이해되는가? 번뇌라는 말은 어느 정도 알 것 같은데. 자네도 그런가? 온갖 생각으로 산산조각이 난 우리의 마음속에 끊임없는 문제와 갈등을 만들어 내고 있는 모든 것들이 번뇌라고 생각되는데, 어떤가?

그러면 깨달음이란 또 무엇이라 생각하는가? 이런 생각을 해 본다네. 깨달음이란 이 세상 만물을 구성하고 있는 삼라만상을 '하나'의 상태로 보고 그 같은 흐름에서 벗어날 수 없음을 알아차리는 것이라고 말일세. 전체성으로 살아가는 상태라고도 할 수 있겠지. 이 같은 자연의 상태에서 인간만이 예외가 될 수 없다는 이야기가 아닌가 하네.

이렇게 본다면 생각으로 인한 번뇌가 우리의 삶을 그동안 힘들게 한 것 같은데 어떤가? 진정한 마음의 평화를 누리려면 우리를 노예처럼 구속하고 있는 생각으로부터 벗어나는 길밖에 없다는 생각을 한다네. 생각이 번뇌를 만들고 그 번뇌가 삶을 힘들게 한 것 아닌가 하는 생각 때문이라네.

자네는 가을에 떨어지는 낙엽을 보았겠지. 물론 낙엽은 다음 가을이 되면 또 떨어진다네. 그것은 다른 낙엽이라고 말을 하겠지. 그러나 삼라만상을 전체성으로 이해한다면 어떤가? 머릿속의 단순한 생각이 그와 같이 다른 낙엽으로 본다는 생각은 하지 않았는가?

많은 생각을 마음에 담아 두고 그 마음과 자신을 동일시한다면 어떻게 되겠는가? 어떤 사실이나 현상을 제대로 볼 수 있을 것 같은가? 고정 관념에 사로잡혀 헤어날 수 없을 것 같은데, 어떤가?

그뿐만이 아니라네. 생각은 사물이나 이미지를 사실과 다르게 보기 일쑤이고 자기 판단을 내리면서 서로 간에 진정한 신뢰 관계가 이루어질 수 없을 것 같은데, 어떤가? 진정한 관계가 정립되지 못하고 서로 단절된 차별성이 우리의 삶을 힘들게 했을 것 같다는 생각이 들기 때문이라네. 우리의 삶이 실지로 힘든 게 아니라 마음이 만들어 낸 생각들이 삶을 힘들게 한 것 같다는 말일세.

또 다른 이유도 있다네. 지금 여기에 살지 못하고 '어떤 것이 저기에 있다.'고 생각하는 환상이 전체성을 잃게 했기 때문이라 생각을 하네만. 전체성으로 살아가는 것을 체험할 수 없기에 또 다른 삶이 있고 더 나은 행복한 삶이 있다고 보는 차별성이 우리를 더욱 힘들게 했다는 생각은 들지 않은가?

만일 이러한 사고에서 벗어날 수만 있다면 그게 바로 깨달음이고 마음의 평화가 아니겠는가? 이런 깨달음에 따른 마음의 평화가 우리의 삶을 즐기다 갈 수 있는 상태라는 말을 하고 싶네그려.

진정한 평화와 자유로움은 머릿속의 생각과 그 생각으로 가득 찬 마음에서 나오는 것이 아니라, 그러한 생각과 마음을 철저하게 지켜보고 목격자로 남아 있을 때 가능하지 않을까 생각하네. 머릿속의 수많은 생각과 목소리를 관찰자로서 지켜볼 뿐 판단하지 않고 조용하게 관조할 때, 삼라만상이 하나가 되는 체험을 할 수 있을 것 같지 않은가?

머리 아픈 말이나 생각은 그만두기로 하세나. 지금까지 진정한 삶을 잃어버리고 살아왔다면 남은 세월이라도 후회 없이 살아야 하지 않겠는가? 후회 없이 산다는 것은 개별적인 차별의 사고에서 벗어나 만물과 하나가 된 전체성을 띤 삶이 아닌가 하네.

삶을 즐긴다는 것은 타락이나 쾌락을 말하는 것이 아니라네. 이 세상을 이루고 있는 만물과 조화를 이루며 흐르는 삶의 과정을 이해하는 것이라 생각하네. 이때 느낄 수 있는 마음속 평화의 삶이 우리가 진정 즐기려는 삶이 될 것 같지 않은가?

가을 낙엽은 생각으로 인한 번뇌 때문에 두려움에 갇혀 있지 않는다네. 낙엽의 떨어짐은 바람에 몸을 맡긴 채 왔던 곳으로 가기 위한 자연스럽고 유쾌한 몸짓이라네. 삶의 목적 같은 것도 가지고 있지 않다네. 오직 자연의 흐름을 즐길 뿐이라네. 자네도 떨어지는 낙엽을 보면서 그런 생각이 들지 않던가?

우리가 힘들게 살아왔다고 회상한 그 세월도 우리가 그렇게 생각한 산물의 결과라는 생각을 해 본 적은 없었는가? 어린 시절 학교생활이 힘들고 시험 보는 것이 힘들고 숙제하는 것이 힘들다고 불평했지만, 지금 생각하면 어떤가? 정말 힘들었다고 생각하는가? 오늘도 힘들고 고통스럽다고 말을 하겠지. 그렇지만 먼 훗날 생각하면 오늘이 어떨 것 같은가? 그래도 그때가 좋았었다고 말을 할 것 같은데, 어떤가?

이러한 생각에서 벗어나 보세나. 그러다 보면 얽매인 삶에서 벗어나 잃어버리고 살았던 우리의 진정한 삶을 찾아 후회 없이 살다 갈 수 있을 것 같네그려.

부담 없는 좋은 친구 만나 말벗 만들고 마음껏 즐기다 가세나. 자포자기의 심정으로 말하는 것이 아닐세. 자네는 이 같은 말이 이해되는가? 왜냐고 묻는다면 이렇게 대답하겠네. 물론 절대로 옳은 대답이 나올 것이라고는 생각하지 말게나. 이해하고 들어 주게나. 우리를 둘러싸고 있는 삼라만상과 분리되지 않은 하나라는 것을 이해하고 전체성으로 살아갈 때, 진정으로 마음의 평화가 온다고 앞에서 말한 것 같네. 그와 같은 평화스러운 상태를 체험하면서 즐겨보자는 것뿐이라네.

모든 시름 모든 걱정 다 내려놓고 멋진 친구 자네와 함께 도랑물이 졸졸 흐르는 어느 산골짜기 좁다란 바위에 걸터앉아 막걸리 한 잔 주고받으며 놀아 보는 것도 좋을 것 같네그려. 흰 비단을 담그면 금방 쪽빛 흐르는 치마저고리가 나올 것 같은 파란 하늘을 쳐다보면서 말이네. 우리가 청하지 않고 생각지 않아도 세상의 모든 것들은 항상 그대로 이어 갈 것 아닌가? 괜한 걱정은 붙들어 두세나.

오늘도 하늘은 푸르고,
비가 오면 계곡물도 흐르겠지.

내 고향 설산

　사람은 누구나 고향을 가지고 있다. 자기가 태어난 곳이든 마음속으로 그리워하는 곳이든, 가만히 앉아 있으면 눈가에 이슬이 맺힐 만큼 그리움이 절절히 흐르는 고향이 그것이다.

　태어난 곳에서 한평생을 살아온 사람이라면 고향에 대한 그리움을 어쩌면 삶의 사치쯤으로 생각할지도 모른다. 그러나 고향을 떠나 있는 사람이라면 가끔씩 솟구치는 고향에 대한 그리움을 가지고 있을 것이다. 젊은 시절에는 어쩌다 한 번씩 고향 산천에서 놀았던 꿈을 꾸곤 했다. 그러나 요즘은 자주 고향에 대한 꿈을 꾸는 것을 보면, 나이 탓인지는 알 수 없지만 고향이 더 그리워지고 있는 것만은 분명한 것 같다.

　초·중학교 시절 소풍을 많이 갔었던 설산도 꿈속에 자주 나타나는 단골 메뉴다. 꿈속에서 산을 헤매고 걸었던 길을 찾아 헤매고 다니다가 결국은 아무것도 찾지 못하고 꿈에서 깨어나곤 한다. 어릴 때 환상을 갖고 찾았던 산이라 그런지 꿈속에서도 정말 아름답게 보이는 산속을 헤매고 고향 길을 찾아 이리저리 헤매다 아쉬움 속에 꿈에서 깨어난다.

　안견은 꿈 이야기를 듣고 〈몽유도원도〉를 그렸다고 한다. 꿈 이야기를 듣고도 그와 같이 생생하게 그림을 화폭에 담았는데, 초·중학교 9년 동안 봄가을에 걸쳐 갔던 곳을 헤매고 있으니 꿈에서 깨어나면 한동안 미안한 마음이 남는다. 잊혀 가는 고향에 대한 그리움이 찡한 마음이 되어 다가온다.

초등학교 시절 맨 처음 담임 선생의 손에 이끌려 점심 도시락 하나만을 들고 소풍 길에 나섰던 기억이 아직도 새롭다. 학교를 떠나 율사리라는 동네 앞을 지나면 반은 논두렁길이고, 반은 산길이었던 것 같다. 논두렁길과 산길은 넓지는 않지만 포근하게 감싸 주고 있는 길이었던 걸로 기억한다. 길 양쪽으로 펼쳐지는 보리밭이 살랑대는 남풍에 푸른 바다처럼 넘실거리고, 나지막한 산에 핀 아름다운 벚꽃을 보면 잘 그려진 동양화 한 폭을 보는 듯했다.

좁은 논두렁길과 산비탈의 길을 걸어가면서 '나의 살던 고향은 꽃 피는 산골 복숭아꽃 살구꽃……' 하며 〈고향의 봄〉이라는 노래를 부르며 지나갔던 그 길은, 지금도 한 폭의 그림이 되어 정답게 다가온다. 그때는 〈고향의 봄〉을 즐거운 마음으로 불렀겠지만, 지금은 혹시 콧노래라도 부를라치면 왠지 코끝이 시큰거린다. 고향이 그리워서인지도 모른다.

봄 소풍에는 특히 더 마음이 들떠 있었던 것 같다. 봄에만 느낄 수 있는 생명력 때문인지 모른다. 길옆에 피어 있는 민들레도 예사롭게 보이지 않았다. 풀숲에 가려 수줍은 듯 피어나는 샛노란 민들레가 우리를 반기며 고개를 흔들어 인사하는 것을 보면, 앙증스러울 만큼 예쁘다는 느낌을 받았다. 노란색도 예쁘지만 정말 그 색깔이 너무나 선명하고 깨끗했다. 들뜬 마음을 더욱 설레게 만들어 주지 않았나 싶다.

동네를 들어서면 울타리 안에 우뚝 서 있는 살구꽃도 그렇게 예쁘고 아름다울 수가 없었다. 살구꽃이 활짝 펴 모든 초가지붕을 연붉은 색깔로 물들이고 있는 듯 보였다. 살구꽃 사이에 나지막하게 들어앉은 초가지붕은 암탉이 알을 품고 있는 것처럼 생명을 품고 있는 모습이었다. 우리 모두를 감싸 줄 수 있는 어머니의 품속 같은 느낌이 들었다.

좁은 마당에서 시위하듯 날개를 퍼덕거리며 뛰어올랐다가 내려앉은 수탉의 위세는 장관이었다. 얼마나 어른스러워 보이는지, 동물 중에 대장처럼 보였다. 아마도 머리에 크게 달린 볏 때문에 그렇게 보였던 것 같다. '꼬끼오—' 하고 늘어지게 울어 대는 수탉의 목소리는 마을을 지키는 개들의 짖는 소리와 함께 한가로운 시골마을에서 울려 퍼지는 교향곡처럼 아름다운 음악이 되어 내 귓가를 즐겁게 해 주곤 했다.

이런 시골 풍경이 정서와 들어맞은 것인지도 모른다. 근심 걱정을 덜게 하는 마음 편한 곳이라는 생각이 들었다. 개 짖는 소리 닭이 우는 소리도 시골 마을의 아늑한 품 안에 녹아 아름다운 합창이 되어 우리를 즐겁게 해 주었기 때문인지도 모른다. 시골 풍경에서는 없어서는 안 될 요소들임에 틀림없는 것 같다. 그것들이 어우러져야 제대로 시골의 참맛을 느낄 수 있을 것 같기 때문이다.

설산에 도착하면 맨 처음 우리를 반기는 것은 절 밑에 있는 옹달샘이었다. 그리 크지 않는 샘물이지만 물 위에 띄워 놓은 조그마한 바가지로 물을 떠 한 모금 마시고 나면, 그동안 걸어왔던 피곤이 한숨에 날아가는 기분은 지금도 생생하게 느껴지는 듯하다.

소맷자락으로 콧물 닦으며 지냈던 친구처럼 지금도 생생하게 기억이

나는 것은 절 입구에 있는 자목련 나무다. 어떤 때는 활짝 피어 있기도 하고 어떤 때는 봉우리가 막 피어나려고 할 때도 있었던 목련나무다. 지금이야 흔한 꽃나무지만 그때는 백목련이건 자목련이건 흔하지 않았던 것 같다. 우리 초등학교 교정에도 한 그루도 없었던 것 같다. 당연히 마을 어디에도 없었던 것으로 기억한다.

당시는 집에 빈터가 있으면 감나무를 심고 앵두나무 등을 심었다. 배고픈 시절이라 그런지 과일 나무 한두 그루를 심었기 때문에 순수한 꽃나무를 정원에 심는다는 것은 그때로서는 사치였는지 모른다. 그래서 절에 피어 있는 자목련을 처음 보고 그 아름다움에 흠뻑 빠졌던 건 아닐까.

두툼한 꽃잎은 빨간색도 아니고 푸른색도 아닌 중간 색깔인데도 아름다운 모습으로 다가왔다. 겉은 짙은 자주색깔을, 안쪽은 연한 자주색을 띤 아름다운 꽃이었다는 생각이 든다. 겉은 화려하면서도 안으로는 수줍은 듯 다소곳하게 꽃술을 감싸고 있는 것을 보면 봄꽃의 화려함을 떠나 차분해지는 느낌을 받았다. 그 뒤부터 소풍 길은 제일 먼저 자목련 나무에 다가가서 쳐다보는 일이 제일 큰 즐거움이 되었다.

절 주변과 마당에 있던 아름다운 나무와 꽃들에게도 반했지만, 지금 곰곰이 생각해 보면 절에 계셨던 노스님에게 더 반했던 것 같다. 지금은 전혀 얼굴도 기억이 나지 않는 스님이지만 점잖게 앉아 있거나 뜰 안을 팔자걸음으로 하나둘을 셀 정도의 느린 발걸음으로 걸었던 모습이 자꾸 생각난다.

그 많은 애들이 이리 뛰고 저리 뛰며 시끄럽게 놀아도 아무 말이 없었다. 더구나 불평 한마디 없었다. 자신의 집을 마구 뛰어다니는데도 말이다. 지금까지도 절을 좋아하고 자주 찾는 이유도 이곳에서 받은 좋은 영향 때문인지도 모른다. 집과 학교의 일상생활을 떠나 처음으로 절에서 보고 느낀 감정이 남아 있는 것을 보면, 어린 시절의 환경이 얼마나 중요한지 조금은 알 것 같다.

설산은 해발 500미터쯤 되는 산이다. 고학년에 들어가기 전까지는 올라가는 것을 허락하지 않는 산이었다. 어린 학생들의 안전을 위한 조치였던 것 같다. 산 정상은 바위가 옹기종기 놓여 있고 주변의 산을 어우를 수 있는 높이에 예쁜 봉우리들이 잘 배치되어 있었다. 지금도 그만한 경치의 산을 찾는다는 것은 쉽지 않을 만큼 아름다운 산이었다. 정상의 바위에 올라 절이 있는 산 밑을 내려다보는 기분은 등산이 주는 최고의 기쁨이었다.

정상에 오르면 또 다른 기쁨이 있었다. 바위틈에 있는 샘물을 맛볼 수 있는 특혜가 바로 그것이다. '금샘'이라는 샘물이 있는데, 바위틈에서 나오는 샘물이다. 많은 물이 솟아오른 것은 아니지만 양손으로 한 움큼 쥐어 입에 넣으면 이가 시릴 정도였다. 뒷맛이 깨끗하고 개운하여 정말 물맛이 일품이었다. 지금도 그 물맛은 잊을 수가 없다. 최고의 물맛을 표현하기 위하여 귀했던 금을 앞세워 금샘이라고 부른 것 같다.

정상에는 또 '아맷둥'이라는 묘가 있었다. 다른 묘보다 월등히 컸다. 누가 '아' 소리를 하면서 한 바퀴 돌면서부터 붙여진 이름이라고 했다. 어른들도 '아' 소리를 내면서 한 바퀴를 다 돌지 못했다. 그곳에 도착한 사람들은 재미 삼아 묘를 돌았지만, 절반도 돌지 못하고 주저앉았던 모습들이 지금도 눈에 선하다. 돌아가신 분이 무척이나 노는 것을 좋아했던 것 같다. 그래서 자식들이 그렇게 높은 정상에 큰 묘를 만들어 놓고 주변에서 놀게 하였으니 말이다.

직접 올라가 본 산을 지금도 꿈속에서 헤매고 있지만, 학창 시절 설산에서 보냈던 모든 추억들은 내 삶을 아름답고 풍요롭게 해 주었다는 것은 부인할 수 없는 사실로 다가온다.

어린 시절 소풍 길에서 본 시골 풍경과 자목련의 아름다운 추억 그리고 노스님이 보여 준 삶의 지혜는 고스란히 남아 있기 때문이다. 금샘의 물맛 그리고 아맷둥의 이야기도 전설 아닌 전설로 내가 살아 있는 한 영원한 추억으로 남을 것이다.

온갖 세파에 찌들어 있는 눈과 마음으로 설산을 다시 본다면, 과연 어떤 생각을 할 수 있을지 궁금하다. 어린 시절 순수했던 감성 속에 깃든 아름다운 추억들이 무너질지도 모른다는 생각이 들기 때문이다. 설산의 아름다운 풍경들을 본다면 그때만큼은 못할 것이라는 생각에 두려움이 앞서지만, 그래도 한 번은 변화된 모습이라도 보고 싶다.

부디 꿈속에서 상상한 모습
그대로 있기를 바란다.

친구

집 안팎에서 빈둥대는 시간이 많아졌다. 독서와 앞산을 산책하며 심신을 가꾸는 일에 소일하고 있어 삶에서 권태로움을 찾을 수는 없지만, 어쩐지 사람과의 관계는 소원해진 것 같다. 그러고 보면 '안 보면 멀어진다.'는 옛말이 그대로 맞는 것 같다.

지금은 서로 전화하기도 옛날처럼 마음이 편하지 않다. 조용히 쉬고 있는 편안한 사생활에 혹시 방해가 될 것 같은 마음에 주저하게 된다. 생각해 보면 그 이유만도 아닌 것 같다. 나이 탓인지 행동반경도 줄어든 것도 무시하지 못할 이유 중 하나이기 때문이다.

집 주변을 맴돌면서 혼자만의 여유를 즐기고 있어 아무런 불편이나 외로움을 느끼지 않는다고 할지라도 때로는 마음 터놓고 탁주 한 잔 기울이며 정답게 이야기를 나누다가 가벼운 마음으로 헤어질 수 있는 친구 한둘쯤 간절히 그리워질 때가 있다.

친구! '어머니'라는 말이 주는 어감만큼이나 다정하게 마음속에 자리잡는 것도 이때인 것 같다. 삶을 돌아보면 여럿이 어울려 지낼 때도 돌아서면 혼자라는 생각을 가끔 했지만, 지금처럼 사막 한가운데 뚝 떨어져 있는 기분은 처음이다. 다만 외롭다는 생각에 그런 마음을 갖는 것만은 아닌 것 같다. 전혀 그런 마음을 가슴속에 담아둘 생각도 없다.

서로를 소외시키는 사회 분위기 속에서 소외 속으로 빠져들어 가는 모습을 보면서 마음이 통하는 친구 한두 명과 더불어 소박한 그리고 인간적인 삶을 이야기하며 마음을 터놓을 수 있는 자리가 아쉬운지도 모른다. 가슴속에 들어 있는 모든 흉금을 털어놓아도 너털웃음으로 맞장구치며 들어 줄 수 있는 친구를 마음속으로 그리워하고 있는 것 같다.

그동안 주어진 환경에서 능숙한 배우처럼 맡겨진 배역을 연기하기에 바빠 각본 외의 다른 삶을 생각하거나 돌아볼 겨를이 없었다. 그래서인지 생활전선에서 물러난 지금 생활은 홀가분하고 어느 때보다 주어진 삶을 사랑할 뿐만 아니라 자유스러운 분위기가 마음에 들어 정말 좋다는 생각도 든다. 언제 삶에서 이렇게 여유를 가지고 목적 없이 하루를 유유자적할 수 있었는가를 반문하고 싶을 정도로 대만족이다.

이제는 천만금이 생긴다 한들 다시는 그런 연극 무대에 뛰어들어 진정한 삶이 아닌 다른 삶을 연기하는 것은 남은 세월이 너무 아깝다는 생각이 들어 싫다. 세상사의 연극 무대에서 조금이라도 멀리 떨어져 내면 깊숙한 곳에서 진심으로 우러나온 맑은 영혼과 대화를 즐기며 진솔한 삶을 살아 보고 싶은 생각뿐이다.

연기를 마친 배우가 지친 몸을 이끌고 무대에서 내려올 때 가끔은 연기 아닌 자신의 지친 참모습을 그대로 보여 주며 위로받고 싶을 때가 분명 있으리라. 얼굴에 덧칠한 화장을 깨끗이 씻어 내고 감췄던 알몸을 드러낸 채 맨얼굴로 다가가 만날 수 있는 친구 한둘쯤은 필요할 성싶다. 지금 내게도 그러한 심정이 자리 잡고 있다. 친구에게 무엇을 바라고 원해서가 아니다. 그냥 곁에 있어 주고 담소의 대상이 되어 준다면 충분하다.

가면에 가려진 생각과 모든 위선을 벗어던진 채 속마음을 털고 삶을 이야기하며 맨얼굴로 대면할 수 있는 진정한 친구, 어린애 같은 짓에 웃어 주고 힘들어 손 내밀면 말없이 잡아 주는 친구면 좋겠다. 그냥 웃고 떠들 수 있고, 술 마시면 소리 높여 노래 불러도 즐겁게 들어 주고 손뼉 치며 시간 가는 줄 모르고 마음껏 놀아 줄 친구도 좋다.

상대의 변화된 모습을 받아들이고 새로운 감정 표현에 칭찬을 아끼지 않는 순수한 마음으로 담소를 즐기며 자연을 벗 삼아 놀아 줄 친구도 좋다. 계절에 따라 달리하는 산과 들의 경치를 즐기면서 한담을 주고받을 수 있는 친구, 바람 소리에도 귀를 기울일 줄 아는 감성 좋은 친구면 더욱 좋을 것 같다.

한 시대를 같이 살아왔던 사회 친구들을 한 번쯤 만나기라도 하면 예전 같지 않은 게 눈에 들어온다. 나이 탓인지 유머감각도 떨어지고, 웃음도 얼굴에서 멀어져 가고 있음이 느껴진다. 얼굴은 경직되고 항상 심각한 모습이다. 몸만이 경직되어 가는 것이 아니고 마음과 생각도 함께 경직되어 가는 것 같다.

젊은 시절의 삶은 봄에 물기 오른 가지에 피어나는 잎들처럼 빛나고 얼굴에 싱그러운 미소가 감돌며 유머감각도 겸비하고 있었다. 그러나 지금은 꺾인 나뭇가지들처럼 퇴색되고 경직되어 마음에 여유가 없는 것처럼 보인다. 그동안 살아왔던 관습과 전통 그리고 도덕적인 관념에 더 많이 빠져들고 있다는 느낌이다. 삶의 변화를 거부하면서 다른 생각을 전혀 받아들일 마음의 여유가 없는 것처럼 보인다.

이 세상에 나올 때 모습 그대로 변하지 않고 있는 것은 아마도 없을 성싶다. 어쩌면 우리의 삶도 흘러가는 강물처럼 변화의 과정이 아닐까. 그럼에도 나이 들어가는 사람들의 일면을 보면, 이 같은 변화를 무시한 채 오직 과거의 정체성에 머물러 헤어나지 못하고 고정관념의 틀에 갇혀 있는 것처럼 보일 때가 있다. 그동안 모든 풍상을 겪어 오면서 얻은 풍부한 경험을 본다면 모든 것에 여유를 갖고 너그러워질 때도 된 것 같은데……. 오히려 몸과 마음이 함께 움츠러들고 경직되어 간다는 느낌에 아쉬움이 남는다.

친구의 아름다운 변화된 모습을 순수한 감성으로 감탄하기에 앞서 그에게서 과거의 모습을 찾는 데 바쁘다는 생각이 든다. 삶의 변화를 두려워하고 있는지도 모른다. 마음에 그럴 만한 여유가 없어서인지는 알 수가 없다. 길거리에서 조잘거리며 웃고 떠드는 젊은 애들을 보면서 부럽다는 생각도 든다.

그나마 요즈음 초등학교 동창생을 만나고 있는 것에 조금은 위안이 된다. 자주 만나는 것이 아니라 일 년에 몇 번의 모임을 가질 뿐이지만, 사회 친구들과의 만남과는 대조되는 면이 있어 여간 다행스러운 것이 아니다.

게다가 전에는 나오지 않던 여자 동창들이 요즘 모임에 나오고 있다. 가정생활과 자녀 교육에서 벗어나 여유가 생긴 모양이다. 그러나 그런 이유만은 아닌 것 같다는 생각이 든다. 가정집 여자들이 아무리 동창생들이라 하지만 밖에서 남자들과 어울린다는 게 쉽지는 않았을 것 같기 때문이다. 이제는 이성의 벽을 넘어 담소를 즐겨도 눈치 보지 않을 만한 나이라서 용감해진 것일지도 모른다.

노는 모습을 보면 남녀가 따로 없다는 느낌이다. 초등학교 졸업하고 오십여 년이 지나고 보니, 주변의 눈치를 보지 않을 만큼 용기가 생긴 것은 아닐까. 졸업 후 한 번도 보지 않았던 친구도 있지만 항상 만나 왔던 옆집 친구들처럼 서로 이야기하며 깔깔대고 웃는 것을 보면, 어느새 철이 없던 초등학교 어린 시절로 돌아간 듯한 분위기다. 옆에서 무심히 지켜봐도 아무런 거리낌이 없는 순수함이 묻어나는 동심의 세계, 그 자체라는 생각이 든다.

몸은 늙어 가고 있지만 마음은 동심으로 돌아가 있다는 느낌에 생기 발랄함이 묻어난다. 조잘거리는 참새 떼처럼 마구 튀어나오는 말투며 마음에 담아두고 생각해 볼 겨를도 없이 상대방에 던지는 말들은 어린애와 전혀 다름이 없는 것 같다. 계산되지 않는 이야기에 청량감이 있어 좋다. 불현듯 '마음은 언제나 청춘'이라는 말이 머리를 스친다. 겉모습은 늙어 가고 시들어 가게 마련이나, 내면은 시간이 가도 변하지 않는 것 같다.

코 흘리던 어린아이 얼굴에 어느덧 주름살이 드리운 것을 쳐다보고 있으면, 인간의 욕심과 근심도 다 부질없다는 생각이 든다. 아무런 가식 없이 웃어 주고 떠들며 맞장구쳐 준 친구들의 모습이 자연스럽다. 너무나 자연스러운 모습 앞에서 감추지 않아서, 아니 감출 수 없어 더욱 좋다.

감출 것 없는 어린 시절 친구들의 우정 앞에서 벌거벗은 알몸을 보는 것 같은 순수함이 묻어난다. 풍요와 어려움을 공유할 수 있고 서로를 용서하며 모든 형식에서 벗어나 자유스러움을 만끽할 수 있는 삶의 치료제와 같은 공간이라는 생각이 든다.

아무 거리낌 없이 웃어 준 친구들의 마음, 영원히 간직하고 싶다. 어쩌면 우리들이 논두렁 밭두렁 흙길을 맨발로 밟고 뛰며 살았던 마지막 세대인지도 모른다. 그때의 추억을 우리 모두 영원히 간직했으면 한다. 삭막한 도시 속에서 살아가는 삶이지만, 그와 같은 아름다운 추억이 생활의 활력소 역할을 할 수 있기를 바라기 때문이다.

사람의 첫 모습은 어린애이고,
마음의 첫 모습은 동심이라고 했던가.
삶이 끝날 때까지
우리 모두 어린애처럼 살아 보자꾸나!

상처 난 고구마

고구마를 트럭에 가득 싣고 골목을 누비며 토요일마다 행상을 하는 부부가 있다. 녹음해 놓은 여자 목소리로 '값싸고 맛있는 고구마를 사라.'고 외치면서 지나가는 것을 종종 듣곤 했는데, 아내와 함께 산책 가는 길에 그 고구마장수와 처음으로 얼굴이 마주쳤다. 그냥 지나칠 수 없어 손짓으로 가는 차를 멈춰 세웠다.

십 킬로그램 상자에 담긴 고구마 값은 시중의 절반 값이었다. 왜 이렇게 값이 싸냐고 물었더니, 조금 못생긴 고구마들이기 때문이라고 했다. 그러나 요즈음 인기 좋은 호박 고구마라서 맛은 좋다며, 겉모양이 좋은 고구마에 비하여 맛은 절대로 떨어지지 않는다고 장담했다. 그 말을 믿어서가 아니라 그동안 여러 번 지나가는 것을 보면서 한 번도 고구마를 사지 못했던 미안한 마음에 덜컥 한 상자를 구입했다.

고구마 한 상자를 집 안에 들여다 놓고 잠시 산책을 다녀온 후 고구마를 꺼내려고 조심스레 상자를 열었다. 모든 상품이 그렇듯이 위에 놓인 고구마는 그래도 나은 편이었다. 그런데 밑에 있는 고구마 상태는 영볼품이 없었다. 벌레가 먹어 움푹 파이고 연장에 찍힌 상처며 정말 비뚤어지고 못생긴 고구마들뿐이었다. 크기도 각각 다르고 모양도 제멋대로 생겼다. 고구마를 꺼내면서 고구마도 잘생겨야 제값을 받는 모양이라고 아내에게 말을 건네며 생긴 모양들을 보고 웃었다.

상자에 들어 있는 고구마를 모두 꺼내어 서늘한 곳에 펼쳐 두었다. 펼쳐 놓은 고구마를 보면서도 하나같이 모두 상처 나고 삐뚤어진 것들로, 정말 제대로 된 고구마가 하나도 없는 것을 보며 피식 웃을 수밖에 없었다.

고구마는 가끔 우리 집 아침 식사의 대용식이 된 지 오래되었다. 아침 식사 준비로 그 못생긴 고구마를 꺼내 깨끗이 씻어 솥에 넣고 삶았다. 한참 동안 익기를 기다린 끝에 고구마를 꺼내 놓고는 언제나 그랬던 것처럼 아내와 마주 앉아 고구마를 한 개씩 들고는 껍질을 벗기기 시작했다.

맛은 기막히다는 행상 부부의 말을 되새기며 고구마의 맛이 좋기를 은근히 기대했다. 한 조각을 입에 넣고 조심스레 맛을 보았다. 고구마 장수의 말대로 정말 달고 맛도 좋았다. 더구나 단단하지 않고 물렁거려 식감도 한결 좋았다. 그동안 시장에서 구입한 고구마는 겉모양이 좋고 크기가 일정하여 보기는 좋았지만 이 맛에 비하면 떨어진다는 느낌이 들 정도였다.

겨우 한두 개를 먹어 보고는 알 수 없다고 하면서도 구입한 고구마 맛에 만족했다. 그 후로 몇 번을 더 먹어 보아도 맛은 한결같이 달고 식감도 적당히 부드러워 좋았다. 그 뒤로는 토요일마다 오는 그 부부를 기다려 상처 난 고구마를 구입했다. 값도 시중의 반값일뿐더러 맛이 좋기 때문이다.

　상처 난 고구마로 아침 식사를 대신하면서 갑자기 '외모 지상주의'라는 말이 생각났다. 고구마를 먹지 않고 앞에 놓인 고구마 모양을 계속 응시하자, 왜 고구마를 먹지 않고 바라만 보고 있느냐며 아내가 말을 건넸다. 나는 입가에 가벼운 웃음을 머금으며 즉답을 피했다.

　한참을 머뭇거리다가 상처투성이인 못생긴 고구마를 보면서 우리가 너무나 외모만 보고 그 속에 담긴 참맛까지 판단하지 않았는지를 생각하고 있었다고 했다. 갑자기 무슨 뚱딴지같은 소리냐며 아내는 핀잔을 주었다. 사람과 물건을 모두 외모만으로 그동안 모든 것을 판단하며 피상적으로 세상을 살아온 것 같다는 말로 대강 얼버무렸다.

　아침 식사를 마치고 서재에 들어와 책상에 앉아 곰곰이 생각해 보았다. 상처 난 고구마를 보면서 그동안 인간이나 모든 사물에 대하여 번지르르한 겉모습 속에서 예쁜 것을 추구하고 아름다움을 찾았던 삶을 되돌아보았다.

　인간의 영혼과 본성 그리고 심지어 먹는 음식물까지도 겉모양에 따라 맛을 평가하는 피상적인 삶으로 점철되어 왔다는 것을 솔직히 부인할 수는 없었다. 겉모양을 보고 미리 그 맛까지 별로라고 생각했던 상처 난 고구마한테 별안간 미안한 마음이 들었다.

　조그마한 바람에도 지조 없이 흔들리는 해안가 갈대처럼 눈에 보이는 겉모습에 흔들리는 값싼 영혼은 이제는 버릴 때도 되지 않았을까. 내면의 깊은 진실 그리고 겉모양 속에 숨겨진 본성을 볼 줄 아는 눈을 가졌으면 하는 욕심을 부려 본다. 인간의 모습에서 해맑은 영혼을 그리고 사물들의 실상을 헤아릴 수 있는 혜안을 찾는 데 최선을 다하고 싶은 생각이다.

상처 난 고구마!
너 정말 고맙다.
자신을 반성할 수 있는 기회를 주어.

그리운 고향

고향을 떠나 살아온 세월이 벌써 반백년에 가까워진다. 세월의 흐름에 따라 고향에 대한 추억들이 가물가물 잊혀 간다. 고향을 둘러싸고 있는 산과 들은 저마다 다른 이름을 가지고 있었다. 그곳에는 삶의 이야기와 함께 저마다의 애환이 하나씩 담겨 있었다. 논 한 마지기 밭 한 마지기에도 태어난 내력이 있을 정도로 삶에 대한 다양한 이야기가 있었다. 아름답지만 서러운 삶과 애환이 함께한 이야기들이었던 것 같다. 그런데 지금은 기억 속에 남아 있는 것이 없는 것 같아, 고향을 배반한 듯한 생각에 마음이 아프다.

그럼에도 고향의 산과 들녘들이 내게 보여 주었던 자연에 대한 정취는 아직도 남아 있어 위안이 된다. 나이가 들수록 고향이 그리워지고 친구들과 어울려 뛰어다녔던 추억은 더욱 뚜렷이 떠오르는 것 같다. 이렇듯 세월이 지나도 고향을 잊지 못하고 늘 그리워하는 것은 낳아 준 어머니를 그리워하듯 고향도 평생 마음에 담아 두고 그리워하기 때문이 아닌가 싶다.

일 년에 한두 번은 고향을 찾아 조상의 산소를 둘러보고 동네 사람들을 만나서 이야기를 나누다가 돌아오곤 한다. 이제 고향에도 사람들이 얼마 남지 않은 것 같다. 시골에 살았던 시절에 비하면 아주 적은 사람들이 고향을 지키며 살고 있었다. 더구나 같은 시절에 살았던 사람은 몇 사람 남아 있지도 않은지, 서로 얼굴을 알아보고 인사를 나눌 수 있는 사람이 얼마 되지 않는다.

고향을 찾을 때면 오래된 타향살이 생활에 쓸쓸함을 느낄 때가 많다. 그래도 아직 친구들이 남아 있기에 어린 시절의 추억을 떠올릴 수 있어 정말 다행이다. 또래들과 놀던 것을 지금 기억할 수 있는 때는 초등학교를 입학하면서부터 아닌가 한다. 그 전의 일은 기억이 나지 않는 것 같다. 친구들과 마당에 모여 자치기와 제기차기도 하고 마당 흙 위에 그림을 그리고 형들이 써 준 글을 따라 쓰기도 했던 기억이 어렴풋이 스친다.

그때 농촌 풍경은 거의 초가로 된 집이었고 기와집은 두세 채뿐이었다. 초가집은 삼간집이 대세였다. 초가 삼간집이 어느 정도 크기의 집인지 요즘 아이들이 짐작이나 할까 싶다. 설령 수치로 계산하여 크기를 알 수 있다고 하더라도 그와 같은 집에서 가족과 함께 정답게 살아 본 아이들과는 그 체감 정도가 다를 것 같다.

작은 집이었지만 정말 작다는 것을 모르고 불평 없이 살던 집이었다. 비교할 수 없었기에 불행을 모르는 행복한 시절이었다. 지금도 잊지 못하고 그리워하는 정감어린 집들이었다는 생각이 든다.

지금 도시 아이들은 이러한 초가집들을 아마 영화 속에서나 보게 될 것 같다. 지금은 추억 속으로 대부분 사라진 집이지만, 나는 여전히 잊지 못하고 있다. 작은 산자락 아래 반달 모양으로 다소곳하게 자리 잡은 초가집들이 옹기종기 모여 있던 모습을, 집집마다 감나무나 살구나무 한 그루씩을 심어 아름다운 풍경을 자아내던 그때를⋯⋯. 주변 자연과 너무나 잘 어울려 전혀 어색하지 않아 자연스러워 보이는 마을이었다.

자연과 어울린 것은 집 구조만은 아닌 것 같다. 그 안에서 살았던 우리 조상들이나 그때 함께한 사람들 모두가 자연을 벗 삼아 더불어 살았던 것 같다. 산과 들을 존중하고 마을 앞에 서 있는 당산나무 한 그루에도 정성을 다하여 가꾸며 제사를 지내기도 했다. 나무 한 그루를 모셨다는 느낌이 들 정도로 자연에 순응하면서 살았다는 생각이 든다. 정말 감사할 줄 아는 삶이었던 것 같다. 자연과 함께하며 불평하지 않고 자연과 더불어 행복하게 살았었다.

집 마당에 수탉과 암탉이 모이를 먹으며 놀고 있고, 옆에서는 어린아이들이 제기차기를 하고 있는 아름다운 풍경의 동양화를 본 적이 한 번쯤은 있을 것 같다. 정말 아름다운 풍경이라고 생각했을 것이다. 바로 그게 우리 조상들이 살았던 삶의 한 모습이었고, 우리들의 어린 시절 농촌 풍경이었다. 어쩌면 우리 조상들은 한 폭의 그림 속에서 동화 같은 삶을 살아온 게 아닐까.

전기가 들어오지 않던 시절이라 해가 떨어지면 세상이 캄캄하기 때문에 더 이상 밖에서 놀지 못하고 집으로 들어가 석유등잔 밑에 온 가족이 모여 이야기꽃을 피우다가 잠이 들곤 했다. 호롱불을 벗 삼아 공부도 했다. 시험 기간에는 호롱불 밑에서 저녁 늦게까지 공부하다가, 아침에 일어나 보면 콧구멍이 새까맣던 기억도 있다. 등잔의 석유가 타면서 나오는 연기 때문이었다.

지금도 농촌의 생활은 도시 생활에 비하여 많이 불편하겠지만 자연이 주는 아름다움은 옛날과 같으리라고 생각한다. 농촌의 사계절이 보여 주었던 아름다움과 놀이는 지금도 눈에 선하다. 산과 들이 보여 주는 뚜렷한 자연과 함께 그때마다 다른 놀이가 있었기 때문에 행복 속에서 어린 시절을 보낼 수 있었다.

봄에는 마을 어른들이 바빠졌다. 겨우내 들뜬 보리밭을 밟아 주어야 하고 김매기도 해야 하고 논밭을 쟁기로 갈아엎어 주어야 했기 때문이다. 여름 농사를 위하여 모두들 바쁘게 논밭으로 나가 일을 하느라 어른들은 집에 없었다.

집에 남아 있는 애들도 덩달아 밖으로 나갔다. 산과 들로 나가서 봄을 즐겼다. 물가로 나가서 버들가지를 꺾어 버들피리를 만들어 불며 산과 들로 뛰어다니느라 바빴다. 아지랑이가 아른거리며 피어오르는 따뜻한 봄, 우리가 부는 피리 소리에 맞춰 들녘 하늘에서 종달새가 조잘대는 것을 보고, 점심 밥 먹는 것도 잊은 채 놀던 때가 한두 번이 아니었다. 아무런 거리낌 없이 정말 마음껏 들짐승처럼 뛰어다녔던 기억이 지금도 생생하다.

여름에도 놀기에 바쁜 것은 마찬가지였던 것 같다. 지금은 피서다 하면서 온통 들뜨지만, 당시 농촌은 더 바빴다. 어른들은 논과 밭에 심어 놓은 벼와 콩 등을 가꾸기에 여념이 없었다. 모두가 풍성한 가을을 위하여 열심히 일을 해야 했기 때문이다. 그러나 바쁘고 휴가 없는 농촌 마을이라고 해서 애들도 그런 것 아니었다. 일이 바빠서 애들을 챙겨 줄 만한 여유가 없어 당연히 간섭이 줄어든 애들은 오히려 더 즐거웠던 것 같다.

지금은 저수지를 만들면서 하천을 모두 반듯하게 정비하여 물이 잠겨 놀 만한 곳이 드물지만, 옛날의 냇물은 그렇지 않았다. 논에 물을 대기 위하여 군데군데 물을 가두어 보를 만들었기 때문에 어린아이들이 헤엄치고 놀기에는 충분했다. 지금의 해수욕장 못지않았던 것 같다.

모두가 발가벗고 냇물에 뛰어들어 목욕도 하고 물장구치며 놀았다. 추위를 느끼면 물 밖으로 나와 들판 모래밭에 누워 하늘을 쳐다보고 몸을 말리며 추위를 녹였다. 하늘에 떠 있는 구름이 햇볕을 가리기라도 하면 구름을 향하여 그 뜨거운 햇볕을 가리지 말라는 노래를 불렀다. 누운 채로 햇볕에 몸을 맡겨 말리고 다시 물속으로 뛰어드는 것을 반복하며 놀곤 했다. 지금은 시골에서도 볼 수 없는 풍경이 되고 말았지만 말이다.

가을은 가을대로 또 놀 거리가 많았다. 학교에 갔다 집에 와 책 보따리를 던져 놓기가 무섭게 친구들과 밖으로 나갔다. 가을은 들보다 산이 좋았던 것 같다. 산에 가면 먹을거리가 있었기 때문이다. 가을 산은 풍성했다. 처음에는 머루와 만나고 개암나무를 만나고 더 들어가면 어름나무를 만났던 생각이 난다. 모두가 구미를 당기는 나무 열매들이다.

시커멓게 익은 머루를 따서 한입에 넣고 씹으면 온 얼굴이 찡그려진다. 정말 이가 시리도록 신맛이 난다. 그래도 얼굴은 만면에 웃음을 띠고 좋아했던 것 같다. 개암나무에서 개암을 따 은행열매처럼 단단한 껍질을 돌로 깨거나 어금니 속에 넣고 깨물어 그 속에 들어 있는 하얀 속살을 꺼내어 먹으면 고소했다. 그 맛은 지금도 잊지 않고 느낄 수 있다. 어름넝쿨에 딱 벌어진 채 매달린 어름 열매는 제법 크다. 껍질 속에 가지런히 들어 있는 솜털로 싸인 어름열매를 먹기라도 하면 정말 가을의 갈증이 확 가셨던 던 같다.

돌아오는 길에 보리밭으로 먹이를 찾아드는 갈까마귀들이 떼 지어 날아오르는 군무를 보는 것은 덤이었다. 정말 장관이었다. 인간이 도저히 만들 수 없는 풍경이었다는 생각이 든다. 수천 마리 새들이 만들어내는 일사불란한 춤사위를, 인간의 능력으로는 절대 지휘할 수 없을 것 같다.

위와 아래로 때로는 옆으로 돌고 다시 뒤로 돌기를 반복하는 그들의 춤사위를 보면 한동안은 하얀색으로, 또 한동안은 검은색으로 자연스럽게 보이지만 너무나 주도면밀했다. 조금의 오차도 없이 변하는 춤사위를 보면 신기에 가깝다는 생각이 들었다. 날고 있는 속도 때문에 느껴지는 바람 소리는 춤사위와 함께 가슴속에 신선한 긴장감을 불어넣어 온몸을 전율케 했다. 자연스럽다는 게 얼마나 아름다운지를 실감나게 하는 것 같았다.

늦가을 초저녁에 밝은 달빛을 온몸에 흠뻑 받으면서 앞서거니 뒤서거니 하늘을 가로질러 날아가는 기러기 떼의 모습은 지금까지도 한없는 향수를 갖게 한다. 끊임없이 울음소리를 내며 날아가는 기러기 떼. 그 울음소리는 앞에서 거센 바람을 가르며 힘들게 길을 안내하며 날아가는 새에게 보내는 응원의 소리인지도 모른다.

'ㅅ'자 대형으로 날아가는 기러기를 보고 있노라면 머나먼 곳의 또 다른 고향을 느끼게 하는 어떤 정겨움이 있었다. 혹시 마당에서 놀다가 이런 광경을 한 번이라도 보면, 소리 내어 울고 가는 기러기기가 눈앞에서 사라질 때까지 그대로 움직이지 않고 보았던 기억이 난다. 먼 길을 가는 나그네를 연상케 하는 기러기들의 날갯짓이 너무 슬프도록 아름다워 보였기 때문인지도 모른다.

얼음이 얼기 전, 겨울에는 마당에 모여 팽이치기를 하거나 제기차기를 하면서 재미있게 놀았다. 그것도 모자라면 동네 뒷산에 가서 자치기를 했던 기억이 난다. 팀을 둘로 나누어 수비를 하는 팀과 자치기 공격을 하는 팀으로 나누어 하는 게임이었다.

한겨울에 무논이 얼기라도 하면 집에서 만든 썰매를 타며 재미있게 놀곤 했다. 얼음이 녹아 물에 빠져도 추운 줄 모르고 손발이 발갛게 달아오르도록 부모님들의 걱정 속에서 놀았던 기억이 지금도 눈에 선하다.

설이 지나면 연날리기에 빠져서 얼레를 잡고 한참을 뛰어다니다 보면 해가 지는 줄도 모르고 놀았던 날이 많았다. 재미있게 뛰어놀아 별도의 운동이 필요하지 않은 시절이었다. 뒷산의 잔디밭에서 얼마나 뛰어놀았던지 이른 봄에는 거의 잔디가 없어져 맨땅이 나올 지경이었다.

안타깝게도, 아름다웠던 그 시절이 이제는 올 것 같지 않다. 요즘 도시 아이들에게는 어디 천국에서나 있을 법한 이야기로 들리지도 모른다. 지금은 세상이 너무나 되바라져 있고 개발에 치우쳐 자연을 훼손한 대가로 자연이 주는 이러한 멋스러움과 아름다운 감정을 느끼지 못하게 되었으니 안타까울 따름이다.

고향에 들를 때면 이처럼 계절에 따라 또래들과 놀았던 곳을 혼자 다녀 보곤 한다. 산바골, 안골의 논들을 그리고 벌둥의 밭을 둘러보기도 하고 할미산과 오지봉산을 쳐다보기도 한다. 나무와 덤불로 우거져 올라가지 못하고 산 정상을 쳐다보는 것으로 향수에 젖은 마음을 달랜다. 벌둥의 밭은 옛 풍경 그대로는 아니지만, 널따란 벌판에 심어졌던 보리밭과 목화밭 풍경은 아름답게 다가온다.

뒷산에 올라가 마을을 내려다보면서 당시 놀았던 놀이들을 떠올리곤 한다. 초저녁이면 초가지붕 옆 굴뚝에서 파란 연기가 하늘을 향해 춤을 추듯 올라가는 당시의 풍경을 상상해 본다. 밥을 짓기 위하여 나무로 불을 지피면서 나오는 연기의 상큼한 냄새는 지금도 코끝에 묻어 있어 그 냄새를 맡을 수 있을 것만 같다. 정말 정겨운 냄새로 살아 있는 동안에 영원히 잊을 수 없는 추억의 한 소재임에 틀림없다.

고향을 떠나 도시 속에서 살고 있지만 고향에서 살고 싶다는 생각은 마음속에 늘 간직하고 있다. 다시 태어난다고 해도 고향 산골마을에서 태어나 자연의 품 안에서 살고 싶다. 숨이 막힐 것 같은 도시 속에서 기계 부속품처럼 돌고 돌며 살고 싶은 마음은 없다.

자연 속에서 태어나 자연과 함께 호흡하며 봄이면 종달새 지저귀는 소리를 듣고, 여름이면 날아다니는 잠자리를 낚아채며 잽싸게 움직이는 제비를 보고 싶다. 가을이면 풍성하게 익어 가는 오곡백과를 보며 먹지 않아도 배가 부른, 그런 풍경을 다시 보고 싶다. 눈 오는 겨울에는 산속에 들어가 산짐승 뒤를 쫓으며 마음껏 뛰어놀고 싶은 생각도 남아 있다.

　고향을 그리워하는 마음도 고향을 지키는 마음이 아닌가 싶다. 고향을 지켜 준 분들에게 더욱 고마운 마음이 드는 것을 느낀다. 고향을 지켜 주는 사람들이 있었기에 거친 물살을 거슬러 올라가는 연어 떼처럼 태어난 고향을 찾게 되는 것 같다. 고향 땅을 밟을 때마다 추억을 떠올릴 수 있도록 지금까지 고향을 지켜 준 친구와 사람들에게 감사의 인사를 전하고 싶다.

오솔길

내가 서울에 처음 올라왔을 때만 해도 지금처럼 시멘트와 아스팔트를 모든 길에 들이부어 포근하게 감싸 주는 아름다운 흙길을 모두 감추지는 않았다. 어린 시절의 환경을 생각하면, 삭막한 자연에서 살고 있다는 생각이 든다.

두메산골에 살면서 걸었던 오솔길의 흙냄새에 대한 추억이 새삼 떠오른다. 마음이 지금보다 순수했던 어린 시절에 많이 다녔던 길이라서 그런지도 모른다. 맨발로 걸어도, 신을 신고 걸어도 흙길은 발바닥을 어루만져 주는 듯한 편안함을 느꼈다.

들녘이나 나지막한 산에 꼬불꼬불하게 아무렇게나 나 있던 길이다. 일부러 만든 길이 아니라, 사람들이 필요해서 다니다 보니 자연스럽게 만들어진 길이다. 길에 돌 더미도 그대로 있고 흘러내린 자갈도 그대로이다. 오솔길의 흙을 밟을 때면 가슴 찡할 정도로 마음에 와 닿는 마음속의 영원한 길이었다. 되바라지지 않고 그윽한 풍경이 있어 걸어가다 보면, 가끔은 조금 무서운 생각이 들기도 했다. 허전하면서도 어딘가 모르게 다정다감하게 다가오는 자연스러운 길이었다.

길을 걷다가 보면 홀가분한 마음에 세상의 모든 시름을 잊고 저절로 흥이 나고 콧노래가 저절로 나오는 길이었다. 산등성이를 휘감고 불어오는 산들바람에 실린 솔향기는 지친 몸과 마음을 정화시켜 주기에 충분했다. 오솔길은 내가 다른 생각을 하지 못하게 했는지도 모른다. 어쩌면 다른 생각을 할 수 없었던 것 같다. 걷다 보면 어느새 길과 하나가 되어 있었기 때문이다.

산골짜기에서 옹달샘이라도 만나면 더할 나위 없는 또 하나의 기쁨으로 다가왔다. 아프리카 사막에서 오아시스를 만나는 기쁨을 이 옹달샘에 비교할 수 있을까? 땅 밑에서 솟아오른 샘물을 양손으로 움켜쥐어 입안으로 넣고 마셨던 그 시원함은 오장육부를 서늘하게 했다. 무엇보다도 다른 물과는 비교할 수 없을 만큼의 최고의 맛이었다. 그때를 생각하면 지금도 오금이 시리도록 생생하고 기분 좋아진다. 오솔길에서만이 얻을 수 있는 특권이지 않을까.

요즘 지방자치 단체에서는 많은 둘레길과 오솔길을 만들고 있는 추세다. 좋은 길을 만들어 놓은 것을 자랑하며 구경 오라고 난리들이다. 어쩌다 여행 끝에 틈을 내 그 길을 걸어 보면 이게 아니구나 하는 생각이 들었다. 대부분의 길바닥에 흙이 사라지고 사람들이 만들어 낸 인위적인 것들이 깔려 있는 것을 보면 너무나 편리함만을 좇는 것은 아닌지 하는 생각이 들었다.

주변 환경도 그렇다. 돌을 일부러 가져다 놓고 나무를 심어 주변 환경을 보기 좋게 가꾸어 놓았다는 느낌에 상투적이라는 생각마저 든다. 눈은 즐거울지 몰라도 자연미가 사라진 나머지 너무 인위적이라는 느낌이 든다. 옛날에 걸었던 그 오솔길에 느꼈던 감정과는 전혀 다른 느낌이다.

시골에 있던 오솔길은 자연스러웠다. 어디를 가나 모나지 않고, 순수함을 간직한 채 있는 그대로를 내보였다. 그러나 요즘의 길은 그윽한 맛도 없다. 자연스런 맛은 그 어디에서도 느낄 수 없었고 단지 다니기에 편한 길이라는 생각이 들 뿐이었다.

이제는 고향에서도 그와 같은 옛 오솔길을 찾아보기도 쉽지 않은 것 같다. 사람이 다니지 않아서 없어졌거나 다니기 편하도록 길을 새로 만들면서 바닥을 시멘트 등으로 발라 버렸기 때문이다.

옛날의 오솔길을 걷고 싶다. 자동차 엔진소리가 들리지 않은 솔 냄새 풍기는 오솔길을 뒷짐 진 채 양반자세의 팔자걸음으로 느릿느릿 걸어봤으면 하는 생각이 간절하다. 빠른 것만이 지상 최대의 목표인 것처럼 서두르고 들떠 있는 세상에서 벗어나 오솔길 옆에서 손짓하는 이름 모를 들풀과 나무 그리고 꽃들을 향해 눈인사를 주고받으며 여유롭게 걸어 보고 싶다.

아무리 걸어도 전혀 지루하지 않은 길이었던 것 같다. 울퉁불퉁 튀어나온 돌을 피하기도 하고 눈을 가리는 나무 사이를 빠져 가다 보면 좁은 오솔길이 주는 독특한 풍경에 취해 기쁨이 절로 났기 때문이다.

오솔길은 계절마다 우리에게 색다른 즐거움을 주기도 했다. 봄이면 이름 모를 꽃들의 향연을, 여름의 무성한 나뭇잎의 흔들거림을, 가을에는 오색찬란한 낙엽을, 겨울에 눈 덮인 오솔길을 생각하는 것만으로 풍요로움을 느끼기에 충분한 것 같다.

언제나 걸어도 지겹지 않아 걷고 싶은 그 길이 오솔길이라는 생각이 든다. 가다가 땀이 나면 길가 작은 바위를 의자 삼아 앉아 쉬어 가는 길. 흰 구름이 두둥실 떠가는 하늘을 마음껏 날개를 펴 유유히 날고 있는 솔개라도 보면 왜 그리 여유롭고 평화로워 보였는지 지금도 눈에 선하다.

갑자기 뛰어나오는 산토끼에 놀라 가슴을 쓸어내리며 숨을 몰아쉬며 걸었던 길이다. 그러나 나지막하게 소리 내며 흐르는 작은 골짜기 물에 손을 담그면 어느새 모든 시름이 가시는 오솔길이었다. 지금은 꿈속에서나 볼 수 있는 길이 되었지만 아름다운 풍경은 늘 마음에 와 닿는다.

호젓한 오솔길을 걸으며
자연과 함께했던 무언의 대화가
정말 그립다.

소풍의 추억

초등학교를 졸업하고서 반백년 만에 꿈이 이루어졌다. 서울에 살고 있는 초등학교 동창들이 만날 때마다 한 번쯤은 꼭 가 보자고 했던 곳이다. 어린 시절 소풍을 다녔던 고향에 자리 잡고 있는 '설산'에 가기로 약속했던 꿈을 실행에 옮길 기회가 드디어 다가온 것이다.

요즘 애들에게는 소풍 가던 곳의 추억이나 그리움이 오래 남아 있을 것 같지 않지만, 그 시절은 부모 곁을 떠나 놀러간다는 사실만으로도 설레어 밤잠을 설치곤 했다. 먹고살기 바빠 집을 떠나 여행을 할 기회가 거의 없었기 때문인지도 모른다. 소풍을 여행이라고 할 것까지야 없다고 생각할 수도 있겠지만, 그 시절 우리들에게 있어 소풍은 여행 못지않게 큰 즐거움을 안겨 주었다.

동네에서 앞산과 뒷산만 보다가 절이 있는 산을 처음 보았으니, 그 감정이 지금까지도 추억 속에 아름답게 자리 잡고 있는 게 아닐까.

서울에서 출발해 광주에 도착하여, 그곳 친구들과 놀다가 저녁을 맞이했다. 집을 떠나 생소한 잠자리 탓이라고 할 수 없는 묘한 감정 때문에 쉽사리 잠을 이룰 수가 없었다. 어린 시절은 즐거운 마음 때문이었다고 하지만 지금은 그런 마음은 아닌 것 같았다.

즐거움 때문이라기보다는 어린 시절의 소풍에 대한 그리움과 산과 들녘이 보여 주었던 추억들에 대한 생각이 서로 얽혀 잠을 이룰 수 없는 것이리라. 유년 시절의 그리움과 향수가 한꺼번에 몰려들어 마음도 산란했다. 들뜬 마음도 잠시, 이리저리 뒹굴다가 어느새 잠이 들었다. 광주에 내려와 친구들과 즐겁게 마신 한 잔 술이 깊은 잠으로 빠져들게 한 모양이다.

쌀쌀한 늦가을 아침 날씨였다. 모두가 날이 밝기도 전에 잠자리에서 일어나 앉아 있었다. 아침 식사도 하는 것 같지 않았다. 허둥지둥하는 것을 보면, 마음의 설렘은 초등학교 시절 소풍에 비길 바가 아니었다. 몸과 마음은 벌써 차에 올라 설산을 향하고 있었다. 보고 싶어 안달이 나 있는 듯 식사를 마치자마자 앉아 있지 못하고 서서 종종걸음이었다.

모두가 상기되어 있는 얼굴이다. 약간 주름진 얼굴에서 해맑은 어린 시절의 청순함을 엿보는 데 조금도 모자람이 없었다. 웃음 띤 얼굴에서 '행복'이라는 단어를 생각하기에 충분했다. 전혀 근심 걱정을 찾아볼 수가 없는 천진난만하고 순진한 아이들 모습을 하고 있었기 때문이다.

두 대의 차에 나누어 타고 꿈에 그리던 설산을 향해 출발했다. 옛날 같으면 도시를 벗어나면 한참 동안 먼지를 흠뻑 마시며 달려야 할 자갈밭의 신작로였다. 그러나 지금은 자갈밭 대신 아스팔트가 깔린 멋진 도로였다. 꼬불꼬불했던 논두렁길 그리고 비탈진 산길에도 시멘트와 아스팔트가 깔린 널따란 차도가 자리 잡고 있었다.

시골 풍경으로 자리 잡았던 고요함과 자연스러운 아름다움이 묻어 있던 길이 이미 아니었다. 삶의 여유와 풍요로움을 느낄 수 있었던 길은 모두 없어져 아쉬움은 컸다. 그러나 가는 길은 편했고 눈 깜짝할 사이에 우리가 다녔던 초등학교를 지나 설산 앞마을 설옥리에 도착했다.

어미닭을 뒤따라가는 병아리처럼 노래 부르고 해찰하면서 어린 시절 갔었던 길은 학교에서 설옥리까지 걸어가는데도 두 시간 가까이 걸리던 좁은 오솔길이었다. 운치가 있는 풍광 좋은 길이었다. 연인이 다정히 손잡고 걸으면 저절로 사랑이 움틀 만한 정감어린 길이었는데, 지금은 이렇게 되바라져 있었다. 편리함 때문에 얻은 것도 많지만 정서적으로 잃은 것도 많다는 느낌이 들었다.

설옥리 마을 앞에 당산나무가 우뚝 서 있는 곳에 차를 세웠다. 전에는 눈에 띄지 않았던 나무였다. 오십 년 세월이 말해 주기라도 하듯 우람한 체격에 큰 그늘을 드리우며 마을 앞에 우뚝 선 모습은 훗날 동네 수호신으로 손색이 없을 만큼 아름다운 자태를 뽐내고 있었다. 길은 변했어도 마을의 모습에서 옛 정취를 느낄 수 있는 풍경이 남아 있다는 게 여간 기쁜 일이 아닐 수 없었다.

외부에서 몰려드는 불청객 때문에 짖는 개들, 담 너머 마당에 뒤뚱뒤뚱 거드름을 피우며 한가하게 모이를 찾는 어미닭은 옛 향수를 자극하기에 충분했다. 벌거벗은 감나무에 빨갛게 익은 감이 가지마다 주렁주렁 매달려 있었다. 길가 한 모퉁이에서 무게를 이기지 못하고 깊숙이 고개 숙인 빛바랜 해바라기는 깊어 가는 가을의 정취를 한껏 풍겨 주고 있었다. 한 폭의 동양화를 보는 것 같아 마음이 푸근해졌다.

친구들은 보는 것으로는 만족하지 못했는지, 몰려다니며 당산나무와 감나무 그리고 담벼락을 배경 삼아 사진 찍기에 바빴다. 지금까지 남아 있는 옛날의 모습을 조금이나마 오래도록 남겨 두고 싶었는지도 모른다. 눈과 발이 바쁘게 움직이고 있었다.

마을 앞에서 조금이나마 옛 정취에 취해 향수를 즐겼던 우리들은 그렇게도 오르고 싶었던 설산에 도착했다. 절 밑에 자리 잡은 주차장에 차를 세웠다. 주차장 주변도 많이 변해 있었다. 둘레길도 반듯하게 새로운 모습으로 잘 다듬어져 있었다.

그동안 보고 싶었던 옹달샘이 없어졌다. 산에 오르자마자 물 위에 떠 있던 바가지로 목을 축이며 갈증을 달래곤 했던 옹달샘이었는데 정말 아쉬움이 컸다. 옹달샘 옆으로 널찍하게 자리 잡았던 평지도 아름드리 나무들로 꽉 들어차 있어 앉아 있을 곳은 모두 없어졌다. 학창 시절 소풍을 올 때마다 사오백 명이 함께 앉아 오락을 즐겼던 곳이었다. 산의 모습도 우리들의 모습만큼이나 많이도 변해 있었다.

어린애들을 말없이 맞아 준 노승 한 분이 지켰던 아담한 절 건물도 없어졌다. 정말 산자락을 거스르지 않는 아담하고 예쁘게 보였던 조그마한 절이었는데……. 세월의 흐름 탓으로 돌리기에는 너무나 마음이 허전했다. 옛것을 흔적도 없이 버리고 새것을 찾고 있는 우리 문화의 한 단면을 보는 것 같아 쓸쓸한 기분에 사로잡히는 것을 억지로 참았다.

새로 들어선 절 건물은 산을 찾는 사람들에게 위압감을 주기에 충분한 높다란 축대 위에 세워졌다. 그러나 친구들에게는 그와 같이 변한 주변의 모습은 아무런 문제가 되지 않는 것 같았다. 종교인들이 성지를 밝은 기분이라고나 할까. 모두가 기쁨에 들떠 있었다.

    산을 오르기 위해 각자 짐을 챙기고 신발 끈을 조이며 부산을 떨고 있었다. 산정상은 오백여 미터로 그리 높지 않은 산이다. 그러나 등산길은 가팔라 보였다. 시골 깊이 박힌 산이어서 그런지 등산길 입구부터 찾기 힘들었다. 산을 오르는 길은 이미 짐작한 대로 힘들었다. 이삼백 미터도 채 가지 못했는데도 벌써 숨을 헐떡이고 얼굴은 구슬땀으로 흠뻑 젖은 친구도 있었다.

    길은 폭이 오십 센티미터가 넘지 않은 좁은 길이었다. 정말 가파르고 약간의 돌들이 섞인 전형적인 오솔길이었다. 나무와 넝쿨이 가로막아서 이를 헤치고 지나지 않으면 안 되는 힘든 길이었다. 그런 험한 길을 힘겹게 오르면서도 누구 하나 불평함이 없이 밝은 표정으로 열심히들 오르고 있었다.

    출발하면서 볼 수 없었던 바위들이 커다란 나무들에 가려 수줍다는 듯 얼굴을 간간이 내밀었다. 그토록 아름답고 기상천외한 모습으로 산 정상을 형성했던 바위들을 산 밑에서 볼 수 없었던 이유를 산을 오르고서야 알 수 있었다.

    산 정상은 온통 하늘이 준 무한한 햇볕 그리고 기름진 땅의 기운을 모두 독차지한 나무와 덤불의 세상이었다. 자신들을 자랑하기 위해 우리가 보려고 했던 바위들을 품속에 모두 감춰 버린 탓이었다. 그렇지만 자신을 드러내지 않고 옛 자리를 지키고 있는 바위들의 모습은 한결 대견스럽고 정다웠다.

    때 묻지 않은 순수한 자연이 그대로 숨 쉬고 있는 오솔길! 오랜만에 걸어 보는 기분은 말로는 형언할 수 없었다. 어쩌다 한두 사람이 걸었던 길임이 분명했다. 오직 발길의 흔적만이 만들어 낸 아름다운 좁다란 오솔길은 감탄사를 절로 나오게 하는 데 모자람이 없었다. 바람에 넘어진 나무 밑을 어렵게 통과하고 얼굴을 가리는 넝쿨을 하나둘씩 밀어제치면서 한 걸음 한 걸음 발길을 내딛고 있었다.

바람 소리마저도 조용한 한적한 길. 오직 친구들의 숨소리 그리고 걸을 때 내딛는 발걸음 소리의 합창으로 이루어진 아름다운 음악이 가파른 산길에 지친 우리의 몸과 마음을 즐겁게 해 줄 뿐이었다. 오솔길의 아름다운 정취에 빠져 다른 생각이 끼어들 틈이 없었다. 간간히 불어오는 가을바람이 실어다 주는 풋풋한 솔향기는 무거운 발걸음을 한결 가볍게 해 주었다. 이러한 오솔길이 설산에 남아 있다는 게 경이로울 뿐이었다.

산을 오르기 시작한 지 사십여 분만에 산 정상에 우뚝 섰다. 모두의 이마에서 땀이 뚝뚝 떨어졌다. 거친 숨을 몰아쉬면서도 상기된 얼굴들은 행복해 보였다. 조금 널찍한 곳에 자리를 잡고 앉았다. 아침 일찍부터 서두른 탓으로 허기도 지고 목도 마른 탓인지 모두 먹을 것을 찾았다. 준비해 간 막걸리에 김밥을 안주 삼아 허기를 채우고 나서야 정산에 오른 기분을 감탄사로 연발하면서 시인처럼 한마디씩 떠드는 바람에 무슨 말들을 하는지 도무지 알아들을 수 없을 정도였다. 한참을 떠벌리고 나서야 산 주위를 살피기 시작했다.

설산을 이루고 있는 어느 한 곳인들 아름답지 않은 곳이 없겠지만, 그래도 마음 가는 곳이 우리에게는 따로 있었다. 어린 시절 소풍을 오면 꼭 유심히 살폈던 곳이고 놀이와 음악을 즐겼던 장소들이었다. 그래서 잊지 못하고 그리워했기에 이곳까지 오게 되었는지도 모른다. 그리워했던 모든 곳을 둘러보기로 했다. '마당바위', '금샘' 그리고 '아맷둥'은 추억 속에서 항상 잊지 못하고 그리워했던 장소들이었다.

제일 먼저 찾았던 마당바위! 어릴 때 그렇게도 넓어 보였던 바위다. 그러나 같이 갔던 친구들이 앉고 나니 별로 여분의 자리가 남지 않았다. 어릴 때 크게 보였던 바위여서 그런지 조금은 실망한 모습들이었다. 옛날에 화려하고 크게 보였던 아맷둥, 깨끗한 물을 자랑했던 금샘 모두가 그 자리를 굳건히 자리를 지키고 있었다.

우리들 모습만큼이나 모두 변해 있었지만 우리를 기다렸다는 듯이 조금도 주저함이 없이 가슴을 활짝 펴고 의젓한 자세로 다가와 주는 것 같았다. 우리가 민망해할 것을 미리 눈치 챈 모양인지 변한 모습으로 우리를 맞이하고 있었다. 오랫동안 헤어져 있던 정다운 친구들을 만난 것처럼 뛰는 가슴을 애써 눌러 참으며 다시 한 번 유심히 둘러보았다.

모두가 반가운 얼굴로 다가왔다. 유년기를 경이롭고 풍성하게 해 주었던 자연의 모습 속에서 세월의 흐름을 느낄 수 있었다. 모두가 세월 따라 변한 모습이었지만 각자 자신의 자리는 굳건히 지키고 있었다. 오랜만에 느껴 보는 삶의 여유와 풍요로움을 만끽했다.

헤어지는 아쉬움을 뒤로하고 산을 내려왔다. 우리가 출발했던 장소에 막 도착하려는 바로 그때였다. 누군가 "기준아, 이리 와."라고 소리쳤다.

산을 오르지 못하고 설산 둘레길을 걷고 있던 여동창생들이 부르고 있었던 것이었다. 세 명이서 약속이나 한 것처럼 손짓으로 오라고 했다. 약간은 어색한 웃음을 띤 얼굴로 그녀들이 있는 곳으로 갔다.

그러자 갑자기 깔깔거리고 웃으면서 어깨를 끌어안았다. 세 사람이 껴안아 얼굴이 빨개진 것을 보면서 어린 시절이 그리워서 해 본 장난이라며, 그러면서 함께 사진을 찍자고 했다. 정다운 포즈를 잡고 귀여운 여인들 속에 끼여 사진을 찍었다. 서로를 쳐다보면서 산이 무너질 것 같은 기세로 다시 한 번 크게 웃었다. 장가를 가고 시집을 가서 가정을 꾸리고 있는 사람들에게서는 쉽게 볼 수 없는 풍경이었다. 아무 거리낌 없이 순진무구한 모습이었다.

설산을 찾아 행복한 마음으로 보냈던 감정의 여운이 채 가시기도 전에 우리는 삶의 터전으로 다시 돌아가기 위하여 차에 올랐다. 차창 밖으로 가을 들녘을 보면서 오늘을 돌아보았다.

어린 시절을 함께했던 동창들과 가슴 시리도록 그리움이 솟구치는 설산 소풍 길을 그것도 오십여 년 만에 둘러보았다는 사실이 꿈이 아닌가 하는 생각이 들 정도로 가슴속 깊숙이에 기쁨이 파고들었다. 정말 내 삶이 시작되고 내 이야기가 시작된 곳이 바로 설산과 함께하는 고향이라는 생각이 들기에 충분했다.

아름다운 추억이 깃든 곳에서 만난 친구들 모두에게 은혜와 축복이 깃들기를 바랄 뿐이다. 앞으로 전개되는 그들의 삶에 크게 위안이 되고 부디 오늘의 모임이 아름다운 추억으로 자리 잡아 삶의 풍요로움에 한 페이지를 장식했으면 하는 바람이다.

함께한 친구들
모두가 행복하시기를!

아기 천사

젖먹이를 안은 채 아이 입에 젖병을 물려 준 적이 있었는지 기억이 가물가물하다. 딸 둘을 두었지만 무릎에 눕혀 잠재우며 아이 얼굴을 자세히 들여다볼 기회가 있었는지조차 기억나지 않는다.

애들을 돌볼 기회는 그리 많지 않았던 것 같다. 육아 문제는 장모님과 아내가 모두 알아서 해 준 덕으로 자연스럽게 무관심했었던 것 같다. 그래서 아이에게 관심을 가지고 젖병을 물려 주거나 재워 주는 일은 흔하지 않았는지도 모른다. 가끔 있었는지 모르지만, 오래된 일이라 그런지 생각이 나지 않는다.

그러나 지금은 반대가 되어 있다. 시집간 큰딸이 애를 데리고 집으로 들어왔기 때문이다. 아이 키우기 힘들다는 핑계로 친정집에 애를 둘이나 데리고 들어온 것이다. 처음에는 애들을 보살피기 힘들다는 이유로 거절했지만 아내의 권유에 어쩔 수 없이 허락하고 말았다. 정말 자식 이기는 부모는 없는 것 같다.

외손자들을 보면서 애들을 돌보는 일이 이렇게 힘든 것인지 미처 몰랐다. 아이들한테 너무나 많은 손길이 필요하다는 것을 새삼 느꼈다.

애들이 무럭무럭 자라는 것은 부모의 정성이 담긴 손길 때문이라는 생각이 들기도 했다.

오늘은 일요일이고 큰딸의 생일날이기도 했다. 아내와 함께 외출을 마치고 집에 들어온 오후였다. 집에 도착하자마자, 큰딸은 기다렸다는 듯 기회를 잡았다. 손자 둘을 모두 재워 놓았으니 그 사이에 남편과 생일 기념으로 저녁을 먹고 오겠다고 선수를 쳤다. 둘이서만 가겠다는 것이 미안해서인지 애들은 잠을 자고 있으니 걱정하지 않아도 된다며 거듭 안심까지 시켰다. 이에 질세라 아내도 덩달아 성당에 가 버렸다. 모두 집을 나간 뒤였다.

애들 어미나 할미가 들어올 때까지 애들이 곤히 잠자고 있기를 바랄 뿐이었다. 정말 마음속으로 간절히 바라면서 TV채널을 돌려 바둑 프로그램을 보려고 하는 순간이었다. 시골 집 같으면 아내가 마당에 나가 겨우 사립문을 열 만한 시간이었다. 출발한 아내를 부를 만한 거리인데 둘째 젖먹이가 운다. 아이 둘이 한방에서 자고 있었기 때문에 얼른 데리고 나올 수밖에 없었다. 행여나 둘이 함께 깨어나기라도 하면 혼자 전쟁 아닌 전쟁을 치를 수밖에 없기 때문이다.

잠을 깬 손녀를 가슴에 안고 달랬다. 계속하여 울음을 그치지 않았다. 선잠을 깨서 그런지 막무가내다. 아무리 흔들고 달래며 법석을 떨었지만 소용이 없었다. 하는 수 없어 아기를 무릎에 안고 젖병을 입에 물려 주었다. 처음에는 싫다는 듯이 고개를 흔들었다. 그러더니 이내 우유를 빨기 시작했다. 눈을 감고 어찌나 우유병의 젖꼭지를 세게 빠는지 병 속으로 빨려 들어가는 공기 소리도 우렁찼다. 한참 동안 젖을 빨

다가 잠이 들었다.

새근거리며 자는 모습이 너무나도 예뻐 보였다. 어느새 어린아이의 세계에 빠져들고 있었다. 아내가 성당에서 올 때까지 그대로 애를 안고 앉아 있어야 했다. 힘들지만 자고 있는 애를 눕힐 수는 없었다. 다시 깨어난다면 애를 다시 달랠 만한 용기가 나지 않기 때문인지도 모른다.

자고 있는 애의 얼굴을 물끄러미 쳐다보았다. 자고 있는 아기의 모습이 천사처럼 보였다. 티 하나 없는 해맑은 얼굴은 평화 속으로 침잠하고 있는 듯했다. 이런 애들도 꿈을 꾸며 잠을 잘까 하는 생각이 들었다. 내가 보기에는 꿈을 꾸지 않은 것 같았다. 전혀 눈을 움직이거나 굴리지도 않았기 때문이다.

한 번의 깜박거림도 없이 잠자고 있는 얼굴은 편안함 그 자체로, 고요한 평화를 느끼기에 충분했다. 아기 얼굴 어느 곳에서도 근심 걱정이라고는 찾아볼 수 없는 맑은 얼굴이다. 다만 새근거리는 숨소리만이 가느다랗게 들릴 뿐이다.

세상 모든 일에서 해탈한 부처님 얼굴처럼 평화스러운 얼굴이다. 정말 아름답고 예쁜 천사가 하늘에서 내려와 내 무릎에서 잠을 자고 있는 것 같았다. 아무런 근심 걱정이 없는 얼굴을 보고 있기만 해도 모든 것을 잊은 듯 마음은 평화 속으로 빠져들고 있었다. 해탈 경지의 선지식들의 잠이 아니고는 그와 같은 평화스러운 잠을 잘 수가 없을 것 같다는 생각이 들었다. 너무나 편안해 보였다. 두 딸을 키워 봤지만 그동안 어린아이들의 이런 세계를 보지 못한 것 같아 아쉬운 마음이 들었다.

남자들은 결혼을 해도 직장에 얽매여 대부분을 아이의 육아 문제에서 벗어나 애들의 성장 과정을 살필 기회가 없어 이렇게 아름다운 기회를 얻지 못한 것 같다. 손녀와 단둘이서 한 시간 남짓 보냈지만 몇 년이 지나간 것 같은 기분이 들었다. 신선과 함께한 무한한 영광의 시간이었다. 너무나 많은 것을 생각하게 만들었다. 반성하며 그동안 수없이 많은 일을 겪으며 살아왔던 자신을 뒤돌아보게 했다.

전혀 긴장함이 없이 느긋한 모습으로 잠을 자고 있는 아이의 얼굴을 본 것은 처음인 것 같았다. 그렇게 편안한 모습으로 무릎에 자고 있는 손녀의 얼굴을 보면서 열반에 든 부처 아니면 천사의 모습이 이런 것 아닌가 하는 생각이 들기도 했다. 잠자는 얼굴은 여유와 평화 그 자체로 보였기 때문이다. 성당에서 돌아온 아내에게 잠자고 있는 손녀를 넘겨주기까지 짧은 시간에 참 많은 것을 배웠다는 생각이 들었다.

이 세상 모든 어머니는 아이들이 잠자는 모습에서 사랑을 배우고, 부처와 같은 한없는 자비와 여유로움을 배우는 게 아닐까. 모든 것을 참아 가며 가정의 평화를 지킬 수 있는 어머니들의 힘과 지혜는 천진난만한 아이의 얼굴에서 얻지 않았나 싶다.

무릎에서 잠자는 아이의 얼굴에서 보았던 평화스러운 모습은 기억 속에 영원히 남을 것 같다. 내 무릎에 안겨 잠자는 손녀와 정말 한순간의 짧은 만남이었지만 많은 것을 배웠다. 남은 삶을 어떻게 살아야 하는지를 알게 해 준 아기천사에게 무한한 고마움을 갖는다.

외딴집

동네에서 조금 떨어진 곳에 외딴집이 있었다. 낮은 산자락 끝에 자리 잡고 있는 논 가운데 지어진 집이다. '안골'이라고 하는 곳에 우리 논이 있어 외딴집을 자주 지나치게 되었다. 겨울에서 이른 봄까지는 들에 가는 길이 별로 없어 외딴집을 지나가는 일이 드물었지만, 봄에서 가을까지는 논에 가는 일이 잦았다.

부모님 심부름으로 못자리 물꼬 등을 보러 가는 것에서부터 시작되었다. 가을 추수 때까지는 자주 가고 또 꼴을 베러 가기도 했다. 그러면서 자연스럽게 외딴집을 지나쳤다. 그래서 어릴 때부터 그 집 사정을 조금은 알고 있었다. 부부와 함께 어린 남자아이 두 명이 단출하게 살고 있었다.

울타리는 사립문을 제외하고는 탱자나무가 심어져 있어 정말 단단하고 높아서 사립문을 통하지 않고는 사람이 들어갈 수 없었다. 마을에서 다소 떨어진 외딴집이라 도둑이 무서워 가시 많은 탱자나무로 울타리를 만들었는지는 모른다. 그러나 탱자나무는 울타리로 안성맞춤이었다는 생각이 든다. 우선 한번 심어 놓으면 자주 손보지 않아도 되고 또 살아 있는 나무라서 인위적인 울타리와는 다르게 주변의 자연과 잘 어울렸기 때문이다. 요즘 말하는 친환경 울타리였다. 외딴집의 울타리로는 단연 최고였다.

집은 초가집이었다. 볏짚으로 덮여 있고 새끼줄로 꽁꽁 묶어 놓은 지붕이 반달모양으로 다소곳하여 포근함이 저절로 느껴졌다.

그곳을 지나가기라도 할 때면 사립문 앞에 나와 있던 아이들은 우리를 보면 고개를 갸웃거리다가 이내 집으로 들어가곤 했다. 동네에 사는 다른 또래 아이들과 어울리지 않았던 터라 낯선 사람과의 만남이 생소하게 느껴졌기 때문인 것 같았다. 지나가는 사람을 보면 새색시처럼 수줍어하며 몸을 비틀다가 곧장 집으로 들어가곤 했다. 그 뒷모습을 보고 있노라면 같이 놀아 주고 싶다는 생각이 들어 안쓰럽기까지 했다.

그래도 개는 밖에까지 나와서 한참을 짖다가 멀어지는 손님을 확인한 뒤에야 안심하듯 꼬리를 흔들며 집으로 들어갔다. 집을 지키는 개가 오히려 어린아이들을 대신하여 지나가는 손님을 반겨 주는 것 같았다.

비가 오는 날, 외딴집을 지나칠 때는 아이들이 떠드는 소리와 함께 부부가 정답게 나누는 이야기를 집 밖에서 들을 수 있었다. 비가 오는 날이라 주위가 산만하지 않고 조용해 집 안에서 말하는 소리가 들렸던 것 같다. 엿듣고 싶어서가 아니라 조용히 떨어지는 빗소리 외에 다른 소음이 없어 울타리 너머까지 가족의 이야기 소리가 들려왔다.

외국의 음악을 듣는 것처럼 내용은 알아들을 수 없으니, 그 가족의 이야기 소리는 전혀 언어 같지 않게 들렸다. 그냥 시를 읊은 노래 같았다.

요새 불러지는 노래로 치자면 랩처럼 들려왔다. 조용하고 도란도란거리는 목소리는 마치 교향곡의 한 소절처럼 정답고 평화롭게 느껴지기도 했다.

탐스럽게 자란 벼들이 푸른 파도처럼 넘실거리는 들녘과 외딴집에서 들리는 소리는 정말 마음을 푸근하고 여유롭게 해 주었던 것 같다. 아무런 근심 걱정이 없는 평화스러운 모습의 진수를 보고 듣는 기분이었다. 그 속에서 부모와 함께하고 있는 아이들에게는 무엇 하나 부족할 게 없을 것 같았다. 다정다감했던 가족 이야기 소리를 들으면서 말없이 집 안으로 들어갔던 아이들을 보며 괜한 걱정을 했던 것 같아 미안한 마음이 들었다.

책상 앞에서 고향에 자리 잡은 외딴집 추억이 되살아난 것은 고향에 대한 그리움이 컸던 탓이다. 고향을 떠나 지나온 세월을 돌이켜 보면, 항상 마음은 어린 시절의 추억과 고향 들녘의 포근함을 잊지 못하고 있는 것 같다. 복잡하지 않은 농촌 생활 그리고 계절마다 다른 풍경으로 다가오는 산과 들의 아름다움을 어린 시절의 순수한 마음으로 보고 즐겼으니 쉽사리 잊을 수 없었는지도 모른다.

엄마처럼 그리워할 수 있는 고향이 있다는 사실이 고향을 떠나 생활하는 사람의 마음에 이렇게 큰 위안이 될 줄은 정말 몰랐다. 고향이 간직하고 있는 아름다운 풍경 그리고 그곳에 살았던 사람들의 마음을 영원히 추억 속에 간직하고 싶다.

5

시의
향기

차 한 잔에 담긴
당신의 마음
풍광 좋은 찻집 은쟁반
차 향기도 비길 바 못 되오.

새들의 합창

새들이 운다고 말하지만
새들은
배고프거나 춥거나
고통스러울 때
울지 않는다.

언제 올까
편리함에 가려진 눈과 귀
존재의 열정을 향한
새들의 합창
신에게 달려가는 사랑의
노래로 들리는 날은.

산철쭉

화려한 봄꽃 잔치
개나리 진달래에 내어주고
청초한 하얀 얼굴
연보랏빛 멍들었네.

멍든 이유 궁금하여
살며시 물어보니
인간 마음 알 수 없어
속병 생겨 그렇다네.

옛 얼굴 아니건만
나의 모습 쳐다보며
올봄도 그 자리
같은 꽃 피어 있구나!

봄날의 꽃

청하지 않아도
피어나는
봄날의 꽃.

놀랍구나!
숱한 세월 흘러도
변하지 않는 그 빛깔.

벌 나비 달려들어
천년의 꽃향기에 취해
봄을 춤추네.

마음

나른한 오후
책상 위에 살며시 놓인 찻잔
코가 먼저 맛보는구나.
무슨 차냐고 묻지 않겠소.

투박한 찻그릇 속
향기로 충분하다오.
이름은 알아 어디에 쓰겠소.
투박한 찻잔이면 또 어떻소.

차 한 잔에 담긴
당신의 마음
풍광 좋은 찻집 은쟁반
차 향기도 비길 바 못 되오.

설악산

세상과 함께한 바위
장엄한 자태는
억만년 흘러도
변함없는 태고의 자취.

산벼랑에 선 소나무
비바람 몰아쳐도
아무 일 없는 듯
의연한 모습 잃지 않고,

작은 바람에
일렁이는 마음
바위와 소나무 앞에
부끄러워 고개 떨군다.

겨울나무

시련을 이겨 낸 나는
꽃을 피웠지.
내가 피운 여린 꽃잎에 달려들어
다정한 입맞춤 날리는
새 그리고 벌 나비를 바라보며
그때 나는 행복했지.

한여름 뙤약볕에서 나는
시원하고 아늑한 곳에
햇빛 가리고 비바람 막아 내며
보금자리 마련했지.
자라난 새 생명 보며
그때 나는 흐뭇했지.

익어 가는 잎을 나는
노랑 빨강으로 물들였지.
산들바람에 나부끼는 잎
경이로운 눈으로 쳐다보는
그 모습에 우쭐대며
나는 즐거워했지.

하릴없이 발가벗고 서 있는 나
머리에서 발끝까지
바라보는 이 있네.
눈가에 이슬 맺힌 웃음 가득한 얼굴
내 눈과 마주치는 순간,
삶과 사랑을 알았다 하네.

고향

옛날 내 고향은
마당 한구석
나리꽃 한들한들 춤추고
장독대 옆 감나무
작은 새들의 노래 터였지.

그 속에 사는 사람들
자연이 가르쳐 준 춤 노래로
계절마다 명절마다
흥을 돋우며
모두가 한마음 되었지.

지금은 그 자리에
궁전이 자리하고
사람은 보이질 않네.
자연의 섭리 앞에
인간이 너무 앞서 나갔나.

춤추고 노래한 나리꽃 새들

지금은 볼 수가 없고

춤추고 노래한 세상 사람들

행복해질 가슴 잃고

옛 고향만 그리워하네.

바위가 되리라

나는 바위가 되리라.
천고의 세월에 흔들리지 않는
바위가 되리라.

희로애락에
실바람에 나뭇잎처럼 흔들리고
욕망 앞에 무너지는 마음
인간의 본래 심성인가.

비바람 뇌성 속에서도
흔들리지 않는 생명의 망각
깨트려도 말없는 침묵 속에
설산에 우뚝 선 바위.

마음이 없는가.
마음속에 흔들림이 없는가.
세상을 초월한
그 마음 알 수 없구나.

나는 바위가 되리라.
천고의 세월에 흔들리지 않는
바위가 되리라.

공갈빵

바람 빠진 풍선처럼
몸은 찌들고
머릿속 마음은
배 잔뜩 부른
공갈빵처럼
비집고 들어갈 공간이 없네.

넉넉한 마당에 놓인
대나무자리 평상에
높은 목침 베고 누워
초승달 기운 맑은 하늘
밝게 뜬 수많은 별 보며
마음 비워 볼까나.

본래인 마음 찾아

부질없이 밖을 헤매는 마음

형상이 다하기 전에

그 마음 돌려놓을 수 있을까?

걱정되는 내 마음은 다시

공갈빵처럼 부풀고….

삶과 영혼

하늘과 땅 사이에서
잠깐 이어지는 가련한 삶이여!

그 사이에 벌어지는
삶의 놀음 앞에서
자연이 준 은혜
그 속에서 깨우친 알량한 기술
우리 몸 살찌우며
어느덧 잠깐 세월 보낸 뒤
오는 곳으로 가려고 하네.

보이는 형상 앞세우고
오성에 파묻혀 있는 사이
우주와 함께할 영혼은
그동안 누가 챙겼나.
부질없는 욕망으로
모든 것 잃은 맑은 영혼
네 갈 곳은 어디인가.

순간의 삶

장맛비에 씻긴 말간 얼굴
폭포수처럼 쏟아지는 햇살 받아
해맑은 모습 되어
행복을 자랑하며 인사하네.

상큼한 풀 흙 내음
가득 찬 숲 속의 바람
내 얼굴 만지면
아기 웃음 절로 나고.

해맑은 나뭇잎
웃음 띤 얼굴 마주칠 때
부처와 제자 사이
'笑而不答'*이 이런 게였나.

* 소이부답: 이백의 시 〈산중문답(山中問答)〉에 나오는 표현으로,
　　　　　말 대신 웃음으로 답하는 모습.

자연의 우정

오솔길 흙이 먼저
정다운 미소로
걷는 이 디딤돌 되어
사랑을 알았다고
산책을 즐기라 하네.

산허리 휘감아 돌던
서늘한 바람
뺨을 어루만지며
삶 속 영혼에 흠뻑 젖어
기쁜 얼굴로 오라 하네.

몸 내민 어린 새싹
추위에 웅크리며
계면쩍은 웃음으로
따뜻한 봄 햇살에 몸 키워
춤추며 반길 테니 오라 하네.

자연 속의 넓은 사랑
마음 부끄러워지고,
그들의 온화한 지혜 앞에
얇은 영혼은
절로 머리 숙여지는구나.

나그네

주인이라면
누가 주인이라는 건가
제 몸뚱이 하나
몸속의 영혼 하나
간수하지 못하는 주제
모두가 도둑일세.

잠깐 이어지는 뭇 생명
한계 없는 우주의 시간
분모 위에
그 알량한 삶
분자로 놓는다면
그 답은….

이 세상
모든 삶은 나그네 길
주인이라 생각지 않네.
나그네로
나그네 길을 걷는
영원한 자유인이고 싶어라.

입이 없다

신이 창조한 무구한 자연
자동차 부속품처럼
꺼내어 장난질
자연이라 할 수 없네.

1퍼센트 강도질
99퍼센트 위기
그래도
입이 없다.

푸른 초원 깊은 산골
휘젓는 사자 호랑이
나약한 동물 목 덮쳐
통째로 뜯는 아가리뿐.

봄비

봄비에 젖은
나무와 풀잎
새 생명 솟아나고
온 세상이 풍요롭구나.

창가에 서서 밖을 보니
밖에서 몰려오는
우주의 봄 에너지
나를 향해 달려오고.

맑아진 영혼은
오늘을 천상으로 이끌고
아름다움과 사랑이
몸 밖으로 넘쳐흐르네.

사랑

사회의 끈으로 맺어진 사람
무던히도 가까이 살았네.
지금은 저만치 떨어져
밤을 지새우고.

문틈으로 들려오는 숨소리
몸을 뒤척이는 작은 속삭임
따스한 집안 에너지에 실려
깊은 잠 깨우는구나.

일으켜 세운 그 에너지
이른 봄 멀리서 불어온
남쪽의 훈풍이 봄을 실어 오듯
이 순간을 함께하네.

붓꽃

부끄러워
응달진 산등성이에 숨고

그래도 햇빛 그리워
몸 내밀어

낙엽 위에 살포시 앉은
보랏빛 자태

갈 곳 없는 내 마음
사로잡는구나!

떡갈나무

가을에 단풍 든 얼굴
올봄까지
매달려 있네.

질긴 목숨 되살리려
겨울밤 지새우며
봄을 기다렸나.

새싹에 자리 비우고
홀연히 떠나는 의연한 모습
참사랑 알겠구나!

눈 내리는 날

아침에 내리는 눈
추위에 떨고 있는
대지와 초목
감싸며 어루만져 주네.

자연의 사랑 앞에서
내게로 달려오는
사랑하는 여인을 생각하고
떠오르는 시 흥얼거리며
모르는 음악에 취해
콧노래를 부르는데

행복과 경건함이
온 세상 가득하여
마음과 영혼은 합창하고
풍요로움과 은총이 숨쉬는
눈 이불 속 무한한 사랑에 취해
영원히 잠들고 싶어라.

세상의 강

삶을 살아가는
세상의 강 건널 때
나를 비워
빈 배로 갈 수 있다면
서로 상처받지 않아
한여름 솔바람처럼
그 마음 시원하고.

너와 나를
다르다고 구별하지만
같은 대양 안에
무수히 들고 나는 파도
사랑 속에 한 몸 되어
세상의 강 평온하고
삶은 영원한 북신이 되네.

아카시아 꽃

호젓한 산길
코끝에 스미는 향기
고개 들어 쳐다본 아카시아 꽃.

조롱박처럼 매달린
순백의 얼굴
혼자도 좋으련만
여린 끈을 붙들고
정답게 속삭이네.

삶을 찾아
흩어진 사람들
시샘하며 동락을 모르는구나!

매미 소리

매미 소리에
여름 익는다.
밝은 달이어라!

오솔길의 비

산등성이 오솔길
멀쩡한 남자
혼자 걷고 있구나.
왼손이 가까스로 잡은
우산 하나
어깨에 걸치고.

산새 소리 하나 없는
슬프도록 조용한 길
우산 속에 얼굴을 묻는다.
다만 우산에
조용히 떨어지는
빗방울 소리뿐.

그리웠던 이,

보고 싶었던 이,

사랑했던 이, 함께

살짝 두드리는 소리.

홀로 걷는 이

가슴속은 텅 비어 있네.

삶의 여행

책상에 앉아
책을 읽을 때
나를 알아차리는
순간이 되고
고요함이 함께하는
순수 공간이 펼쳐지네.

나는 온데간데없고
책 속의 친구와
대화하는 이
선지식의 가르침에
귀 기울이는
이가 있을 뿐.

그들과 함께하는 여행은
온통 큰 세상 되어
나를 반기고,
옛 별이 달려와
천년이 하루 같이
현존의 순간이 된다.

복숭아

폭포수처럼 쏟아지는
한여름 햇살 받으며
남몰래 키워 온 작은 몸뚱이
바람결에 빗겨난
잎 사이로 언뜻언뜻 내밀고.

부풀어 오른 처녀 젖가슴처럼
풍만한 하얀 속살은
야생마 같은 인간 마음 홀린 뒤
부끄러워 두 뺨이
스스로 붉어졌네.

이른 봄 꼭두새벽
꽃피워
추위에 떨고 있는
벌 나비 재촉하더니
어느새 알토란같은 그 몸 키웠나.

몸과 마음 다 던지고 쉬이 갈 걸

친정집 찾아갈 새색시처럼

그렇게도 서두른

그 마음 알 수 없네.

봄

들판에 가득 채운
눈부신 햇살 아래
나비 한 마리.

하늘 높이 날아오른
종달새 지저귀는데
그 모습 보이질 않네.

논둑길 따라
홀로 걷는 이
아지랑이 동무 되었구나.

모두 다
봄 품 안에 숨었나 보다.
한가한 봄날 들녘.

현존

맑게 갠 밤하늘
수많은 별을 보며
그 광활함에
침묵의 늪에서 숨을 멈추고,

숲 속 계곡의 물소리
이름 모를 새들
지저귀는 소리에
가만히 눈을 감네.

지평선 현상들의
아름다움 너머
펼쳐지는 황홀경에
두 눈엔 눈물만 한가득.

숲길

숲은 나이가 없어
시간을 잊고
숲은 꾸밈이 없어
되돌아오는
메아리처럼 진실하구나.

남겨진 씨앗 속에
숲은 존재하고
모두가 왔다 가는
통과 의례 앞에서
열반의 기쁨 맛보네.

나무와 이끼 사이
두터운 사랑이 있어
평화가 존재하는 길.
산새 동무 삼아
조용히 걷고 싶어라.

매미

한여름 날씨만큼
귓가를 뜨겁게 달구는 노래
숨어서 살아온 세월
억울함을 호소하려는가.
여름 한철 채울 수 없는
단명을 슬퍼함인가.

아기의 첫울음 같은
매미의 우렁찬 노래는
영원을 이어 가는 사랑의 실천.
솔바람에 실려 오는
풋풋한 향기 속에
세상을 깨치는 성가라네.

낙엽

애야!
누군가 나를 밟는 소리는
발자국 소리가 아니란다.
그것은
밟히지 않으려고 몸부림치는 소리.

애야!
가로수길 바닥에 떨어진 나를
쓸어내는 소리는
빗자루 소리가 아니란다.
그것은
어디론가 가기 싫어 아우성치는 소리.

얘야!
짓밟고 쓸어낸 사람들
언젠가는 이 세상에 없지만
나는
계절이 바뀌면 또 온단다.
아직 할 일이 남아 있기에….

오색 송

물안개 피는 산골
하얀 물보라 친구 삼아
천년 바위 휘감아 돌고
바람에 나부끼는 비단결처럼
굽이굽이 여울져 흐르네.

흐르는 작은 물소리
묘음으로 다가와
산길 따라 걷는 이
번뇌에서 벗어나
빈 마음으로 돌아가라 하고.

산새도 기죽은 듯
보이질 않고
숲 속에 숨은 애기단풍
가을바람에 몸 맡긴 채
오색으로 물들인 몸 자랑하네.

석간수

봄비 내린 깊은 산
이끼 낀 바위틈 사이로
방울방울 떨어지는
수정처럼 맑은 물.

짝 찾아 헤매다 지친 산새
한 모금 입에 넣고
행여나 흘릴세라
고개 들어 삼키는구나!

잠자리 마음

한여름 소나기 오고
맑게 갠 하늘 텅 빈 공간
날고 있는 잠자리.

나는 모습 제각각
길들여지지 않아
그 마음 순수하고.

더위에 지친 몸
날개로 식힐 뿐
명성에 마음 같은 것 없네.

무한한 공간의 춤사위뿐
감출 것 하나 없는
덩그러니 몸뚱이 하나.

삶의 모습 남김없이
맑고 순수한 잠자리 마음에
나를 비운다.

세상을 산다는 것은

세상을 산다는 것은
외로움을 견디는 것.

외로움 속에 머물고
세상 속으로 들어가지 마라.
세상은 너를 가두는
또 다른 구속이다.

바람 불면 바람 속을 걸어라.
비가 오면 빗길을 걸어라.
눈이 오면 눈길을 걸어라.

너는,
어느새
외로움과 친구가 되리니.

자연과 나

쏟아지는 따뜻한 햇살
몸 살찌우고
계절 찾아 피는
꽃의 아름다움
눈과 코는 행복하네.

깨물면 한입 가득
과즙의 풍부한 향기
몸 안에서 청량제 되고
하늘에서 내리는 비
생명의 원천 되네.

자연의 무한한 사랑은
안에 잠들고 있는
풍요로운 사랑 깨워
낯선 사람에게
나누어 주는 이 되라 하네.

영혼

속세의 명성은
지나가는 한 줄기 바람
이곳저곳 헤매다가
방향이 바뀌는 순간
그 이름도 바뀌고.

길가의 풀잎처럼
살다 가는 육체
신처럼 매달리고 받들지만
무상을 모르는
형상들의 몸부림일 뿐.

몸에 담긴 영혼 깨워
시작도 끝도 없는
큰 사랑 품에 안겨
세상의 것들에서 벗어나
천사처럼 날고 싶어라.

자기 사랑

어두운 동굴
앞이 막힌 깊은 숲
자신은 그대를 보고 있다.

들에 핀 화려한 꽃
바람에 흔들리지 않고
피어 있는 꽃은 없다.

안락 속에 허우적거리며
길들여진 발자국
세인들의 발자국.

완강한 그늘에서 벗어나
사막에 던져진 자신을 찾자.
본래 삶 무너지기 전에.

흰 구름

푸른 물이
뚝뚝 떨어지는
쪽빛 하늘에 흰 구름
고요히 하늘을 나네.

에메랄드빛 구름에
맑은 영혼 빼앗기고
몸뚱어리만 덩그러니
남아 있구나.

삶의 향기

우리의 삶은
불확실하기에
더욱 아름다운 것.

내면 깊숙한 곳에 침잠해
다툼과 근심 놓는다면
욕망에서 벗어나고.

창공을 나는 새
넓은 하늘 밑 나뭇가지라면
모든 것 채워지듯.

그 삶은
향기롭고 평화로워
신과 함께할 텐데.

외손자의 시

시를 쓴다고 외손자들 앞에서 자랑 좀 했더니 큰놈이 보자고 한다. 시를 보자마자 저도 시를 잘 쓴단다. 굵은 사인펜을 달라고 하더니 컴퓨터에 연결된 프린터에서 종이 두 장을 빼어낸다.

그리고는 큼직한 글씨로 쓴 종이 두 장을 이내 가져왔다. 제목은 '이사'와 '도시'란다. 역시 애들은 빠른 것 같다.

'이사'라는 시에서 가족은 네 명이다. 차례로 돌아가며 한 말들을 표현한 것처럼 보인다. 아빠 엄마의 말에 전혀 기죽지 않고 어린아이들이 의견을 표현할 수 있는 가족관계에서 격세지감을 느낀다. 아이들과 함께 자유로운 분위기 속에서 의견을 교환하는 단란한 가족의 모습을 엿볼 수 있는 시이다.

두 번째는 '도시'라는 시이다. 외손자 마음은 도시의 삶을 희망하고 있는 것 같다. 그러면서도 한편으로는 별똥별을 보고 싶은 목가적인 전원생활을 꿈꾸고 있는 것인지도 모른다. 그것도 두 번씩이나 강조하고 있다. 하늘에 반짝이는 별과 인간이 만든 불꽃을 서로 대비시키는 어린아이의 감성에서 아름다움이 느껴진다.

여기에 여덟 살짜리 꼬마 시인 손정호의 시를 옮겨 적는다. 느낌표 등
부호는 손자가 원하는 그대로 적는다.

이사

네가 공부를 하지 않아
이사할까 말까?
아빠가….

정호는 공부를 안 해서
이사 갑시다.
엄마가….

안 돼!!!
이. 사. 가. 지. 마!!!
정호가….

시골에서 많이 놀며
동물도 키우자.
지호가….

도시

도시에서 자자.
도시에서 자자.
별똥별을 보자.
별똥별을 보자.
불꽃 축제 구경하자.
불꽃 축제 구경하자.